AF285963

ars vivendi®

Jochen Brunow

DIE CHINESIN

Kriminalroman

ars vivendi

Originalausgabe

1. Auflage Juli 2024
© 2024 by ars vivendi verlag
GmbH & Co. KG, Bauhof 1,
90556 Cadolzburg
Alle Rechte vorbehalten
www.arsvivendi.com

Umschlaggestaltung: ars vivendi verlag
Druck: CPI books GmbH, Leck
Gedruckt auf holzfreiem Werkdruckpapier

Printed in Germany

ISBN 978-3-7472-0631-7

DIE CHINESIN

Gewidmet Judith und Harry

Einmal in ihrem Flussbett eingeschlossen, läuft die Geschichte Gefahr, darin zu versickern, wenn man nicht zulässt, dass sich ihre Zeit nach außen hin verlängert, dorthin, wo wir, die Protagonisten aller Geschichten, leben. Wo nichts abgeschlossen ist.

Michelangelo Antonioni

1

Der Schirokko rüttelte übellaunig an der Karosserie des klapprigen Range Rovers. In der feuchten Glut des Fahrtwinds schwitzte Gerhard Beckmann. Der Wagen hatte keine Klimaanlage. Die türkisfarbene Mineralwasserflasche auf dem Beifahrersitz rollte hin und her. Sie war schon lange leer. Die Hitze in den Bergen von Sardinien kann Bilder erzeugen. Sie lässt die Luft flirren, sodass sie einem Wanderer wie eine Substanz erscheint, ein Äther, in dem sich wie auf einer Leinwand Trugbilder manifestieren. Von diesen Phantasien erzählen die *janas* der Sarden, Geschichten und Märchen von zierlichen Feen, bösen Hexen und den Geistern Verstorbener, die in Höhlen hausen. Auf seinen Touren durch das Inselinnere hatte Beckmann schon einige mysteriöse Erdlöcher entdeckt, die in unterirdische Welten mit Wänden voller magischer roter Symbole führten. *Domus de janas* nannten die Sarden diese Höhlen, die Archäologen als unterirdische Grabstätten einer vornuraghischen Zivilisation aus der Zeit um dreitausend vor Christus identifiziert hatten.

Außer einigen Lastwagen gab es kaum Verkehr auf der SS 131. Kurz hinter der Ausfahrt nach Paulilatino senkte sich die vierspurige Autostrada leicht, und die ersten Hinweisschilder auf das Heiligtum von Santa Cristina tauchten auf. Auf dem Weg von seinem Refugium an die Westküste der Insel war Beckmann die Strecke schon oft gefahren, aber nie hatte ihn diese Kultstätte bisher zu einem Besuch verleiten können. Auch ohne die Werbetafeln wusste er, dass es sich um eins der größten und bedeutendsten Heiligtümer Sardiniens handelte. Doch ihn – und auch seine verstorbene Frau Anja – hatte immer das nicht Offensichtliche, Abgelegene, das Versteckte angezogen. Das schien Beckmann besser zum Wesen der Insel zu passen, wie er es verstand.

Die Abzweigung führte ihn eine kurze Strecke parallel zur Autostrada und querte sie dann in einer Unterführung, deren Wände über und über mit Graffiti besprüht waren. *Sardegna no est Italia* war die auffälligste Parole, daneben und darüber die verwaschenen, kryptischen Zeichen miteinander konkurrierender Unabhängigkeitsbestrebungen. Beckmann hatte gelesen, ein Autohändler und ein Zahnarzt aus Cagliari wollten Sardinien in die Unabhängigkeit führen, indem sie die Insel zum siebenundzwanzigsten Kanton der Schweiz erklärten.

Die Zufahrt zum Heiligtum führte in anderer Richtung wieder direkt neben der Autobahn nach Santa Cristina. Die Sonne brach sich irisierend im Glas der mit den Überresten von Insekten verschmierten Windschutzscheibe. Auf dem großen, mit *basolato* gepflasterten Parkplatz verloren sich ein paar Pkw, weiter hinten in dem von einer alten Natursteinmauer eingefassten Areal standen drei Autobusse. Beckmann hatte sich spontan, aus einer Laune heraus, zu diesem Besuch entschlossen. Die Busse ließen ihn einen Moment zögern, aber er wusste, die Anlage war groß, und er hoffte, Massenansammlungen meiden zu können. Neben einem ländlichen Restaurant lag ein Gebäude mit einer Bar und dem Kiosk, an dem auch die Tickets verkauft wurden. Beckmann trat in das schattige Dunkel der Bar. Innerhalb der dicken Mauern war es angenehm kühl. Im Dämmerlicht des Raumes leuchteten gläserne Kühlschränke mit bunten Softdrinks und Mineralwasser wie eine Reihe von Aquarien. An einer Wand waren vier große Flachbildschirme nebeneinander montiert, wie Beckmann es aus Neuköllner Wettbüros kannte. Hier waren sie allerdings ausgeschaltet, glänzten dunkel, spiegelten den Raum.

Ein Durchgang führte zum Kioskbereich, voll mit sardischem Nippes; unter der Glasplatte des Tresens eine sehr schöne Kollektion der unverzichtbaren Hirtenmesser.

Die Frau an der Kasse fragte, ob er eine Führung wolle. Beckmann lag daran, den Ort selbst zu erkunden. Er kaufte neben dem Billett und einer Flasche Wasser auch ein kleines Heft mit Erläuterungen über die Ausgrabungen.

Wenig später streunte er über die weitläufige Anlage, wanderte auf den Sandwegen zwischen den Ruinen und wunderte sich über die modernen Laternen und großen Kandelaber inmitten der steinernen Reste uralter Kulturen. Er kam an einer kleinen Kirche und einigen Steinhäusern vorbei. Der erworbene Leitfaden verriet ihm, dass es sich um *cumbessias* handelte, Wallfahrtshäuser der Kamaldulenser Mönche, die im Mittelalter Pilger aus ganz Europa aufgenommen hatten. Die heiligen Stätten der Urbevölkerung zu okkupieren war ein oft genutzter Schachzug, um Akzeptanz für den christlichen Glauben zu erreichen. Wie an manch anderen Stellen auf der Insel überlagerten sich auch hier die Zeugnisse unterschiedlicher Zivilisationen aus Vieltausenden von Jahren. Mehr als an anderen antiken Orten, die er besucht hatte, erschienen Beckmann auf Sardinien die übereinanderliegenden Schichten der Zeit sichtbar zu werden.

Die Luft über dem Grabungsbereich flimmerte. Es war, als bewegte sie sich in kleinen Wellen. Auf seinem Weg an dem gut erhaltenen Nuraghen und den Resten des frühzeitlichen *villagios* vorbei versuchte Beckmann, sich im Schatten zu halten. Nahe einer der ringförmigen Anlagen fand er einen alten, ihm erhaben erscheinenden Olivenbaum. Die Erosion vieler Jahrzehnte hatte sein oberes Wurzelwerk freigelegt. Das Geflecht erinnerte an Laokoons verzweifelten Kampf mit den von Athene gesandten Schlangen. Im Gewirr der mehr als armdicken Wurzeln lagen, mit bunt schillernden Flechten überzogen, einige größere Steine. Das Spiel der Farben ließ Beckmann verharren.

Das farbliche Aufflammen der Flechten war ihm immer als ein Blühen erschienen, auch wenn Anja ihm mehrmals gesagt hatte, Flechten blühten nicht. Sie vermehrten sich wie Farne und Moose durch Sporen, eigentlich seien sie Pilze und keine Pflanzen. Die Erinnerung an Anja verstärkte seine Mattigkeit, und er setzte sich auf einen der größeren Steinbrocken. Immer wieder ragten Trümmer der Vergangenheit aus dem Nebel des Ungefähren in seine konkrete Gegenwart hinein. Er wollte die stets wiederkehrende dumpfe Empfindung der Trauer sich nicht ausbreiten lassen, er musste aufhören, Erinnerungen an seine verstorbene Ehefrau wie eine endlose Plage zu empfinden. Vielleicht könnte er irgendwann Anjas nicht hinterfragbare Abwesenheit akzeptieren, seine Gedanken an sie als ein fernes Echo verstehen und einfach damit leben.

Auf dem Weg zum Brunnen erschrak Beckmann heftig, als eine dünne, dunkelhäutige, mehr als einen Meter lange Schlange über den Sand huschte. Er sprang ängstlich zur Seite. Sein Herz holperte, und der Schreck zuckte ihm wie ein Blitz durch alle Glieder. Da sah er, dass nur ein gekrümmter Ast auf dem Weg lag. Er wusste, es gab keine Giftschlangen auf der Insel. Eine dieser harmlosen Nattern wohnte sogar unter der Treppe zu seinem Studio. Sie ließ sich selten blicken, aber mindestens dreimal im Jahr fand er ihre silbrig schimmernden Häute, abgestreift an den rauen Feldsteinen der Stützmauer.

Wieso war er so erschrocken? Er glaubte, die schwarze gespaltene Zunge der Schlange gesehen zu haben, den Glanz in ihren kleinen schwarzen, lidlosen Augen. Wie konnte er sich so täuschen? In einem Beitrag über die menschliche Wahrnehmung hatte er gelesen, dass das Auge die Realität nicht einfach spiegele, sondern das Sehen ein geistiger Akt sei. Weshalb es auch zwei Arten von Blindheit gäbe, retinale Blindheit, bei der das Auge erkrankt ist, und kortikale Blindheit, die auf einer Schädigung des Gehirns beruht. Beckmann beruhigte sich mit dem Gedanken, dass zumindest seine Reflexe noch ganz in Ordnung waren.

Leicht benommen trat er durch eine Lücke in der Umrandung aus roh behauenen Feldsteinen auf die trapezförmige Öffnung des Tempels zu. Glatte, ebenmäßige Treppen führten hinunter zum Grund des Brunnens. Silbern schimmerte das Wasser. Die Fugen in den fein geschliffenen Basaltquadern waren perfekt gearbeitet, in die Ritzen passte kein Blatt Papier. Die Stufen der Treppe wurden zur Quelle hin kontinuierlich schmaler. Beckmann stieg vorsichtig hinunter. Über ihm hingen spiegelbildliche Architrave, die den Eindruck einer umgedrehten, verkehrten Treppe erzeugten.

Der in den Felsen gehauene Brunnen wurde von Grundwasser gespeist, und sein Spiegel, seit Jahrtausenden verbunden mit unterirdischen Strömen, schwankte anscheinend nie. Sechs oder sieben Meter über dem Wasser wölbte sich ein Tholos, eine flache Kuppel aus Granitsteinen mit einem Loch in der Mitte, durch das streifig Licht fiel, welches auf der Wasseroberfläche spielte und ständig wechselnde Bilder auf den glatten Wänden erzeugte. Der Raum verlor seine akkuraten Begrenzungen, weitete sich ins Universum. Seit Ewigkeiten wurde hier Leben spendendes Wasser geschöpft. Beckmann schwankte, suchte Halt und Orientierung an der kühlen Wand.

Er war irritiert. Der Brunnentempel war von so durchdachter Architektur, in seiner geometrischen Bauweise so präzise, dass Beckmann kaum glauben mochte, er sei bereits vor mehr als dreitausend Jahren errichtet worden. Technologisch kunstvoll, architektonisch aufwendig und von außergewöhnlicher

Akkuratesse, hatte das Gebäude nur wenig gemeinsam mit den archaischen Bauten der Nuraghenkultur, die er bisher kannte. Der Leitfaden informierte ihn, dass während der Tagundnachtgleichen im März und September der Strahl der Sonne genau durch den Kreis in der Mitte des Brunnens falle und der Schatten, den man dann werfe, der *ombra capo volta*, auf dem Kopf stehe. Sonne und Mond spielten auch in anderen Konstellationen eine wichtige Rolle beim Lichteinfall in den *pozzo scara*, den heiligen Brunnen.

Am Grund des Brunnens, inmitten der Beckmann archaisch erscheinenden Steinhaufen, offenbarte sich ihm tiefes astronomisches Wissen, gepaart mit äußerster technischer Präzision, die ihn an die ägyptischen Pyramiden erinnerte und so gar nicht zu seinem bisherigen Bild von der isolierten, abgelegenen Insel und ihrer Kultur passte. Seine Faszination für Sardinien ging einher mit der Bewunderung für ihre magische Archaik, für etwas vage Vorzivilisatorisches. Die technische Vollkommenheit des Heiligtums stellte seine Vorstellung von der eher primitiven frühen Kultur der Insel auf den Kopf, dabei hatte er diesen Ort nicht einmal zu Zeiten der Tagundnachtgleichen betreten, dafür war er zwei Wochen zu früh dran. Er erinnerte sich, dass manche Menschen Sardinien für Überreste des mythischen versunkenen Inselreiches Atlantis hielten.

Von seinen Überlegungen unbeeindruckt, tanzten die Lichtreflexe weiter ihren Wellentanz auf den dunklen Wänden, warfen hypnotisch bewegte Bilder auf die Steine. Es war, als spiegele das Wasser direkt die durch den runden Tholos einfallende Sonne in all ihrer Gestalt und all ihrem Glanz. Beckmann schloss für einen Moment geblendet die Augen, bevor er sich an den Aufstieg aus dem Brunnen machte.

2

Sie war eines Tages unter den vielen Migranten, die ihre Dienste am Strand von Porto Taverna anboten, aufgetaucht wie eine Erscheinung, wie ein schönes Phantom. Sie war nicht groß, ihre zierliche Gestalt wirkte fest, stabil, auf seltsame Weise unzerstörbar. Die Anmut ihrer Bewegungen und der große weiße Sonnenhut der Chinesin waren Beckmann sofort aufgefallen. Einige Wochen nach Ferragosto hatten sich der wilde Ansturm der Touristen und die größte Hitze etwas gelegt. Es hatte Anfang September ein paarmal ergiebig geregnet, und die Natur hatte ein frisches, kräftiges Grün zurückgewonnen. Einige Pflanzen trauten sich sogar, ein zweites Mal im Jahr zu blühen. Die Sarden nannten diese Zeit den zweiten Frühling. Die Luft war mild, die Sonne hatte noch viel Kraft, und das Meer war immer noch warm, denn es kühlte langsamer ab als das Land. Die Strände waren belebt, aber nicht mehr überfüllt.

Der maghrebinische *coco man*, der mit hoher Fistelstimme seine frischen Kokosnussschnitze anpries, war noch unterwegs und balancierte seine überdimensionierte Kühlbox auf dem Kopf. Da war auch der bedächtige ältere Schwarze mit dem langen Kinnbart, weiß wie Schnee. Wenn er seine aus verschiedenfarbigem Leder und bunten Fäden geflochtenen Schmuckstücke anbot, strich er sich wieder und wieder mit der freien Hand durch den Ziegenbart. Ihn umgab eine Aura der ungetrübten Gelassenheit. Es gab Männer, die zehn Sonnenhüte übereinander auf dem Kopf balancierten oder deren Arme unter dem Kaftan ein Dutzend imitierte Markenuhren zierten. Schwarze Frauen in weiten Kleidern mit bunten Tüchern über dem Haar boten Badeanzüge und Sommerkleidchen feil. Sie alle waren fester Bestandteil des Strandlebens, bildeten eine bunte Konstante.

Unter den Migranten und Strandläufern war die Chinesin auf merkwürdige Weise eine Ausnahme, wirkte wie aus der Zeit gefallen. Sie hatte die langen schwarzen Haare zu einem Zopf geflochten. Ihre große Sonnenbrille passte zum Sechzigerjahre-Flair ihres breitkrempigen schneeweißen Sonnenhutes, und ihre weite dunkle Hose erinnerte Beckmann an die Exemplare mit Schlag in seiner frühen Jugend. Auf einem bunten Blatt Papier mit anatomischen Zeichnungen und Texten in Chinesisch, Italienisch und Englisch bot die Chinesin ihre Dienste an: Fußreflexzonen-, Nacken- oder auch Ganzkörpermassagen.

Beckmann hatte bei seinen morgendlichen Besuchen am Strand ihr Auftauchen zwar sofort bemerkt, aber erst nachdem er sie intensiv bei einer Behandlung beobachtet hatte, entschloss er sich, es auch einmal zu versuchen. Das tägliche Schwimmen hielt ihn beweglich, doch seinem von der Gartenarbeit manchmal steifen Rücken konnte ein wenig Shiatsu nicht schaden. Er breitete sein Badelaken aus und legte sich hin. Ob es schwierig für sie sei, in der Hocke oder kniend zu arbeiten?

»Shiatsu immer Boden. Matte oder Tatami.«

Sie bearbeitete ihn mit dem ganzen Gewicht ihres Körpers, drückte oder strich mit Handballen, den Fingerknöcheln der Faust, aber auch dem spitzen Ellenbogen oder dem flachen Unterarm über seinen Rücken. Sie drang zwischen alle Muskelfasern, und er hatte das Gefühl, sie würde seinen Körper lesen. Manchmal ließ sie ihre kleinen festen Hände nur auf einem Punkt ruhen, verstärkte langsam den Druck ihrer Handflächen, und Beckmann hatte an diesen Stellen nicht nur die Empfindung von wohliger Wärme, sondern ihm war, als ginge Energie von der Chinesin auf ihn über.

Nach der Behandlung wollte er sich mit ihr unterhalten, wollte wissen, wie sie hieß. Xia, verriet sie ihm. Aber es kam zu keiner echten Kommunikation, so intensiv ihr Körperkontakt auch gewesen war. Sie kassierte ihren Lohn, ging zum Saum des Meeres, wusch ihre Hände im Wasser und zog dann wieder ihr Werbeblättchen aus dem Rucksack, in dem sie die Flaschen mit Ölen und Lotionen verstaut hatte. Bevor sie zwischen den Touristen verschwand, drehte sie sich noch einmal um und warf ihm einen, wie ihm schien, sehr nachdenklichen Blick zu.

3

Einige Tage später war Beckmann mit seinem Freund, dem Maresciallo der örtlichen Carabinieri, auf eine Partie Backgammon verabredet und hatte deshalb sein tägliches Schwimmpensum auf den frühen Abend verlegt. Im Strandrestaurant in den Dünen spielte eine Band Livemusik, und ein paar junge Leute tanzten ausgelassen am Wasser. Der hypnotische Sound der Band wehte durch die Dämmerung hinaus aufs Meer. Vor dem bleiern schimmernden Wasser folgten bloße Beine und Arme, nackte Schultern und Hüften dem Beat. *Dance with no shoes on our feet,* oft hatte Peter Rowan das gesungen für Anja und ihn. Barfuß hatten sie getanzt vor dem Kamin, auf den Fliesen der Terrasse, im Gras unter der Olive oder den drei Steineichen. Er hätte aufstehen, zu den Tanzenden hinübergehen und mitmachen können. Einfach so. Aber die Erinnerung hielt ihn gefangen. Bilder der Vergangenheit ließen ihn nicht los, wie ein niemals endender Film im Kino.

Mit Wehmut dachte Beckmann an das Jazzfestival von Berchidda. Nach dem großen Konzert auf der Piazza del Popolo hatte sich die Menge zerstreut, aber einige Zuhörer waren hinauf auf den Berg gepilgert, der den kleinen Ort überragte. Anja und er folgten ihnen durch den Pinienwald. Die Hitze trieb das Harz aus den sich schälenden Stämmen der Bäume. Die trockene Rinde knackte, und ein wunderbarer Duft erfüllte die Nachtluft, hüllte die Kletternden ein. Anja rutschte mit ihren Schuhen immer wieder auf der Schicht trockener Piniennadeln aus, die den Boden dicht bedeckte. Wie er sie auffing, sie hielt, wie sie zusammen lachten. Die Erinnerung zog ihm den Brustkorb zusammen.

Oben am Berg gelangten sie auf eine vorspringende Felsnase. Durch die Räume eines Ausflugslokals ging es auf eine halbrunde Terrasse, die sich einem Amphitheater gleich auf eine Felsplatte hin öffnete, hoch über dem Dorf. Theatralisch von großen Steinen begrenzt, ging der Blick ins Tal wie auf eine Bühne oder Leinwand, bis hinunter in den Talgrund, wo in der Dunkelheit die Lichter der Autos auf der Überlandchaussee blinkten; eine ferne Milchstraße. Die Nachtluft durchzogen Düfte von Haschisch und Alkohol, von Parfüm und Puder, von Schweiß und heißen Körpern. Ab drei Uhr war es so voll, dass die Felsplatte im Rhythmus der Musik erbebte und ins Tal zu stürzen drohte. Beckmann hatte bemerkt, dass die Männer mit dem Knopf im Ohr nicht mehr nur am Eingang standen, sondern auch direkt an der Tanzfläche. In der explosiven Hitze des Gedränges könnten sich Aggressionen entzünden. Als ehemaligem Polizisten entging ihm diese Gefahr nicht. Anja aber wirbelte weiter und wilder und wilder.

Es herrschte Ausgelassenheit, schiere, nackte Freude. Die Musiker gaben ihr Bestes, die Tanzenden bewegten sich hingebungsvoll, und die Tanzfläche hob ab, schwebte, schob sich hinaus in die freie Luft des Tales. Sie hatten das Gefühl zu fliegen, segelten selig in den Aufwinden des steilen Abhangs über dem Dorf. Die Tanzfläche löste sich wie ein Ufo aus den umgebenden Felsen und schwebte mit all ihren berauschten Tänzern, den Teilnehmern dieses wahrhaft dionysischen Festes durch das Dunkel der Nacht.

Beckmann wollte die Erinnerung an dieses ungeheuer tiefe, kaum zu fassende, aber eben unwiderruflich vergangene Glück abschütteln und streckte die vom Sitzen im Sand steifen Beine. Würde er sich jemals wieder so frei und leicht fühlen können? Zwischen ihm und den Tanzenden strich ein hochbeiniger, struppiger Hund ungerührt auf seinem Weg zu den Abfalltonnen hinter dem Restaurant vorbei. Er erinnerte ihn an einen Roman, der aus der Perspektive eines Hundes erzählt war. Der Hund, der auf den Name King hörte, war ein genauer Beobachter der Menschen, er wusste:»Wenn die Leute über die Vergangenheit reden, übertreiben sie meist, damit ihnen ein wenig warm wird.«

Beckmann spürte, er musste endlich damit aufhören, in seinen Erinnerungen zu leben. Eine leichte Brise erhob sich, zerstreute den Klang der Band über das Meer Richtung Tavolara. Er hatte den Moment verpasst, die Chance ausgelassen, hier am Strand mitzutanzen. Er wollte den Maresciallo nicht warten lassen.

Klappernd rollten die Würfel über das Backgammonbrett. Routiniert setzte der Maresciallo seine Steine. Beckmann hatte Schwierigkeiten, sich auf das Spiel zu konzentrieren. Der Schirokko hielt schon ein paar Tage lang an. Beckmann fühlte sich trotz des erfrischenden Bades kraftlos und matt. Die Schübe der Erinnerung an Anja wurden nicht weniger, sondern zunehmend von dem Gefühl einer erstickenden Vergeblichkeit begleitet.

Der Carabiniere bemerkte den Gemütszustand des Freundes und rückte wortlos das Brett beiseite.

Beckmann fühlte sich in der einsetzenden Stille zwar aufgehoben, aber ihm war zugleich klar, der Maresciallo erwartete eine Erklärung für seine merkwürdige Stimmung. Er wusste nicht, wo anfangen.

Schließlich hatte Lorenzo Farini ein Erbarmen.

»Du denkst immer noch viel an Anja, oder?«

»Ich habe auch früher oft an sie gedacht, aber es hat sich etwas verändert. Ich könnte nicht sagen, was.«

»Es ist wie bei der Schwerkraft, die Dinge haben Folgen.«

»Manchmal fühlt es sich an wie ein Mahlstrom, in dem ich versinken könnte. ›So regen wir die Ruder, stemmen uns gegen den Strom und treiben doch stetig zurück, dem Vergangenen zu.‹ Hat ein amerikanischer Dichter mal geschrieben. Passt ziemlich gut, finde ich.«

Der Maresciallo wusste genau, was sein Freund meinte. »Die Erinnerungen können dich besetzen wie eine Armee ein erobertes Land. Aber du bist frei. Du könntest alles tun, was du willst.«

»Das sagt sich so leicht.«

»Wenn du die Vergangenheit nicht loslässt, errichtest du selbst dein Gefängnis. Heute ist die beste Zeit. Hast du deiner Tochter geschrieben?«

»Hab ich.«

Und Beckmann begann, von seinem Kampf mit dem Schreiben an Doris zu berichten. Er hatte sich nach reiflicher Überlegung für einen handgeschriebenen Brief entschieden und mindestens drei Anläufe gebraucht, bis er das Geschehen, das zum Tod seiner Frau geführt hatte, einigermaßen klar darstellen konnte. Als er die ersten Silben zu Papier gebracht hatte, war er fasziniert gewesen von dem Gefühl, eine gewichtige Nachricht auf so altmodische Weise festzuhalten. Die Tinte floss sanft aus der gespaltenen Spitze der Stahlfeder des Füllers und glänzte einen kurzen Moment, bevor das Papier sie aufsog. Die Vergangenheit, lange Zeit unklar und veränderlich, verfestigte sich durch das Schreiben unumkehrbar. Seine Tochter ging vermutlich immer noch davon aus, er hätte Anja mit seiner Untreue in den Selbstmord getrieben. Doch der tödliche Autounfall ihrer Mutter war nicht selbst verschuldet gewesen, sondern ein Attentat. Es war ein Anschlag, der Beckmann selbst gegolten hatte, arrangiert von hochrangigen Kriminellen, weil er mit Recherchen in einem »Beifang« auf brisante Daten über ein politisches Komplott gestoßen war.

»Du hast noch keine Antwort?«

»Nein. Ich habe den Brief vor drei Wochen abgeschickt.«

»Gib ihr Zeit. Du hast sie auch gebraucht.«

Beckmann nickte, und sie schwiegen wieder. Der Maresciallo stand auf und holte sich noch ein Bier aus dem Kühlschrank. Beckmann blieb bei seinem alkoholfreien Crodino.

»Da ist noch etwas«, setzte der Carabiniere nach.

»Was meinst du?«

»Du hast etwas getan, was dich auf immer trennt von deinem vorherigen Leben, von deinem Beruf.«

Beckmann schaute ihn nachdenklich fragend an.

»Du bist anders als die anderen.«

»Inwiefern?«

»Du weißt etwas, das die anderen nicht wissen.«

»Das wäre?«

»Nun. Du weißt, wie es sich anfühlt. Wie es sich anfühlt zu töten.«

Beckmann hatte einen Menschen erschossen, einen gedungenen Killer, den man auf ihn angesetzt hatte. Es war eindeutig Notwehr gewesen, trotzdem hatten der Carabiniere und er den Leichnam in einer abgelegenen Bergregion der Insel gemeinsam im Wald den Wildschweinen ausgeliefert.

»Davon habe ich natürlich nichts geschrieben.«

»Wirst du ihr davon erzählen?«

»Bisher hat sie noch nicht geantwortet. Ich habe sie auf die Insel eingeladen, aber ich weiß nicht, ob sie kommt.«

Seine Tochter hatte den Kontakt zu ihm nach dem Tod ihrer Mutter abgebrochen und seitdem jede Kommunikation konsequent verweigert. Beckmann fürchtete sich vor dem Wiedersehen mit Doris ebenso, wie er es herbeisehnte. Er wusste aber nicht wirklich, warum. War es das gnadenlose moralische Urteil seiner Tochter? War es seine Unsicherheit, nicht zu wissen, wie er die unterbrochene Kommunikation mit seinem längst erwachsenen Kind wieder aufnehmen könnte?

»Ich bin sicher, sie wird sich melden und herkommen. Ist sie erst einmal hier, wird sich alles wie von selbst ergeben.«

Beckmann wollte Farini nur zu gern glauben.

Der Maresciallo erzählte von einem Western, den er gesehen hatte und in dem einer der Cowboys sagte, wenn man jemanden getötet habe, schlafe man besser immer mit einem offenen Auge.

»Aber wir sind zum Glück auf Sardinien und nicht im Kino.«

Farini stieß ihn aufmunternd an und wechselte das Thema. Er habe aus der Kaserne in Olbia einen merkwürdigen Befehl erhalten, den er bisher nicht umgesetzt habe. An den Stränden der Ostküste waren neben den vielen fliegenden Händlern und Eisverkäufern Frauen aufgetaucht, die Massagen anboten. Das Phänomen sei von den Stränden des Festlandes bereits bekannt, aber auf Sardinien relativ neu.

»Es sind seltsamerweise immer Chinesinnen. In dem Rundschreiben an alle Stationen haben sie von ›medizinischen Leistungen durch dafür nicht qualifizierte Personen‹ geschrieben. Also, wir sollen ihr Treiben unbedingt unterbinden und die Aufenthaltsberechtigungen der Frauen überprüfen.«

Auch in einem Artikel in der lokalen Zeitung, fügte der Maresciallo hinzu, sei vor den Chinesinnen und möglichen medizinischen Folgen ihrer unsachgemäßen Massagen gewarnt worden. Farini war stolz darauf, das Treiben an den Stränden seines Bezirks gut unter Kontrolle zu haben, ohne mit massiven

Einsätzen seiner uniformierten Jungs die Händler und Verkäufer zu terrorisieren, seien sie nun Italiener, Maghrebiner, Westafrikaner oder andere illegale Migranten. Sollte er jetzt etwa Jagd auf massierende Chinesinnen machen? Beckmann lachte und erzählte von den magischen Händen der Frau, die ihn am Strand von Porto Taverna massiert hatte. Sie habe Werbeblättchen mit professionell wirkenden Abbildungen dabeigehabt, in dem ihre verschiedenen Anwendungen und die entsprechenden Preise dargestellt waren.

»Sie ist gut. Ich habe es sehr genossen. Ihre Hände sind fest und etwas rau, warm, als würde Energie durch sie hindurchströmen. Wenn du mich fragst, die absolut beste Massage meines Lebens, auch wenn es etwas unbequem war, dabei im Sand zu liegen.«

»Erzähl mir, es hatte nichts, wie soll ich sagen … Anzügliches?«

»Niemals. Wie kommst du darauf?«

»Ich weiß nicht, wieso sie es verbieten wollen und wir die Frauen einkassieren sollen.«

Beckmann empfahl dem Freund, sich bei seinen Kollegen der anderen Abschnitte in San Teodoro oder Budoni zu erkundigen, ob sie gegen die Frauen vorgingen oder sie gewähren ließen.

Farini erklärte, es sei zwar seine Aufgabe, Straftäter zu stellen und zu verhaften, aber nicht, ein Urteil über diese Personen zu fällen. Das täten andere, die für Gerechtigkeit sorgten oder eben auch nicht. Es falle ihm oft schwer, das zu akzeptieren.

»Das ist mir früher auch oft gegen den Strich gegangen«, pflichtete Beckmann ihm bei.

»Nun, es ist die Politik, die alles kompliziert macht.«

Sie sprachen darüber, ob es sinnvoll sei, immer einen festen Standpunkt einzunehmen. Beckmann hielt es für wichtig, zu seinen Überzeugungen zu stehen. Der Maresciallo erwiderte, das sei durchaus ehrenwert, aber wer sich gegen fließendes Wasser stemme, der dürfe sich nicht wundern, wenn er Wirbel verursache. Beckmann bewunderte das scharfe Denken Farinis, doch jetzt schaute er ihn einen Moment lang zweifelnd an. Dann nickte er, denn er war sicher, der Carabiniere würde nicht einen Moment zögern, zu handeln und jede Menge Wirbel zu verursachen, wenn er es für wirklich notwendig hielte. Das bildhafte Philosophieren seines Freundes hatte ihn wieder einmal überzeugt.

Im letzten warmen Licht des Tages erreichte Beckmann sein Tal. Wie schon oft hatte ihn das Zusammensein mit dem Carabiniere aufgemuntert und ermutigt. Er fühlte sich auf eine seltsame Weise gelöst, beinahe heiter. Möglichkeiten eröffneten sich, fächerten sich reich vor ihm auf. Er sehnte sich nach physischer Berührung und hoffte darauf, am nächsten Morgen wieder die Chinesin am Strand anzutreffen, um sich erneut von ihr behandeln zu lassen. Seine Stimmung erinnerte ihn an die Wirkung, die früher das erste oder zweite Glas am Nachmittag gehabt hatte. Aber jetzt akzeptierte er den Lauf der Dinge, fühlte sich auch ohne den großen Helfer Alkohol mit der Welt im Einklang. Das Gebimmel der Schafherde am Hang drang durch das Seitenfenster des Rovers wie das Murmeln eines Bergbachs. Die beiden weißen Hirtenhunde des Bauern brachen zur Begrüßung aus der Macchia. Stumm standen sie im Staub neben der Strada Bianca Spalier, kräftig und wachsam, während Beckmann langsam in Richtung seines Refugiums an ihnen vorüberrollte.

4

Sie trat aus dem Altbau im Mittelweg hinaus auf die kleine Außentreppe und machte ein paar Dehnübungen, bevor sie die Kopfhörer einsetzte und loslief. In drei Minuten war Doris Beckmann an der Außenalster auf ihrer üblichen Joggingstrecke. Um diese frühe Uhrzeit war auf dem Uferweg unter den Weiden noch nicht viel los. In kleinen Intervallen zog sie immer mal wieder das Tempo etwas an. Sie lief bis zum Heilwigpark und dann am anderen Ufer den Leinpfad zurück. Nach einer halben Stunde war sie wieder im Mittelweg.

Sie nahm die Post vom Vortag aus dem Briefkasten im Eingangsbereich. Alles nur Werbung. Sie entsorgte die Kuverts in den dafür bereitstehenden Papierkorb. Bei ihrem Aufstieg in die Wohnung unterm Dach dachte Doris an den Brief ihres Vaters. Sie hatte Zeit gebraucht, bis sie ihn geöffnet hatte, und wusste immer noch nicht, was sie antworten sollte. Ob sie überhaupt antworten wollte.

Der Tod ihrer Mutter hatte sie in einer Phase ihres Lebens getroffen, in der sie sich gerade von ihrem langjährigen Partner getrennt hatte. Peter hatte auf Dauer zu wenig Verständnis gehabt für ihre beruflichen Ambitionen und Arbeitszeiten, die weit über normale Bürozeiten hinausgingen. Sie hatte nach dem Abitur nicht studieren wollen und eine praktische Ausbildung zur Schifffahrtskauffrau absolviert. Ihr Vater war verärgert gewesen, dass sie um keinen Preis eine akademische Karriere hatte einschlagen wollen. Inzwischen wäre sie bereit gewesen zuzugeben, dass ihr damaliger Beschluss durchaus damit zu tun hatte, auf diese Weise ihren Vater ärgern zu können.

Nach zwei Jahren Ausbildung hatte die Reederei sie sofort übernommen. Sie verdiente gut, war mit ihrer Tätigkeit als Schiffsmaklerin zufrieden und bereute ihre Entscheidung nicht. Peter, selbst Akademiker, überredete sie, doch noch ein kurzes Studium aufzunehmen, und sie machte ihren Bachelor in Shipping Trade and Transportation, obwohl die Privatschule teuer war. Die Beförderung in ihrer Firma lehnte sie ab und wurde bei einer größeren Reederei Brokerin für Tanker, Container- und Massengutschiffe. Die Arbeit in einem absolut männlich dominierten, sehr kompetitiven Umfeld war stressig, aber sie setzte sich durch. Es bereitete ihr Freude, mit internationalen Kunden und Kapitänen zu jeder Tageszeit zu kommunizieren und Probleme zu lösen.

Die Trennung von Peter war nicht einfach gewesen, und sie hatte oft und lange mit ihrer Mutter deswegen telefoniert. Nach deren plötzlichem, unerwartetem Tod war Doris erschüttert gewesen, wütend, einsam und voller Trauer. Sie hatte das alles überwunden geglaubt, und nun war dieser Brief von ihrem Vater gekommen, der alles scheinbar Vergangene in ein neues Licht tauchte.

Seine Darstellung der Umstände des Todes ihrer Mutter war detailliert und präzise. Sie hatte keinerlei Anhaltspunkte, daran zu zweifeln, auch wenn es schmerzhaft war, sich ihren Irrtum einzugestehen. Ihre Mutter war bei einem Anschlag im Zuge eines politischen Komplotts gestorben. Doris hatte auch aus den Medien von den kriminellen Verstrickungen erfahren, die ihr Vater verbissen ans Licht gebracht hatte. Aber wieso hatte er nicht angerufen? Wieso hatte er diesen seltsamen Brief geschrieben, in so unterkühlter Sprache, als hätte er einen seiner Berichte für die Polizei verfasst? Er schien noch immer genauso stur auf seinen Beruf fixiert wie früher, über bestimmte emotionale Dinge war mit ihm einfach nicht zu reden. Wollte er ihr ein schlechtes Gewissen machen, weil sie ihn so hart angegriffen hatte? Ihn so verzweifelt angeschrien hatte? Sich gänzlich von ihm losgesagt hatte? Sie war unsagbar traurig gewesen, hatte viel geweint. In der Firma hatte sie sich jedoch streng diszipliniert. Niemand hatte etwas gemerkt, weder ihre männlichen Kollegen, die nur auf eine solche Schwäche gewartet hätten, noch ihre Vorgesetzten. Sie hätte einen externen Coach konsultieren können, die Firma wäre dafür aufgekommen. Aber sie hatte es geschafft, sich da ganz allein herauszuarbeiten.

Ihr Vater hatte auf seinen Anteil am Erbe verzichtet, was es ihr ermöglichte, die kleine Wohnung unter dem Dach zu kaufen, die sie inzwischen so liebte. Sie zahlte für die Resthypothek eine geringere Summe, als sie für die Miete hätte aufbringen müssen. Wollte er ihr also – so wie er es früher immer getan hatte, wenn sie in seinen Augen über die Stränge geschlagen war – damit ein schlechtes Gewissen machen? Sollte sie sich schämen wegen ihrer Anschuldigung, er hätte ihre Mutter betrogen und sie deswegen Selbstmord begangen? Und stimmte es nicht, dass er in den letzten Jahren immer verbissener in seine Arbeit versunken war? Es war alles schrecklich verwickelt, aber ihr war klar, sie musste auf die eine oder andere Weise reagieren.

In der Küche nahm sie den großen Mixer aus dem Regal, drückte Magnesiumtabletten und Vitaminpillen aus den Blistern und gab einen gehäuften Esslöffel Proteinmix dazu. Kurz häckselte sie alles, bevor sie eine Kiwi und eine Banane schälte, einen Apfel mit Schale viertelte und samt Gehäuse dazugab. Das Ganze goss sie auf mit frisch gepresstem Orangensaft. Sie schenkte sich ein erstes Glas ein und stellte den Rest in den Kühlschrank.

Unter der Dusche fühlte sie sich fit bis in die Fingerspitzen. Das Wasser prasselte in einem wohligen Schauer auf ihren Rücken, sie spürte Lust in sich aufsteigen und blieb noch etwas länger unter dem Strahl. Im Bademantel holte sie sich das zweite Glas ihres Proteinmixes und setzte sich vor den Rechner. Sie suchte einen Ordner, den sie in den Tiefen ihrer Festplatte vergraben hatte, und öffnete die Datei mit den Fotos von Lu Tartaruga. Zwei zeigten ihren letzten Besuch auf der Insel zusammen mit Peter. Er hatte das Haus und das Tal nicht gemocht, es war ihm zu einsam, zu abgelegen. Seitdem war sie nicht mehr dort gewesen. Urlaubserinnerungen zogen an ihr vorüber. Erinnerungen an ihre Eltern in glücklichen Zeiten. Bedrückt klickte sie sich durch die Aufnahmen.

Ein Wechsel von Szenen, die unterschiedlichste Emotionen in ihr hervorriefen, blätterte sich vor ihr am Bildschirm auf. Bevor sie anfing zu weinen, schloss sie schnell den Ordner. Jetzt hatte sich ihr Vater an diesen Ort zurückgezogen. Sie konnte sich nicht vorstellen, wie er, der immer so betriebsam und unruhig gewesen war, das aushielt, noch dazu ohne zu trinken, wie er geschrieben hatte. Es war nicht ausgeschlossen, dass er sich wirklich verändert hatte.

Sie öffnete ein leeres Word-Dokument. Einen Moment lang starrte sie auf den blinkenden Cursor im Weiß des Bildschirms. Schon allein die passende Anrede zu wählen fiel ihr nicht leicht.

»Lieber Vater …«

Sie überlegte, ob sie vielleicht auch einen Füller benutzen sollte, und entschied sich dann, erst mal am Computer zu arbeiten und anschließend alles mit der Hand abzuschreiben.

5

Beckmann hatte sich nach seinem morgendlichen Bad in Porto Taverna noch nicht abgetrocknet, da schlenderte die Chinesin wie unabsichtlich bei ihrer Werbetour zwischen den Touristen auf ihn zu. Sie lächelte zu ihm herüber, und er winkte sie heran. Er wollte diesmal nicht nur seinen Rücken massieren lassen, sondern sich eine Ganzkörpermassage gönnen.

Xia verfuhr wie beim letzten Mal, dehnte und lockerte mit speziellen Griffen auch seine Gelenke, behandelte Arm- und Beinmuskulatur. Sie arbeitete mit äußerster Hingabe; Beckmann hatte das Gefühl, sie baue systematisch eine enge energetische Beziehung zu ihm auf. Ihr Atem ging im selben Rhythmus wie der seine – oder stellte sich sein Puls automatisch auf ihre Bewegungen, auf den Druck ihrer Hände ein? Er spürte dem Weg ihrer Handballen, ihrer Knöchel und auch ihres spitzen Ellbogens oder des sanften Unterarms nach. Unter dem Einfluss ihrer Berührungen entspannte sich sein Körper, und auch sein Geist kam zur Ruhe. Er trieb ohne Gedanken in einem ruhigen Wohlgefühl dahin und schreckte auf, als Xia sagte:

»Schlecht. Doktor gehen.«

Ihr Finger kreiste einen Punkt auf seinem Rücken ein. Er verstand nicht, was sie meinte, aber sie beharrte darauf, da sei etwas »krank« an seinem Rücken, genau zwischen den Schulterblättern.

»Sonne zu viel.«

Beckmann war klar, dass sie keinen Sonnenbrand meinen konnte, und das beunruhigte ihn. Als die Chinesin vom Wasser zurückkam, wo sie wie immer nach getaner Arbeit ihre Hände gewaschen hatte, sah sie ihn eindringlich an.

»Wichtig. Doktor, schauen.«

Beckmann versuchte mit der Hand den Punkt zu erreichen, den Xia markiert hatte. Es gelang ihm nicht. Sie musste genau auf den Fleck gewiesen haben, an dem bei Siegfrieds Bad im Drachenblut das Lindenblatt geklebt hatte. Er war verunsichert. Zurück im Tal, stellte er sich vor den Badezimmerspiegel, um die Stelle zu finden, aber er konnte nichts entdecken. Wie er sich da vor dem Spiegel drehte und verrenkte, dachte er an das verschreckte Gesicht von Peter Lorre im Film *M – Eine Stadt sucht einen Mörder*, als er versucht, das Kreidemal auf seinem Rücken zu erkennen, als er sich krümmt und windet wie ein Wurm.

Beckmann setzte sich mit Blick aufs Tal und das ferne Meer in den Schatten unter die dichten Kronen der drei Steineichen. Blütenpollen pulsierten im Sonnenlicht. Ein Distelfalter taumelte durch die schwere Luft. Die bunte Zeichnung seiner Flügel ähnelte der eines Admirals, aber er hatte nicht die Größe des majestätischen Schmetterlings. Dafür vermochte er sehr große Strecken zurückzulegen, wie Anja ihm aus ihren Bestimmungsbüchern vorgelesen hatte. Das Gehirn eines Schmetterlings konnte nicht viel größer als ein halber Apfelkern sein. Vielleicht sogar kleiner. Das Geschöpf wog so gut wie nichts, seine großen Flügel boten dem Wind enorme Angriffsflächen. Wie konnte dieses kleine Hirn all die für das Fliegen nötigen Daten verarbeiten? Fallwinde, Hammerböen, Luftlöcher? Nicht zu reden von Luftfeuchtigkeit und möglichen riesigen Regentropfen? Für dieses Wunder gab es in den Bestimmungsbüchern keine Erklärung, es war sicher kein bevorzugtes Feld der modernen Forschung. War es Hautkrebs, was die Chinesin entdeckt hatte?

Am Himmel keine Anzeichen von Regen. Er würde am Abend wieder sprengen müssen.

Die Sonne hatte er immer verehrt als Symbol für Aufklärung und Vernunft, aber vor allem als wohlige Wärmequelle, die den Treibstoff liefert nicht nur für das Leben allgemein, sondern im Besonderen für sein eigenes. Er hatte die Sonne stets als wohltuend empfunden, auch in den heißen Sommermonaten auf der Insel. Er hatte sie und ihre Wirkung verklärt, hatte sich wegen seines schnell bräunenden Teints meist nur wenig gegen sie geschützt. Bei der Gartenarbeit trug er gelegentlich einen Hut, aber sonst? Anja hatte ihn oft gewarnt, er bete die Sonne geradezu an. Jetzt fühlte er sich, als hätte ein guter Freund ihn hinterrücks verraten. Auf Ausflügen ins heiße Inselinnere hatte er allerdings auch erlebt, wie die Sonne sich einem ins Hirn brennen konnte.

Schon als Kind war es für ihn ein stilles Vergnügen gewesen, auf den sonnengewärmten Stufen der Hintertür des Elternhauses zu sitzen. Er hatte dann einfach reglos in den Garten geschaut, das Licht der Sonne durch seine nur minimal geöffneten Lider fallen lassen, bis ihm farbige Linien und Muster erschienen. Seine Mutter hatte das für Träumerei gehalten und wollte ihn zu kleineren Hilfsarbeiten im Garten anstiften, doch er saß lieber auf diesen warmen Betonstufen, die die Energie der Sonne gespeichert hatten und an ihn weitergaben. Er wusste noch nichts von der Kraft, die den Garten erst zum Grünen und dann zum Früchtetragen brachte, wusste noch nichts über Photosynthese, Kernfusion, Protuberanzen und Teilchenstürme in der Atmosphäre, aber er hatte schon damals eine stille Sehnsucht nach der Sonne gehabt. Im Grunde gab es auch deshalb das Haus hier im Tal. Und hatte nicht Alexis Zorbas gesagt, ein

Fisch solle besser im Meer bleiben, ein Mann in der Sonne? Und jetzt sollte ausgerechnet die Sonne ihm Schaden zugefügt haben? Beckmann war aufgewühlt.

Eine Szene aus seiner Schulzeit kam ihm überfallartig in den Sinn. Ihr Lateinlehrer Joseck war ein zutiefst überzeugter Atheist gewesen, und Beckmann und seine Mitschüler hatten immer wieder den drögen Lateinunterricht unterbrochen, indem sie Diskussionen um Glaubensfragen anzettelten, zu denen sich der sonst so korrekte und strenge Lehrer nur zu leicht hinreißen ließ. Beckmann hatte *sol invictus* übersetzt mit »unbesiegbarer Sonnengott«. Joseck hatte ihn korrigiert: »unbesiegter Sonnengott«. Wo denn da der Unterschied liege, hatte Beckmann sich verteidigt und einen heftigen Disput über den Sonnenkult in Gang gesetzt. Joseck hatte den Übergang vom altrömischen Sonnengott *sol indiges* zu den vielen Resten heidnischen Glaubens in der christlichen Symbolik nachgezeichnet. Beckmann erinnerte sich nur noch an das für ihn damals überzeugendste Beispiel, nämlich dass die Katholiken bei ihren Prozessionen einer die Sonne symbolisierenden Monstranz hinterherliefen.

Seine innere Unruhe wollte sich nicht legen. Immer wieder versuchte er, etwas zu erspüren.

Als am frühen Nachmittag seine Zugehfrau Micaela kam, war er zunächst unschlüssig, ob er sie darum bitten sollte, sich seinen Rücken anzusehen. Aber Micaela kannte ihn und merkte, dass er etwas auf dem Herzen hatte.

»Nichts, nur ein Leberfleck, *dottore.*«

»Sie hat gesagt, zu viel Sonne.«

»Sieht nicht aus wie Krebs. Aber ich bin kein Doktor und weiß nicht, wie Krebs aussieht. Die Chinesinnen am Strand sind alles Hexen, *bruxas,* keine *dottores.*«

Er fragte sich, ob er zum Hypochonder wurde. Seine Unruhe wollte sich einfach nicht legen. Besorgt tigerte er durchs Haus, stieg die Treppe hinunter zum Studio, konnte sich dort nicht konzentrieren, kam schon bald wieder herauf und lief Micaela beim Aufwischen vor die Füße. Sie schüttelte den Kopf über seine Unvernunft.

»*Dottore*, gehen Sie ins Hospital Mater Olbia. Da sind gute Ärzte, die schauen nach. Sehr modern, das Hospital. Dann wird alles gut.«

Als er vor einiger Zeit in seinem Haus überfallen und böse zugerichtet worden war, hatte man ihn im Ospedale Giovanni Paolo II in Olbia sehr gut behandelt. Das neue Krankenhaus Mater Olbia lag etwas außerhalb der Stadt am Rande des Schwemmlandes des Padrongianus. Der mehrgliedrige, achtstöckige Komplex war gerade erst eröffnet worden, noch immer schwebte weithin sichtbar der Ausleger eines riesigen Baukrans über dem Gelände. Es konnte sicher nicht schaden, entschied Beckmann, sich die Klinik einfach mal anzuschauen. Er ging hinunter zur Zisterne und stellte die Wasserpumpe an, entrollte den Schlauch für das Sprengen. Es war gut, etwas zu tun zu haben.

6

Eine Reihe von Legenden rankten sich um das neue Krankenhaus. Es kam Beckmann vor, als hätte dessen Fertigstellung länger gedauert als der Bau des Berliner Flughafens. Mehrmals hatten während der zurückliegenden Jahre die Betreiber und Bauherren gewechselt. Als schließlich die Qatar Foundation das Projekt übernahm, hieß es, die kurz darauf realisierte Verlängerung der Landepiste des Flughafens erfolge nur, damit die Scheichs mit ihren Jumbojets in Olbia landen könnten. Beckmanns alter Tankwart, ein zuverlässiger Tippgeber für Feste und Feierlichkeiten in der Umgebung, hatte behauptet, die Krankenschwestern im Hospital seien so schön und so gekleidet wie die Stewardessen von Qatar Airways. Entsprechend neugierig trat Beckmann durch die geräuschlos aufgleitenden Glastüren.

Die Eingangshalle war erstaunlich groß. Durch die hohe gläserne Decke fiel streifig Tageslicht. Zwischen drei weißen Säulen lag ein Counter, elegant wie die Rezeption eines Nobelhotels. An den Wänden moderne sardische Textilkunst, in einer Ecke ein Loungebereich mit bequemen Ledersesseln. Auf dezenten Schildern hinter dem Counter wurde auf die verschiedenen Stationsbereiche hingewiesen. Sonst erinnerte nichts an ein Krankenhaus. Beckmann war beeindruckt. Er meinte, die noch frische Farbe riechen zu können.

Er erkundigte sich bei einem der kompetent wirkenden jungen Männer am Counter nach den Bedingungen für eine mögliche Behandlung. Es handele sich um eine Privatklinik, aber auch die Versorgung der lokalen Bevölkerung sei vorgesehen, hieß es, und seine Krankenversicherung werde akzeptiert. Einen

Moment schwankte Beckmann noch, dann sprach er sein Problem an und fragte nach einem Termin.

»Einen Moment. Schauen wir mal.« Der Angestellte griff zum schnurlosen Telefon.

Beckmann hatte Glück. Seine Gesundheitskarte wurde eingelesen, und er bekam ein Armband ums Handgelenk, wie er es von Veranstaltungsbesuchen in Berlin kannte. Er fühlte sich von der Geschwindigkeit des Vorgehens überrumpelt. Nach kurzer Wartezeit im Loungebereich der Halle wurde er von einer Krankenschwester abgeholt, die einen weißen Kittel und Haube trug, aber keinerlei Ähnlichkeit mit den vom Tankwart beschriebenen Stewardessen hatte. Sie führte ihn zu einer Flucht von Fahrstuhltüren.

Auf der dermatologischen Station wurde er von einer anderen Schwester in Empfang genommen, dann entkleidete er sich in einem Vorraum und betrat das Behandlungszimmer. Die Schnelligkeit des Prozederes beunruhigte ihn zunehmend. Der Arzt, dessen dunkler Teint und schwarzes Haar ihn an Omar Sharif erinnerten, unternahm jedoch nichts, ohne es zu erklären. Das Dermatoskop in seiner Hand, das Beckmann wie eine einfache Leuchtlupe vorkam, bezeichnete er als Auflichtmikroskop und begann, die Pigmentierungen zuerst auf Beckmanns Brust, dann auf dessen Rücken zu untersuchen.

»Zwischen den Schulterblättern soll etwas sein.«

Der Arzt richtete sein Handmikroskop auf die fragliche Stelle. Es dauerte länger als bei den anderen Hautflecken.

»Ja, das sollten wir uns genauer anschauen. Mit der konfokalen Lasermikroskopie können wir Bilder der Haut erzeugen, ohne das untersuchte Gewebe zu entfernen.«

»Wie funktioniert das?«

»Völlig ungefährlich, absolut schmerzlos und unblutig. Es

ist eine schnelle Diagnosemöglichkeit ohne die Notwendigkeit, gleich zu schneiden, also Gewebe zu entfernen und im Labor zu untersuchen.«

Beckmann war skeptisch. Sollte hier vielleicht nur der Einsatz teurer Apparate ermöglicht werden?

»Die Bilder können Sie live am Monitor sehen. Ein Diodenlaser schickt Lichtblitze in die Haut, aus den Reflexionen generieren wir horizontale Schnittbilder mit sehr hoher Vergrößerung. Alles keine Zauberei.«

Beckmann willigte in die Untersuchung ein und wurde in einen anderen Raum geführt. Eine Schwester heftete ihm einen Plexiglasaufkleber zwischen die Schulterblätter, der mit einem Lasermikroskop verbunden war. Die Apparatur arbeitete absolut lautlos, und er verspürte keinen Schmerz, nicht einmal ein Kribbeln. Trotzdem war ihm der Vorgang, gerade wegen seiner Unsichtbarkeit und weil er ihn nicht spürte, unheimlich. Es war, als verändere die Arbeit des elektronischen Geräts die Luft im Raum.

Beckmann atmete tief durch. Er musste einen Augenblick warten, dann kam der Arzt wieder und drehte einen Flachbildschirm so, dass auch Beckmann alles sehen konnte. Das Bild erschien ihm als ein amorphes grauweißes Gewimmel ohne jede Aussagekraft.

»Das ist die Junktionszone Ihres Zellnävus.«

Der Arzt klickte sich wortlos durch weitere Bilder, Schicht folgte auf Schicht, ohne dass sich für Beckmann etwas signifikant anderes herauslesen ließ. Dann lehnte der Arzt sich in seinem Sessel zurück.

»Danken Sie Ihrer Frau.«

Beckmann saß auf einem drehbaren Hocker ohne Lehne und verlor fast das Gleichgewicht.

»Was? Was meinen Sie?«

»Es ist tatsächlich ein Melanom. Maligne, frühes Stadium, aber eindeutig, würde ich sagen. Endgültige Sicherheit haben wir erst nach der OP und dem Laborbefund, aber ich fürchte, das Bild ist eindeutig.«

Noch immer benommen saß Beckmann in der Lounge und wartete auf einen Termin für weitergehende Untersuchungen nach Metastasen. Er konnte sich nicht zurücklehnen, sonst spürte er die mit vier Stichen genähte Wunde auf seinem Rücken. Die Worte Melanom und Metastasen kreisten wie ein tropischer Wirbelsturm in seinem Kopf, ohne dass er einen klaren Gedanken fassen konnte. Er habe gute Chancen, sehr gute Chancen, hatte der Arzt gesagt, weil der Krebs in einem so frühen Stadium erkannt und entfernt worden sei. Zum Abschied hatte er wiederholt, dass Beckmann seiner Frau für die Warnung dankbar sein müsste, weil mit bloßem Auge kaum eine Deformation des Leberflecks zu erkennen gewesen sei.

Man hatte ihm nach der Laserbehandlung einen Zugang in der Armbeuge gelegt und an dem Venenkatheter ein Reagenzröhrchen nach dem anderen mit seinem Blut gefüllt. Er hatte nicht mitgezählt, aber es waren sehr viele Röhrchen gewesen. Ihre Verschlusskappen hatten in allen Farben des Regenbogens geschillert. Ihm war mulmig geworden; es war, als würde nicht Blut, sondern seine Energie, seine Widerstandskraft abgesaugt. Auch Sonographie, MRT und eine PET sollten auf der Suche nach Metastasen helfen. Er war beunruhigt, was ihm noch alles bevorstand. Vollständige Entwarnung wollte der Arzt erst geben, wenn alle Untersuchungen gemacht waren und die Laborwerte vorlagen. Die Schwestern und der Arzt hatten versucht, ihm Zuversicht zu vermitteln, aber er war skeptisch geblieben.

Der Dermatologe hatte ihm geraten, die weiteren Untersuchungen nicht als Belastung und Zumutung zu verstehen, sondern als Erleichterung, weil sie ihm sehr wahrscheinlich Sicherheit geben würden, dass alles in Ordnung sei. Beckmann saß vornübergebeugt in einem der tiefen Sessel, und plötzlich durchströmte ihn doch so etwas wie Entlastung und zugleich eine tiefe Dankbarkeit gegenüber der Chinesin. Und er empfand Scham, dass er sie im Gespräch mit dem Arzt nicht erwähnt hatte.

Er kam sich vor wie auf einem Rollercoaster, der die Zeit beschleunigt. Vor knapp fünf Stunden hatte er die Klinik betreten, es war eine potenziell lebensgefährliche Krankheit diagnostiziert worden, er hatte einen kleinen Eingriff und eine Vielzahl von Untersuchungen über sich ergehen lassen. Es gab zwar eine vorläufige Entwarnung, aber nichts war wie vorher. Er würde regelmäßig zu Nachuntersuchungen erscheinen müssen. Er fühlte sich durch das Melanom gezeichnet und zugleich ausgezeichnet, erhöht dadurch, dass er noch einmal davongekommen war. Aber war er wirklich davongekommen? Die Angst, die ihn zu Beginn erfasst hatte, kehrte wieder. Er hatte sich vollkommen gesund gefühlt. Konnte er sich jetzt noch als gesund empfinden?

Jemand trat zu einem der jungen Männer an den Counter. Beckmann erkannte Dr. Lioni sofort wieder. Die aufrechte Haltung, ihr grau durchwirkter, drahtiger Wuschelkopf. Ihr weißer Kittel war offen, und ihr apartes Kleid kam zur Geltung. Ihre strahlende Präsenz im Raum war unverkennbar. Dr. Lioni war Neurologin und hatte seine Zugehfrau Micaela vor einiger Zeit im alten Krankenhaus in Olbia behandelt. Jetzt drehte sie sich um und kam lächelnd zu ihm herüber. Im von oben einfallenden Sonnenlicht zwischen Counter und Lounge ging sie wie durch die Strahlen eines Scheinwerfers auf einer Bühne.

Beckmann stand elektrisiert auf. Dr. Lioni erkundigte sich, was ihn herführe.

»Nur ein kleiner Eingriff in der Dermatologie. Am Rücken. Aber anscheinend handelt es sich um Krebs.«

»Ein früh behandeltes Melanom bleibt zu einem großen Prozentsatz ohne weitere Folgen. Seien Sie zuversichtlich.«

Sie schaute ihn an. Beckmann bemerkte zum ersten Mal, dass sie braune Augen hatte.

Einer der jungen Männer vom Counter kam zu ihnen und reichte ihm einen Zettel. »Ihr Termin für die weiteren Untersuchungen. Bis dahin liegen auch alle Laborwerte vor.«

Beckmann nahm den Zettel entgegen wie ein Todesurteil.

»Danke.«

Der Mann ging ungerührt wieder hinter seinen Tresen.

»Sie dürfen die Diagnose nicht absolut setzen. Man befürchtet zuerst immer das Schlimmste, und dann merkt man plötzlich, was einem alles noch Schönes bevorsteht.« Dr. Lioni streckte Beckmann die Hand entgegen. Sie war fest und warm.

»Alles Gute. Ich werde ein Auge darauf haben, dass man Sie hier gut behandelt.« Sie lächelte und entzog ihm ihre Hand, die er immer noch festhielt wie einen Rettungsring. »Entschuldigen Sie mich jetzt. Ich muss wieder auf Station.«

Beckmann blieb nachdenklich zurück. War sie nur in die Halle gekommen, um ihn zu begrüßen? Hatte sie gewusst, dass er hier behandelt wurde?

7

Seine Blutwerte erwiesen sich einige Tage später als normal, die Untersuchungen auf Metastasen waren ohne Befund geblieben, und er fühlte sich von einer schweren Last befreit. Zugleich stellte er sich die Frage, was geschehen wäre, wenn die Chinesin, von der er nicht viel mehr wusste, als dass sie sich Xia nannte, ihn nicht gewarnt hätte? Er hätte weitergelebt wie bisher. Das Melanom wäre gewachsen. Er hätte keine Chance gehabt, es zu erkennen. Vielleicht hätte es irgendwann angefangen zu jucken, oder er hätte Schmerz empfunden? Wäre es dann bereits zu spät gewesen? Er war dieser fremden jungen Frau zutiefst dankbar, wusste aber nicht recht, wie er das zum Ausdruck bringen könnte. Bisher war er wegen der Wunde auf dem Rücken nicht wieder zum Baden am Strand gewesen.

Bei seinem zweiten Besuch im Mater Olbia hatte Dr. Lioni kurz, wie beiläufig, in der Dermatologie vorbeigeschaut. Beckmann hatte sich ein Herz gefasst und sie zum Abendessen bei *Da Martino* in Olbia eingeladen. Sie sagte freudig zu. Als er reservierte, war der Chef persönlich am Telefon.

»Sie sind zu zweit?«

»Ja, zwei Personen.«

»*Dottore*, ich werde Tisch Nummer drei an der Säule für Sie und Ihre Frau freihalten.«

Beckmann war lange nicht mehr in dem Lokal gewesen und wunderte sich, dass Martino sich daran erinnerte, welchen Tisch seine Frau bevorzugt hatte. Es beunruhigte ihn, immer wieder auf Anja angesprochen zu werden. Aber er ließ Martinos Vermutung unkommentiert und weigerte sich, die Bemerkung als schlechtes Vorzeichen für seine Einladung an Dr. Lioni zu betrachten.

Am Abend wartete Beckmann an der Bar. Martino, groß und mit dem Kopf eines stolzen Römers, begleitete den *dottore* und seinen Gast persönlich zum Tisch und rückte den Stuhl für Dr. Lioni zurecht, ohne auch nur mit der Wimper zu zucken. Beckmann bestellte als Aperitif einen Crodino, und sobald Martino außer Hörweite war, fragte Dr. Lioni ganz direkt:

»Wie lange sind Sie trocken?«

Er war überrascht, überlegte die möglichen Antworten, wog ab, entschied sich für die Gegenfrage.

»Wie kommen Sie darauf, ich sei Alkoholiker?«

»Ich bin Ärztin, eine gute Ärztin, ich sehe so etwas.«

»Seit meinem Klinikaufenthalt sind es fast drei Jahre. Ich hatte allerdings einen kleinen Rückfall hier auf der Insel.«

»Ich hoffe, es stört Sie nicht, wenn ich einen Aperol Spritz nehme und zum Essen eine halbe Flasche Vermentino? Ist das okay?«

»Absolut. Wäre ja noch schöner, wenn ich Ihnen den Wein verbieten würde.«

»Auf Sardinien muss es schwer für Sie sein, trocken zu bleiben. Hier gibt es normalerweise keine Mahlzeit ohne Wein.«

Ihre Stimme war warm und dunkel, mit einem Hauch von Ironie, den Beckmann im Krankenhaus nicht bemerkt hatte. Ihre Kehle schmückte ein grüner Stein, schmiegte sich in den seidigen Schatten ihrer Drosselgrube. Er hielt den Schmuck für Jade, aber Dr. Lioni belehrte ihn: »Nichts Besonderes, Aventurin, einfaches Glimmerquarz. Manche Leute sagen auch Tibetstein.«

»Trotzdem sehr schön. Das Grün steht Ihnen.«

Sie kam darauf zu sprechen, dass der Alkoholkonsum auf Sardinien ein zunehmendes Problem sei, es werde viel mehr konsumiert als auf dem Festland. Schon immer seien große Mengen harter Schnäpse auf der Insel getrunken worden, bereits das sardische Aquavite Filu 'e ferru weise darauf hin: Der Name bedeute »Eisendraht«. Früher seien aus den Traubenresten der Winzer Trester schwarz gebrannt worden, und sowohl die illegalen Destillationsanlagen als auch der Alkohol seien in der Erde vergraben worden, damit der Zoll sie nicht aufspürte. Um die Verstecke wiederzufinden, habe man Eisendrähte in die Erde gesteckt.

»Inzwischen spricht man nicht nur vom Binge-Watching bei Fernsehserien, sondern auch vom Binge-Drinking. Aber wir sollten vielleicht das Thema wechseln.«

»Ich hätte nichts dagegen. Wieso sind Sie jetzt im Mater Olbia und nicht mehr in der anderen Klinik?«

»Es ist ein so toller, äußerst moderner Betrieb, alles noch im Werden, und sie haben mir ein Angebot gemacht, das ich nicht ablehnen konnte. Ich habe es nicht eilig, nach Cagliari zurückzukehren.«

»Sie kommen aus Cagliari?«

»Meine Familie lebt dort.«

Sie aßen in der gewohnt guten Qualität. Während sie sich angenehm leicht unterhielten, hatte Beckmann mehrmals das Bedürfnis, sie zu berühren, ihre Haut zu spüren. Aber er wagte es nicht, seine Hand auf ihre zu legen oder auf ihren nackten Unterarm. Da war eine Furcht, die zauberhaft unbeschwerte Atmosphäre zwischen ihnen zu zerstören. Sie war eine verheiratete Frau, sie waren in der Öffentlichkeit, und sie waren auf Sardinien. Der Übergang von »Sie« zum »Du« gelang dagegen reibungslos. Ihr Name war Francesca, er solle sie Franca nennen. Er würde den Namen ihr gegenüber nur selten als Anrede verwenden. Für ihn war sie Lioni. Das war ihr Name.

Nach dem Essen, es war erst gegen dreiundzwanzig Uhr, lud Lioni ihn zu sich nach Hause auf einen Kaffee ein. Beckmann ging gerne darauf ein, war sich aber unsicher, was diese Einladung zu bedeuten hatte. Er nahm sich vor, weiterhin Zurückhaltung zu üben.

Sie wohnte in einem fünfstöckigen Neubau mit Fahrstuhl am Kreisel von Olbia, an dem die historische Uferpromenade endete und der neue Hafenbereich begann.

»Wievielter?«

»Oberster.«

Sie griffen beide gleichzeitig zum Knopf, und ihre Hände berührten sich. Lioni lachte und überließ es ihm, den Fahrstuhl in Bewegung zu setzen.

Das Apartment war klein und modern eingerichtet, ganz ohne typisch sardische Elemente. Die weitläufige Terrasse hatte mindestens die Ausdehnung des Wohnzimmers. In mächtigen Terracotta-Töpfen drei Palmengewächse. Der Blick über den Hafen und die Lichter der Schiffe war atemberaubend. Nur das hässliche Bunt der Fähren der Moby Lines mit ihren überdimensionalen Zeichentrickfiguren auf den weißen Aufbauten störte.

Beckmann bewunderte die Aussicht. Dr. Lioni servierte Espresso, den sie in den bequemen Korbstühlen auf der Terrasse nahmen. Zum Abschied sagte sie, sie wolle unbedingt sein Haus kennenlernen, von dem er erzählt hatte. Vor der Fahrstuhltür verabschiedete er sich zurückhaltend. Sie gab ihm zwei Wangenküsse, die nicht ganz so zurückhaltend waren.

Beckmann fuhr aufgeräumt und beschwingt nach Hause. Die Küstenstraße lag im Mondlicht leer vor ihm. Aus dem Seitenfenster sah er die kleine Insel, die Anja immer die »japanische« genannt hatte. Sie war eigentlich nur ein kegelförmiger Felsen, der aus der Meeresoberfläche ragte, ganz so wie einer der

Steine aus dem geharkten Sand des Zen-Gartens im Ryoanji-Tempel in Kyoto. Sie hatten beide Japan nie besucht, aber Zen und Buddhismus waren für Anja mehr gewesen als nur exotischer Eskapismus. Sie konnte sich verlieren im Anlegen der Steingärten am Haus, sinnierte lange über die dann ganz plötzlich schlagend richtige Platzierung eines moosbedeckten Steins inmitten ihrer Sukkulenten.

Er musste unbedingt aufhören, immer wieder diesen Erinnerungen nachzuhängen. Er musste sich befreien von der nicht endenden Trauer, deren tiefes Schwarz zu einem ausgewaschenen Grau geworden war. Warum durch die Räume der Erinnerung streifen, wenn niemand mehr in ihnen lebte? Er sehnte sich nach dem Vergessen. Nicht nach dem dumpfen Abtauchen im Alkohol, sondern nach einem bewussten, einem aktiven Vergessen. Er wollte sich dem Leben zuwenden, sich wieder etwas trauen, auch auf die Gefahr hin, dass er vielleicht etwas empfand, das nicht auf Resonanz stoßen würde. Er spürte, dass die Trauer begann, Macht über ihn einzubüßen. Er wollte sich wieder verlieren im Körper einer Frau.

8

»Professore!«

Die Stimme der Dame im winzig kleinen Postamt von Vaccileddi dröhnte hinter der Scheibe aus Panzerglas. Hier gab es nicht nur Briefmarken, hier beglich man Rechnungen, bezahlte seine Steuern oder die Gebühr für die Müllabfuhr. Zum Monatsbeginn standen die Menschen über die schmale Treppe bis hinaus zur Straße, denn hier holten die Alten und Bedürftigen auch ihre Renten oder Zuschüsse ab. Beckmann wurde in seinem abgelegenen Refugium keine Post zugestellt, daher hatte er ein Postfach eingerichtet. Niemand schrieb in diesen Zeiten noch Briefe, aber er bezog weiterhin einige der Fachzeitschriften aus Deutschland, die er während seiner Zeit als Kriminalrat und Leiter der Abteilung Organisierte Kriminalität im LKA in Berlin gelesen hatte.

Seit er der Beamtin erzählt hatte, dass er hin und wieder auch aus Deutschland bestellte Bücher bei ihr abholte, hatte sie ihn mit *professore* begrüßt. Es war ihm nicht gelungen, ihr das abzugewöhnen. Beckmann wusste, sie hieß Maria und war mit Anfang fünfzig schon stolze Großmutter. Sie öffnete die schwere Tür neben ihrem panzerglasgeschützten Schalter, reichte ihm das kleine Päckchen, das er aufgrund einer Bestellung erwartet hatte, und hielt in der Rechten einen Briefumschlag.

»Vier Tage«, sagte sie, einen Anflug von Vorwurf in der Stimme.

Beckmann nahm Päckchen und Brief entgegen und bedankte sich. Nach dem üblichen kurzen Kommentar zur aktuellen Wetterlage ging er hinaus zu seinem Wagen. Der Brief war von seiner Tochter. Er konnte der Versuchung, ihn sofort aufzureißen, nur schwer widerstehen.

Auf dem Weg zurück ins Tal lag der Briefumschlag auf dem rissigen Leder des Beifahrersitzes. Beckmann schaukelte den alten Rover über die Furchen und Querrillen der Strada Bianca und warf immer wieder einen Blick auf das Kuvert. Doris hatte seine handgeschriebenen Mitteilungen mit einem Brief beantwortet. Sie hatte nicht spontan angerufen, hatte keine schnelle SMS oder E-Mail geschickt, sondern sich Zeit für einen Brief genommen. Er war nicht sicher, ob das ein gutes oder ein schlechtes Zeichen war.

Er zwang sich zur Ruhe, machte sich erst einmal einen Espresso und setzte sich dann mit dem Päckchen und dem Brief auf die Terrasse. Er packte den Roman und das Sachbuch über China aus und brachte den Karton zum Mülleimer für *carta/cartone*. Der Brief lag immer noch ungeöffnet auf dem Tisch.

Beckmann trank seinen Kaffee.

Sie hatte sich die Mühe gemacht, genau wie er mit der Hand zu schreiben. Ihre Handschrift war erstaunlich flüssig, mit schönen Schwüngen. Die Anrede »Lieber Vater« beruhigte ihn sofort. Der Brief war von großer Klarheit. Doris akzeptierte seine Darstellung der Ereignisse, wollte ihn aber nicht von aller Verantwortung für den Tod ihrer Mutter freisprechen. Sie gab zu, dass ihr als Tochter eine Beurteilung seiner Affäre mit der Polizeianwärterin nicht wirklich zustehe, und glaubte ihm, dass ihre Mutter ihm den Seitensprung längst verziehen gehabt hatte. Er hatte ihrer Meinung nach aber durch seinen übertriebenen Arbeitseinsatz und Ermittlungseifer den Anschlag auf sein Leben provoziert, der dann durch einen Zufall Anja getroffen hatte. Sie wolle die persönliche Aussprache, könne aber erst in drei Wochen auf die Insel kommen, da sie einen neuen Job angenommen habe.

Ihre Worte waren durchaus zugewandt und verständnisvoll, gleichzeitig jedoch klar abgegrenzt, und in dieser Haltung erkannte er, wie sehr Doris die Tochter ihrer Mutter war. Beckmann hatte geschrieben, sie sei jederzeit willkommen. Doris nannte nun einen Termin in drei Wochen und fragte, ob er ihm recht sei. Sie würde für ein verlängertes Wochenende kommen und bat um kurze Bestätigung, damit sie buchen könne. Ein Brief fiel irgendwie aus der Zeit. Die Post war langsam. Er schaute auf den Stempel. Drei Tage hatte er auf die Insel benötigt, vier Tage im Fach bei Maria geruht. Eine Woche Wartezeit war bereits vorüber. Der Brief endete mit einer ihm unbekannten Anschrift und neuen Kontaktdaten. Beckmann war glücklich und schickte sofort eine SMS.

9

Er war sehr früh zum Fädenziehen im Krankenhaus gewesen und freute sich auf sein erstes Bad nach der Operation. Am Strand von Porto Taverna suchte er nach Xia, um sich bei ihr zu bedanken. Er hatte überlegt, der Chinesin ein Geschenk zu machen, aber es war ihm beim besten Willen nichts eingefallen, was er ihr hätte kaufen können. Da er sie nicht finden konnte, ging er schwimmen, zog seine Bahn, die übliche Tour. Er glitt zügig durch das türkisfarbene Wasser hinaus bis zur großen roten Boje, der Grenze für die Gommone, Motorjachten und Segelschiffe. Draußen ließ er sich eine Weile auf dem Rücken treiben, blinzelte in den klaren Himmel, betrachtete die Insel Tavolara und die davor ankernden Boote. Er vergaß die Ereignisse der letzten Tage und fand zu einer umfassenden Ruhe. Die Wellen hoben ihn sacht und ließen ihn sacht wieder sinken. Auf wundervolle Weise gewiegt und gereinigt, machte er sich auf den Weg zurück zum Ufer.

Entspannt beobachtete er für eine Weile das Treiben am Strand, immer auf der Suche nach dem großen weißen Hut der Chinesin. Aber sie tauchte nicht auf. Möglicherweise arbeitete sie am Strand von Cala Pirata, überlegte Beckmann und fuhr ein Stück die Küste hinauf.

Anja und er hatten die Bucht immer Baby Beach genannt, weil sie so seicht war, was der Legende nach früher Schmugglern und Piraten die Anlandung vereinfacht und zu dem Namen Cala Pirata geführt hatte. Heute bevölkerten viele Familien mit Kleinkindern den Strand, die hier relativ gefahrlos am Meeressaum spielen konnten. Er hatte nicht gewusst, dass eine der

Zufahrten zu diesem Strandabschnitt beim letzten Unwetter unterspült worden und die alte Straße bis auf einen schmalen Rest weggebrochen war. Die Stelle war mit rot-weißem Flatterband gesichert. Beckmann setzte zurück, ließ den Rover stehen und ging zu Fuß weiter.

Auf der anderen Seite der Abbruchkante stand eine Frau, in der er Xia zu erkennen meinte, auch wenn sie nicht ihren üblichen großen weißen Hut, sondern ein knallrotes Basecap trug. Er wollte gerade zu ihr laufen, als wie aus dem Nichts ein Mann auf einem Motorrad auf sie zuraste, den rechten Fuß ausgestreckt, als wolle er sie umtreten. Sie sprang im letzten Moment beiseite, aber der Fahrer bremste ab und wendete. Provozierend ließ er den Motor aufheulen, nahm erneut Anlauf. Die Chinesin riss eine der Eisenstangen aus der Straßenabsperrung, und das Flatterband zerfetzte wie Krepppapier. Sie schob leicht die rechte Schulter vor, packte die Stange mit beiden Händen wie ein Schwert. Der Fahrer kam auf sie zugerast. Mit der Eleganz einer Torera wich ihm die Chinesin aus und schwang die Stange. Sie traf den Mann mit voller Wucht auf die Brust. Das Vorderrad des Motorrads hob ab, der Fahrer ließ den Lenker los, flog aus dem Sattel, schlug hart auf dem Asphalt auf. Seine Maschine krachte im hohen Bogen in den Straßengraben. Der Mann lag auf dem Boden und rührte sich nicht.

Beckmann hielt den Atem an. Er war sicher, wenn sie gewollt und ihn knapp unterhalb des Helms getroffen hätte, wäre der Fahrer geköpft worden. Jetzt entdeckte die Chinesin Beckmann am anderen Ende der Baustelle, ließ sofort die Stange fallen und floh ins Schilf.

Er wusste nicht, ob er der Frau folgen sollte. Das Geschehen zog noch einmal wie in Zeitlupe an ihm vorüber: der perfekt ausbalancierte Schwung der Stange. Der sichere Stand der Frau.

Das kurze Aufsteigen des Motorrads. Der Flug des Fahrers durch die Luft. Beckmann hörte noch einmal den dumpfen Knall, als die Stange auf die Lederjacke des Mannes traf, und das Krachen des Helms auf dem Asphalt, als er aufschlug. Beckmann entschied sich, zuerst nach dem Verletzten zu schauen.

Vorsichtig nahm er dem Mann den Helm ab, der in seiner Form und mit dem verspiegelten Visier eher an die Kopfbedeckung eines Astronauten erinnerte. Das Gesicht des chinesischen Jungen war schmal und zugleich flächig. Beckmann schätzte ihn auf siebzehn oder achtzehn Jahre, groß für sein Alter. Er hatte einen flachen Hinterkopf, und es sah aus, als setze sich sein Nacken senkrecht nach oben fort. Das dort befindliche Tattoo deutete Beckmann als eine stilisierte Schilflandschaft, die Spitzen des Röhrichts reichten an den rasierten Haaransatz. Am linken Handgelenk entdeckte Beckmann eine weitere Tätowierung, ein in sich verschlungenes Dreieck. Er vermutete darin ein Zeichen für die Mitgliedschaft bei den Triaden, den chinesischen Geheimgesellschaften.

Beckmann beugte sich über den Verletzten, schlug ihm leicht auf die Wangen. Die Lider flatterten, der Junge kam zu Bewusstsein und starrte ihn an, die schwarzen Pupillen groß und offen. Ohne jede Vorwarnung spuckte der Angreifer ihm ins Gesicht. Beckmann wich zurück und wischte sich verwundert über die feuchte Wange. Der Schilfjunge richtete sich auf, schaute verstört um sich, griff nach seinem seltsamen Helm und schwang ihn gegen Beckmann, dem es gerade noch gelang, den Kopf zurückzubeugen. Der Junge sprang auf die Beine. Er stöhnte und rannte, sich gekrümmt die Rippen haltend, zu seinem Motorrad, zerrte es aus dem Graben, stieg auf und fuhr davon. Das Hinterrad war verbogen, und die Unwucht ließ das Gefährt gefährlich schlingern, trotzdem gab der Junge Gas. Beckmann sah nur noch, wie er in der Kurve hinter dem hoch stehenden Schilf verschwand.

Konsterniert saß er auf der Straße. Auf dem rissigen Asphalt lag neben ihm die Eisenstange, der rote Warnanstrich verblichen. Die Tatwaffe. Sollte er sie anfassen? Alte Reflexe. Die beiden Haken am oberen Ende für das rot-weiße Flatterband ließen die Stange tatsächlich beinahe wie ein Schwert erscheinen.

Beckmann suchte nach der Stelle, wo die Frau im Reet verschwunden war, und fand einen schmalen Pfad, der sich durch das Rohr wand. Er folgte dem Weg, sprang über feuchte Rinnsale, die sich Richtung Strand schlängelten. Leichter Modergeruch stieg auf. Der Pfad verzweigte sich immer wieder, wie in einem Labyrinth. Beckmann versuchte sich Richtung Meer zu orientieren, musste über eingetrocknete Fäkalien und besudelte Papiertaschentücher steigen. Unvermittelt trat er aus dem Schilfdickicht und stand im feinen weißen Sand der Bucht.

Es war schwül, das Meer war ruhig. Das Flachwasser leckte gelangweilt am Strand. Träge lagen Touristen in der spätsommerlich flimmernden Sonne, als sei nichts geschehen. Beckmann suchte zwischen ihnen nach der Frau mit der rotseidenen Baseballcap, konnte sie aber nicht finden. Zwei- oder dreimal fragte er vergeblich, ob jemand eine Frau mit einer roten Kappe gesehen habe. Er lief die ganze Bucht ab. Die Chinesin blieb verschwunden. Inzwischen zweifelte er daran, dass es Xia gewesen war. Wie er auf diesen Gedanken gekommen war, wusste er nicht.

10

Beckmann war im Studio, als Francesca Lioni anrief und den Vorschlag machte, gemeinsam einen kleinen *giro* zu unternehmen.

»Ich habe zufällig zwei volle Tage dienstfrei in der Klinik. Ich lade dich ein. Tagesausflug zu römischen Thermen mit einer Übernachtung.«

Beckmann war überrascht, das klang verheißungsvoll. Er hatte gedacht, er würde die Initiative ergreifen müssen.

»Eine Übernachtung? Also werde ich einen Schlafanzug brauchen?«

»Wenn du ohne nicht schlafen kannst. Auf jeden Fall aber eine Badehose.«

Beckmann spürte, wie seine Erregung wuchs. Er hätte diese Forschheit nicht erwartet und erkundigte sich nach den Einzelheiten des Ausflugs.

»Eine kleine Überraschung. Mein Vorschlag, meine Einladung, mein Wagen. Also, ich fahre.«

»Okay.«

»Wir sollten nicht zu spät los. Ich hole dich in Porto San Paolo ab, an der *Bar Centrale*.«

»Neun Uhr?«

»Zehn ist früh genug.«

Franca Lioni rauschte am nächsten Morgen mit Schwung auf den Parkplatz der Bar. Ihr kleiner Fiat 500 war eine X-Cross-Ausführung, und Beckmann war erstaunt, wie geräumig es auf dem Beifahrersitz war. Hinter San Teodoro fuhren sie auf die Autobahn. Wenig Verkehr, ein paar schnell ziehende Wolken, ansonsten Sonnenschein und saftig grüne Wiesen. Sanft ansteigende Kegel, undurchdringlich von waldigem Grün überzogen, waren die ersten Ausläufer des Monte Albo. Bald wurden die Hänge steiler, und es stießen schartige Granitabbrüche und kahl aufragende Felsen aus der Macchia. Lioni fuhr konzentriert und sicher, die beeindruckende Landschaft war ihr keine Bemerkung wert. Sie fragte Beckmann, ob er seine Befunde bekommen habe, wollte wissen, wie es ihm gehe. Er beantwortete ihre Fragen, erzählte von seiner Tochter, erwähnte ihren Brief, der ihn so gefreut hatte. Lionis Augen glänzten, als sie von ihrem Sohn schwärmte, der auch Mediziner werden wollte und in Mailand studierte. Er würde sicher einer der besten Chirurgen Italiens, wenn nicht Europas werden. Er sei unglaublich begabt und so gut aussehend.

Später passierten sie schweigend Nuoro, den Geburtsort von Grazia Deledda, der einzigen Italienerin, die den Nobelpreis für Literatur erhalten hatte. Beckmann war sicher, Lioni wusste um seine intensive Beziehung zur Insel und verschonte ihn deshalb mit touristischen Informationen. Nach einer weiteren knappen Stunde senkte sich links der Autobahn die Landschaft zum Fluss Tirso und dem Stausee Lago Omodeo.

Sie erreichten das *Grand Hotel*. Die Auffahrt und der große, gut besetzte Parkplatz waren umsäumt mit hässlichen Steinstelen voller Reliefs, Statuen von Frauengestalten oder abstrakteren Werken. Beckmann schwante nichts Gutes. Er hatte hier auf Sardinien wunderbare moderne Bildhauerkunst gesehen, die grafische Elemente des alten sardischen Handwerks aufnahm, wie zum Beispiel den *Singenden Stein*, den Pinuccio Sciola geschaffen und am Ort des Zusammentreffens zweier winziger Gassen in Berchidda aufgestellt hatte. Den Klang, den Gesang der sardischen Steine hatte der Bildhauer aus dem Fels befreit, indem er die Skulptur in sehr feine Scheiben zersägt hatte. Die Einschnitte waren von verschiedener Länge, und so erzeugten die Scheiben, wenn man sie anschlug, unterschiedliche Töne. Paolo Fresu hatte vor Jahren sogar einmal Werke dieser Art auf die Bühne des jährlich in dem kleinen Weinort stattfindenden Jazzfestivals geholt. Anja konnte an dem Stein nicht vorbeigehen, ohne darauf zu spielen, und so waren sie eines Tages nach San Sperate gefahren, wo Sciola einen Park mit diesen *Singenden Stelen* errichtet hatte, einen klingenden Chor aus Fels. Zusammen mit dem Obertongesang der Tenores war dies für Beckmann der wahre Sound Sardiniens. Er ließ seine Erinnerung vorüberziehen; es gelang ihm, sie einfach verwehen zu lassen. Die Rückschau konnte ihn an diesem Tag nicht überwältigen. Er hatte Erwartungen an die Gegenwart.

Seine von den Stelen und Statuen in der Auffahrt herrührenden Befürchtungen wurden im Hotel bestätigt, das mit seinen schlechten Nachahmungen römischer Statuen rund um den Innenpool und die Thermalbäder eher den Charme einer Kurklinik verströmte. Einige alte Menschen wurden im Rollstuhl zu ihren Anwendungen geschoben, ausländische Touristen gab es unter den Gästen nicht.

Die Suite, die Lioni reserviert hatte, war großzügig und vergleichsweise geschmackvoll ausgestattet. Der Blick vom Balkon auf die geschwungenen Außenanlagen aus Naturstein und in die Landschaft versöhnte Beckmann mit dem Ambiente. Das Licht in dieser eher bukolischen Gegend erschien ihm sanfter als an der Ostküste. Lioni küsste ihn fröhlich auf den Mund und wollte sofort ins heilende Wasser. Er überwand schnell seine Überraschung und folgte ihr in freudiger Erwartung.

Im Whirlpool mit dem heißen Wasser der Therme behielten sie die Badekleidung an. Auch ein sardisches Paar war im Pool und ging für Beckmann überraschend intensiv auf Tuchfühlung. Vor der Tür zur Sauna streifte er die Badehose ab.

»In die sardische Sauna geht es nur mit Badekleidung«, sagte Lioni.

»Das ist eine finnische Sauna, steht dran.«

»Das ist eine finnische Sauna auf Sardinien, und hier gilt sardische Etikette. Wenn du keinen Skandal auslösen oder vielleicht sogar mit der örtlichen Polizei Bekanntschaft machen willst, dann behältst du besser die Hose an.«

»Das Paar da im Pool ...«

»Die hatten Badekleidung an.«

Beckmann fügte sich verwundert.

Nach der Sauna stieg Lioni vor ihm aus dem sprudelnd kalten Wasser eines Tauchbeckens. Ihr Badeanzug war im Rücken tief ausgeschnitten. Tropfen rannen über ihre bloßen braunen Schulterblätter. Sie bewegte sich elegant, selbstbewusst. Wie ein Hund schüttelte sie das Wasser aus ihrem Haar und lachte.

»Wir könnten nachher hier etwas essen oder in einem nahen Agriturismo, wenn dir der Stil des Hauses nicht gefällt.«

Das klang wundervoll. Sie hatte seine Zurückhaltung, was die Dekoration des Hauses anging, erspürt. Er lächelte breit.

»Prima.«

Ihm wäre in diesem Moment alles recht gewesen, was Lioni vorschlug.

Später in der Suite sah er sie, gerahmt von der Öffnung des Türsturzes, unter der Dusche, sorglos und gelassen. Er konnte sich nicht sattsehen an ihren ungezwungenen Bewegungen, ihrer nachlässigen Anmut. Das Wasser schimmerte auf ihrer Haut. Er bewunderte ihre Brüste. Und er verstand, warum zu allen Zeiten Maler den Körper der Frauen im Bad gemalt haben.

Sie kamen nicht dazu, zum Essen zu fahren. Erregt fielen sie aufs Bett. Die Breite ihrer Hüften überraschte ihn, die Straffheit ihres Bauches. Er küsste die tiefe Senke ihres Nabels, richtete sich auf und drang in sie ein, ihre Zunge in der Muschel seines Ohres. Ein Schauer durchlief ihn, er schloss die Augen und stürmte los.

»Sieh mich an.« Und noch einmal flüsterte sie: »Sieh mich an.«

Sie hielt inne, und er schlug die Augen auf. Ihr Gesicht dicht vor dem seinen, mischte sich beider Atem. Er glaubte, in ihr Innerstes tauchen zu können. Ein Song zog durch seine Imagination, die ferne Melodie von *Brown Eyed Girl.* »*Skipping and a-jumping in the misty morning fog with our hearts a-thumping, and you, my brown eyed girl, and you, my brown eyed girl ...*«, sang Van Morrison. Beckmann versank im warmen Braun ihrer Iris, und sie fanden einen neuen, gemeinsamen Rhythmus. Sie gab kleine wimmernde Laute von sich, die seine Erregung befeuerten. Es gelang ihm, im Einklang mit ihren langsam wogenden Bewegungen zu bleiben, bis sie fortgetragen wurden aus Raum und Zeit.

Einen Moment lagen sie unbeweglich. Sie bedeckte ihre verschwitzte Haut mit dem Laken. Er hob das Tuch über ihrem Rücken, sah ihren bloßen Nacken, den kräftigen, muskulösen Hintern. Er zog sie zu sich heran, spürte die tröstende Nähe ihres Körpers. Sie drehte sich träge zu ihm, und sie gingen noch einmal auf diese Reise, in deren Verlauf alle Erinnerung fortgeschwemmt wird und die Zeit für einen Moment stehen bleibt.

Es war längst zu spät für das Agriturismo, und Lioni hatte keine Lust, noch einmal zu fahren. Beim Abendessen auf der Terrasse des Hotels widmete sie sich ungeniert ganz allein der Flasche Vermentino und eröffnete Beckmann, dass der eigentliche Höhepunkt ihres Trips morgen stattfinden werde. Sie werde ihn zu den Ruinen des antiken römischen Bades führen und versprach ihm ein einmaliges Badeerlebnis.

Beckmann schlief selig und wie zu Hause im Tal in T-Shirt und Boxershorts. Sacht wie ein Seidentuch senkte sich die Dunkelheit auf die Landschaft.

11

Er erwachte am frühen Morgen, vor dem Fenster war es noch
dunkel. Sie lag neben ihm, schlief fest. Die immer noch glatte,
straffe Haut ihres reifen Körpers war nur teilweise vom dünnen
Laken bedeckt. Sie wirkte bei sich in ihrem Schlaf, stark, un-
verletzbar und letztlich undurchdringlich. Im ersten Dämmer
des frühen Morgens begannen seine Gedanken zu schweifen.
Was wusste er schon von ihr? Er mochte ihr Strahlen, wenn sie
erzählte, und den Glanz in ihren Augen, wenn sie über ihren
Sohn sprach. Auch zu ihrem Ehemann, der in der Inselhauptstadt Cagliari einen Buchladen betrieb, schien sie ein gutes Verhältnis zu haben. Trotzdem umgab sie etwas Verlorenes. Etwas,
das darüber hinausging, dass sie mit diesen scheinbar geliebten
Menschen nicht zusammenlebte, in entfernten Krankenhäusern
auf der Insel ihren Dienst tat und als Nomadin von einer Ur-
laubsvertretung zur nächsten zog.

Beckmann nannte sie von Anbeginn an nur bei ihrem Nach-
namen, Lioni. Er dachte dabei an seinen alten Lateinlehrer am
Berlin-Kolleg, der immer »hic sunt leones« gesagt hatte, wenn
er seine aus der westdeutschen Provinz kommenden Schüler vor
den Verführungen der Großstadt Berlin warnen wollte. Francesca
Lioni erschien Beckmann wie die *terra incognita*, die die Bezeichnung »Hier sind Löwen« auf alten römischen Landkarten bedeutete. Wir wissen nicht, wo wir hier sind, und doch haben wir
fremdes Land betreten, sind eingetreten in einen Zustand der
Unsicherheit, der Verlorenheit, weil wir die Gesetze und Regeln
dieses Territoriums nicht kennen. Nur in der Wildnis gab es Löwen. Wenn er sie Lioni nannte, als sei dies ihr Vorname, meinte

er es zutiefst zärtlich. Er wollte sich fallen lassen in den barbarischen, unbekannten Ort, der diese Frau für ihn war.

In der opaken Stille des Morgens spürte er die wohlige Nähe ihres Körpers. Dann musste er an die Chinesin denken, die ihn so wundervoll berührt hatte, von der er sich physisch erweckt gefühlt hatte, die ihm mit ihrem Hinweis auf das Melanom das Leben gerettet hatte. Die ihn aus seiner Erstarrung gelöst hatte, ebenso wie zuvor das Gespräch mit seinem Freund, dem Maresciallo. Trotz der Kraft ihrer Hände war ihm der Körper der Chinesin als so viel zarter, zerbrechlicher erschienen als der Lionis. Obwohl ihre Hände ihn so intensiv berührt, seinen Körper ertastet und gespürt hatten, war es Beckmann vorgekommen, als wäre sie hinter einem Vorhang verborgen gewesen. Ihr Wesen blieb ihm fremd. Sobald der geschäftliche Moment ihrer Begegnung vorbei, die Massage beendet war, brach die Intensität ihrer Verbindung. Dabei war sie ihm offen und trotz der Sprachschwierigkeiten kommunikativ erschienen. Es war etwas anderes, das sie trennte, das er nicht benennen konnte und wie ein Schleier zwischen sie fiel. Er fragte sich, wie die Chinesin wohl lebte auf dieser ihrer Heimat so fernen Insel? Was hatte sie hierher verschlagen? War es Xia gewesen, die so gekonnt die Eisenstange geschwungen und den Schilfjungen vom Motorrad geholt hatte? War sie vor ihm geflohen?

Milchig fiel das Morgenlicht ins Zimmer. Vor dem Fenster regten sich die Vögel, zerrissen die Stille. Lioni erwachte und drehte sich zu ihm. Er wollte noch ein wenig seinen Gedanken nachhängen, stellte sich schlafend und sank noch einmal in einen kurzen traumlosen Schlummer.

Nach dem Frühstück auf dem Balkon der Suite brachen sie zu Fuß auf, überquerten den Fluss Tirso auf einer römischen

Brücke und liefen durch den alten, vollkommen untouristischen Ort zur Quelle Sorgente de Caddas, den Überresten des antiken Bades. Aus einem historischen Wasserbecken stiegen Stufen auf, hin zu Ruinen mit sechs großen Rundbögen, die zu dahinterliegenden Gewölben mit Kammern für die verschiedenen Bäder führten. Aus den Gemäuern sinterten Rinnsale, über denen zarte Dampfwölkchen schwebten. Das klare Nass ließ grüne Algen sprießen, die offensichtlich mit der Temperatur des Wassers kein Problem hatten. Der Ort hatte etwas Verwunschenes, Märchenhaftes.

Vor den durch einen hässlichen Zaun abgesperrten Resten der antiken Badekammern gab es zwei zugängliche neue Becken, in denen das heiße Wasser perlend und Blasen werfend aus der Erde sprudelte. Beckmann ging in die Hocke, um seine Hand einzutauchen.

»Vorsicht. Die Temperatur schwankt.«

Das Wasser war so heiß, dass man nicht darin hätte baden können, und er zog die Hand zurück.

»Neben den Quellen war hier ein Fort, in dem das römische Heer stationiert war«, sagte Lioni.

»Davon scheint nicht viel übrig geblieben zu sein.«

»Die Ruinen sind nicht Rom oder Pompeji, Sardinien war nur eine weit entfernte Provinz für die Römer.«

»Ich fand Tharros beeindruckend.«

»Ja, der Sinis war die Kornkammer der Römer. Dreihundert Jahre waren sie hier, aber das Herz Sardiniens konnten sie nie besetzen.«

Sie gingen weiter auf einer unbefestigten Straße dicht am Ufer des Flusses. Die dunkle Erde war feucht, die umgebende Vegetation aus Unterholz, Weiden und mehr als mannshohem Schilf dicht. Schwarze Pfützen schienen Beckmann bodenlos tief. Auf einem Schild wurde vor lebensgefährlichen Springfluten gewarnt, sollte die Staustufe am Lago Omodeo geöffnet werden. Das Wasser des Tirso war von dunklem Grünbraun und strömte stetig mit Macht neben ihnen her. Beckmann spähte nach Fluchtwegen.

Sie kamen an eine lichte Stelle, von der aus ein schmaler weißer Bungalow am steilen Ufer des Flusses zu sehen war. Treppen führten hinunter zum Wasser und zu dem kleinen Gebäude. Auf jeder zweiten Stufe stand ein Topf mit Kakteen. Die vielfältige Variation von Sukkulenten ließ Beckmann an Anjas Garten im Tal denken. Schnell verdrängte er die Erinnerung. Er wollte heute in der Gegenwart leben, im Jetzt.

Thermalwasser schien das Gebäude zu durchströmen, es trat an der Stirnseite in einer Rinne aus und gluckerte über die Terrasse in den zügig dahinziehenden Fluss. Zarte, durchscheinende Dampfwölkchen stiegen von der Rinne auf. Schlitzartige Fenster ließen von der Terrasse den Blick ins gefliese Innere des kleinen Gebäudes zu. Es war niemand da. Neben der Tür auf einem bunten Schild die Regeln für die Benutzung der Anlage und eine Telefonnummer. Lioni wunderte sich, dass die Tür verschlossen war.

»Sollen wir anrufen?«

»Ich habe Manuela gebucht. Wir sind pünktlich.«

Oben auf dem Uferweg rumpelte ein Wagen durch die Pfützen, dann kam eine junge Sardin die Treppe heruntergelaufen und umarmte Lioni.

»Tut mir leid, dass ihr warten musstet. Es gab ein Problem mit meiner kleinen Tochter. Aber ich habe alles vorbereitet.«

Manuela schloss die Tür auf und ließ sie ein. Sie hatte in einem der Krankenhäuser, an denen Lioni beschäftigt gewesen war, als Physiotherapeutin gearbeitet.

In einem winzigen Vorraum entkleideten sie sich, Bademäntel und Handtücher hatte Manuela vorgewärmt. Im Baderaum wurde das thermisch heiße Wasser, das auch hier direkt aus der Erde aufstieg, über einen großen weichen Stein geleitet, um diesen zu erwärmen. Sie legten sich nackt darauf, und ihre Baderin begann mit einer Behandlung, die Beckmann an die Prozedur von wechselnd heißen und kalten Güssen in einem türkischen Bad erinnerte. Aber hier kam das energetisch aufgeladene Wasser aus den tiefsten Schichten der Erdkruste. Sie wurden abwechselnd und manchmal auch gleichzeitig gewaschen, überspült und durchgewalkt. Beckmann sank immer tiefer hinein in den warmen Stein und stöhnte vor Lust.

Danach führte Manuela sie in den Ruheraum, wo sie, in Tücher gewickelt, grünen Tee gereicht bekamen. Sie stießen mit den Keramikbechern an, als enthielten sie Wein. Ihre Hände berührten sich, ihre aufgeheizten Körper entflammten ganz unmittelbar. Ohne Vorspiel stürzten sie mit einer Heftigkeit ineinander, wie sie Beckmann noch nicht erfahren hatte.

Nur langsam beruhigte sich sein Herzschlag. Er fühlte eine wohlige Erschöpfung, ohne müde zu sein.

Er schaute aus dem Fenster. Unter ihnen zog unaufhaltsam der Tirso dahin, sein grünbraunes, schnell strömendes Wasser warf kleine Wellen. Am gegenüberliegenden Ufer dichtes, fünf Meter hohes Schilf. Windböen hielten es in ständiger Bewegung, drehten die langen, lanzettförmigen Blätter in wechselnde, hypnotische Muster. Beckmanns Gedanken begannen zu verschwimmen. Da entdeckte er im Fluss einen runden Felsen, der seine glatte Kuppe knapp aus dem Wasser wölbte. Auf ihm stand ein winziges Männchen, das ihn über das Wasser hin anschaute. Er schauderte unter dem Blick dieses Wesens. Es waren aber nur einzelne unbehauene Steine, aufeinandergestellt zu dieser verwunschenen Figur. Ihre Unregelmäßigkeit perfekt ausbalanciert, standen sie ruhig in dem sie umgebenden Sog des Tirso. Wie konnten sie dorthin gelangt sein? Er hatte solche Steinskulpturen auf Bergwanderungen mit Anja gesehen, wo sie die unwegsamen Pfade in der Wildnis des Gennargentu markierten. Keine der Skulpturen am *Grand Hotel* vermochte eine Magie zu entfalten wie diese fünf, sechs übereinandergestapelten Steine, umspült von kleinen Strömungswellen. Woher nahmen sie ihre Kraft? Ihr Standort mitten im Fluss und der sie umgebenden Natur schien nur schwer für Menschen erreichbar. Er sah den Nacken und den kräftigen Rücken von Lioni, der sich mit ihrem regelmäßigen Atem hob und senkte. Sie schien weit entfernt im Schlaf. An ihrem Hals meinte er eine Vene zu entdecken, die sich im Puls ihres Herzschlages bewegte. Einen Moment lang war ihm, als trete er aus sich heraus und schaue von oben auf diese beiden Körper, die da bloß, ungeschützt und verletzlich auf der Holzliege nebeneinander ruhten. Er griff nach der Hand von Lioni, um sich seiner und ihrer Existenz zu versichern. Sie umschlang seine Finger, und auch er dämmerte hinüber in leichten Schlaf.

Wenig später klopfte Manuela an die Tür des Ruheraums, und Beckmann fühlte sich wie erweckt oder erlöst. Der prüfende und zugleich wissende Blick der Baderin holte ihn in die Realität zurück. Er vermutete, dies war nicht der erste Ausflug, den Lioni in dieses wunderbare römische Privatbad unternahm. Doch er fragte sie nicht. Nicht jetzt und auch nicht während der entspannten Rückfahrt an die Ostküste.

12

Kaum war Beckmann wieder in seinem Refugium im Tal, erreichte ihn ein Anruf des Maresciallo. Nahe dem Strand war die Leiche einer jungen chinesischen Frau gefunden worden. »Man hat ihr beide Arme abgehackt, direkt an der Schulter, beide Arme! Sie lag mitten auf der Straße und ist verblutet.« Beckmann brauchte einen Moment, bis die Nachricht ihn wirklich erreichte.

»Wo war das?«

»Cala Pirata, die alte Zufahrt. Madonna! Sag mir, wer macht so etwas?«

Beckmann erschrak. Das war genau die Stelle, an der er den Vorfall mit dem Motorradfahrer beobachtet hatte. Er hatte Farini noch nicht von diesem Erlebnis erzählt.

»Beide Arme abgehackt und weggeworfen wie Müll. Wir haben sie neben der Straße im Graben gefunden. Alles voller Blut. Also ... Ich habe einiges gesehen, aber noch nie so viel Blut.«

Beckmann hatte den Maresciallo noch nicht so fassungslos erlebt.

»Konntet ihr sie identifizieren?«

»Also, sie hatte keine Papiere bei sich, nur diesen kleinen Rucksack, in dem sie die Utensilien für ihre Massagen haben.«

»Der Leichnam, wo ist er jetzt?«

»Nun, in Olbia. Die Pathologie ist im Ospedale Giovanni Paolo II.«

»Gibt es eine Möglichkeit, dass ich sie sehe?«

»Du denkst, es ist die, die dich massiert hat, die Chinesin, die dich vor dem Krebs bewahrt hat?«

Beckmann erzählte von dem Angriff auf die Chinesin mit der roten Baseballkappe. Er spürte, dass der Carabiniere nicht begeistert war, davon erst jetzt zu erfahren, und entschuldigte sich. Aufgrund seines Ausflugs mit Lioni habe er den Freund bisher darüber nicht informiert.

»Nun, ich glaube, es wäre richtig, wenn du herkommst und eine offizielle Aussage machst. Dann sehen wir weiter.«

Beckmann nahm im Tonfall des Maresciallo eine unterschwellige Missbilligung wahr. Er machte sich sofort auf in die Kaserne.

In Porto San Paolo fand er Farini vor dem Tor der Station. Der Maresciallo sprach gerade mit dem kleinen Team eines lokalen Fernsehsenders.

»Also, ich kann euch nichts sagen. Wirklich. Die Station in Olbia führt die Ermittlungen.«

Er winkte Beckmann herein und schloss das Tor.

Sie gingen ins Haus, und Farini holte einen seiner Brigadieri zu ihrem Gespräch dazu, damit er Protokoll führte. Dann bat er Beckmann, von der Chinesin, der Massage am Strand und seinen weiteren Beobachtungen zu berichten. Beckmanns Schilderung war präzise, so wie er es von seinen eigenen Ermittlungen gewohnt war. Ob es sich bei der Frau mit der Eisenstange um die Chinesin handelte, die sich ihm gegenüber als Xia ausgegeben hatte, konnte er nicht mit Bestimmtheit sagen.

Der Brigadiere ging, um die Aussage nach Olbia durchzugeben. Der Maresciallo atmete tief durch.

»Was für ein *casino*. Also, so ein brutales Vorgehen habe ich noch nie gesehen. Wer macht so etwas? Und warum?«

»Rache. Abschreckung.«

»Wer sind die, diese Triaden?«

»Ich weiß nicht viel über die chinesische Mafia. Ich habe gehört, sie sollen bei ihren Morden keine Schusswaffen verwenden, sondern meist Stichwaffen.«

»Das waren keine Messer. Die Schnittstellen waren ganz glatt. Machete oder Säbel, denke ich.«

»Vielleicht ein chinesisches Hackmesser, wie sie in Restaurantküchen verwendet werden. Leichter zu beschaffen, unauffälliger zu transportieren.«

Der Brigadiere kam mit Ausdrucken von Fotos der Leiche wieder, die die Carabinieri aus Olbia geschickt hatten. Der Torso der jungen Frau schwamm in einer dunklen Lache. Beckmann hatte im Laufe seiner Dienstzeit als Leiter der Abteilung Organisierte Kriminalität des LKA Berlin einige Opfer von Rachemorden gesehen, aber dieses Bild schockierte ihn. Schnell wandte er sich einer Porträtaufnahme der Toten zu. Eine gewisse Ähnlichkeit mit Xia war vorhanden. Er hatte Schwierigkeiten, asiatische Gesichtszüge zu unterscheiden. Doch die Tote trug ihr Haar kürzer, es fiel ihr auf andere Weise in die Stirn, und er schätzte sie etwas älter als seine Masseurin und Retterin. Er wunderte sich, wie enorm ihn diese Erkenntnis erleichterte.

Farini bemerkte seine emotionale Anteilnahme.

»Sie ist es nicht?«

»Nein. Ich bin sicher.«

Der Maresciallo reichte dem jungen Brigadiere die Fotos.

»Nimm die wieder mit und füg die letzte Aussage von *Dottore* Beckmann im Protokoll hinzu. Ich schlafe heute zu Hause. Wenn ich überhaupt schlafen kann.«

Im Hof der Kaserne standen die beiden noch einen Moment zusammen. Inzwischen war es spät geworden. Der Mond hing schief wie eine stark abgenutzte Kupfermünze am Himmel und ließ ein paar leichte Schleierwolken aufleuchten. Es ging kein

Wind. Vom Hochsommer waren nur noch wenige Zikaden geblieben, aber sie lärmten, als ginge es um ihr Leben. Der Maresciallo sinnierte über die Allgegenwart der Chinesen auf der Insel. Nicht nur das, er hatte bemerkt, dass die Waren im Baumarkt inzwischen fast alle aus China kamen. Beckmann hatte gehört, Chinesen hätten das größte Weingut Sardiniens gekauft. In den zurückliegenden Jahren hatten sich chinesische Geschäftsmänner an diversen europäischen Fußballklubs beteiligt, so auch an Inter Mailand, ergänzte Farini, der Fan von Juventus Turin war, wie Beckmann wusste, und die Mailänder Clubs hasste. Die seien wie die Bayern in Deutschland, während Juve wie Dortmund sei, und das gefalle ihm. Was die chinesischen Geschäftsleute gegen alle Regeln der wirtschaftlichen Vernunft zu ihren Investitionen ausgerechnet in den Fußball bewogen hatte, darüber lasse sich nur spekulieren. Vielleicht wollten sie sich bei Chinas Staats- und Parteichef Xi Jinping beliebt machen, der als großer Fan des Fußballs galt. Das Thema ließ die leichte Missstimmung zwischen den Männern verfliegen. Sie verabschiedeten sich herzlich.

13

Beckmann hatte eine unruhige Nacht hinter sich. Nach der Krebsdiagnose hatte er gerade erst eine neue Balance erreicht, sich wieder wohl in seiner Haut gefühlt und zuversichtlich in die Zukunft geschaut. Er hatte eine leidenschaftliche Beziehung begonnen und Kontakt zu seiner Tochter. Jetzt hatte er kaum geschlafen und von einer chinesischen Küche geträumt, in deren dampfgeschwängerter Luft zwischen großen Kochtöpfen scharfe Hackmesser geschwungen wurden. Sie zerteilten und zerhackten den Dampf, ohne dass er die Männer erkennen konnte, die sie führten.

In seinem früheren Leben als Leiter der Abteilung Organisierte Kriminalität in Berlin hätten ihn die kriminellen Kräfte, die unter der Stille der Tage aufgebrochen waren, nicht überrascht oder gar erschüttert. Auf seiner Insel aber erschien ihm die brutale Fratze der Gewalt, der er hier ins Gesicht gesehen hatte, vollkommen fehl am Platz. Seine Gedanken überschlugen sich, die Welt schien um eine leere Stelle zu wirbeln wie Materie um ein Schwarzes Loch. Er machte sich klar, es war nicht Xia, die ermordet worden war. Aber ihr Umfeld schien mit Gewalt kontaminiert, und sie war möglicherweise bedroht. Er machte sich Sorgen um sie, wusste aber nicht, was er tun könnte.

Er setzte sich auf die spätsommerlich warmen Stufen zur Terrasse. Am Himmel keine Wolke. Es würde heute noch einmal ungewöhnlich heiß werden. Er fühlte die Wärme des Steins unter sich und erinnerte sich wieder daran, wie er auf den sonnenwarmen Betonstufen des Elternhauses gesessen hatte. Sein Vater hatte diese Stufen zum kleinen Garten hin bei der Errichtung des Hauses selbst gegossen, so wie das ganze Haus nur durch eifrige Selbstbeteiligung hatte errichtet werden können. Einer der glatten Absätze hatte einen Riss, einen hauchdünnen dunklen Strich im hellen Grau. Er konnte sich genau an den gekrümmten Bogen dieses Risses erinnern, konnte ihn zeichnen, so wie er ihm früher oft mit dem Finger gefolgt war. Die Erinnerung war nicht beunruhigend, nicht etwas, das ihn von außen erreichte. Sie war in ihm, sie war ein Teil von ihm. So ging es ihm auch mit seiner Trauer um Anja. Er wusste, Trauer ließ sich nicht zähmen, Erinnerung nicht gängeln. Er hatte das lernen müssen und akzeptiert, sodass die Erinnerung ihn nun nicht mehr heimsuchte wie früher. Er fand langsam wieder zu innerer Ruhe und Energie. Die Rückschau konnte ihn nicht mehr übermannen, er hatte Pläne für die Zukunft. Und er musste die Chinesin finden.

Schon früh am Morgen fuhr er zum Schwimmen nach Porto Taverna. Die Saison neigte sich dem Ende zu, die Armada der an den Bojen vertäuten Gommone lichtete sich. Die Jungs von der Vermietung holten die ersten Boote wieder an Land. Er blieb länger am Strand, sah sich nach Xia um, konnte sie aber nicht entdecken, sosehr er auch zwischen den Strandbesuchern und Händlern nach ihr Ausschau hielt.

Er machte sich auf nach Cala Pirata, vielleicht hatte er dort mehr Glück. Als er an die Baustelle kam, flatterte das rot-weiße Absperrband zerfetzt im Wind. Dort, wo er dem Schilfjungen den Helm abgenommen hatte, war über die ganze Breite der Straße frischer Sand gestreut. Hier musste die Leiche gelegen haben. Er schob mit dem Schuh Sand beiseite, entdeckte aber keine Spuren von Blut. Unschlüssig warf er einen Blick zum Strand. Er stromerte eine Weile zwischen den Handtüchern und Liegestühlen, den Sonnenschirmen und kugeligen Zelten für Kleinkinder umher, so wie es Xia wohl auf der Suche nach Klienten gemacht hatte. Aber er fand sie nicht. Es war aussichtslos.

Anschließend fuhr er weiter ins Industriegebiet von Olbia zu einem der großen Baumärkte und schob sich durch die endlos langen Gänge in der riesigen Halle. Er betrachtete hier das Etikett einer Wandlampe, dort das eines Elektrogeräts oder Gartenmöbels. Überall fand er nach den Angaben zu irgendeinem EU-Importeur tatsächlich schamhaft klein und kaum zu entziffern das Zeichen *PRC*: Peoples Republic of China. Wenn China wirtschaftlich so präsent auf der Insel war, musste auch mit der Anwesenheit von Kriminellen aus diesem Land gerechnet werden. Diese Erkenntnis war ihm in seiner früheren Tätigkeit in Fleisch und Blut übergegangen.

Er ließ sich weiter treiben und betrat auch eine der großen, von Chinesen betriebenen Hallen, die ihm vorher kaum aufgefallen waren. Ein wirres Angebot von Billigwaren schlug ihm entgegen. Die umfangreiche Auswahl war in dem riesigen Gebäude in engen Gängen zusammengepfercht und übereinandergestapelt. In einem Regal mit Spielwaren fiel ihm zwischen dem quietschbunten Plastik ein dunkler Backgammon-Kasten auf. Er hielt das Material für Walnussholz, nahm ihn vorsichtig heraus und öffnete ihn. Die beiden Felder waren mit orientalisch wirkenden Intarsien ausgelegt, die Checkersteine kunstvoll gedrechselt. Die zwei weißen und zwei roten Würfel waren aus Acryl und transparent, sodass man sehen konnte, dass sie keine Blasen oder Einschlüsse enthielten, die eine Unwucht beim Werfen hervorrufen konnten. Einer der chinesischen Verkäufer trat hinzu und pries das Brett an.

»Sehr schön. Schnitzen. Handarbeit. Gutes Stück.«

Beckmann nickte und schaute nach dem Preis, der in keiner Weise dem des billigen Krempels in dem Laden entsprach. Das Brett gefiel ihm. Vielleicht würde es ihm Glück bringen, und er könnte den Maresciallo endlich einmal besiegen. Er nahm den Kasten mit zur Kasse und zückte seine Bankkarte. Der Verkäufer und der Mann an der Kasse tuschelten auf Mandarin miteinander. Dann wandte sich der Kassierer an ihn und fragte, ob er viel spiele.

»Ja, mit einem guten Freund. Leider verliere ich auch viel.«

»Mit diese Board Sie gewinnen. Immer.«

»Schön wäre es.«

»Wollen Turnier spielen?

»Turnier?«

»Viel Leute, viel Spaß.«

Beckmanns Neugier war geweckt, aber er zeigte sein Interesse mit einer gewissen Zurückhaltung. Als er den Laden verließ, hatte er einen Zettel mit einer Telefonnummer in der Tasche, die er am Wochenende anrufen sollte.

Auf der Rückfahrt ins Tal machte er in Porto San Paolo Halt und fragte in der Kaserne der Carabinieri nach, ob es im Fall der toten Chinesin erste Erkenntnisse gebe. Der Maresciallo hatte nichts aus Olbia gehört, aber die Presse setzte ihm wegen des spektakulären Mordes zu.

Beckmann überreichte Farini das Backgammon-Spiel. Der Maresciallo bewunderte das Geschenk, wollte es am liebsten sofort ausprobieren, doch als Beckmann ihm von seinem Besuch in dem chinesischen Laden und der Einladung zu einem Turnier berichtete, horchte er auf.

»Nun. Glücksspiel ist verboten in Sardinien.«

»Es gibt auch keine offiziellen Casinos?«

»Nein.«

»Gilt Backgammon als Glücksspiel?«

»Man muss würfeln. Aber entscheidend ist, ob um Geld gespielt wird.«

Sie begannen über das Spiel zu philosophieren, und Beckmann bemühte sich herauszufinden, warum er meistens – eigentlich fast immer – gegen den Maresciallo verlor.

»Mir ist klar, es geht um Strategie und so etwas wie Wahrscheinlichkeitsrechnung.«

»Nun. Manche Profis haben Tabellen, mathematische Tabellen mit Zügen je nach Lage der Checker.«

»Bist du gut in Wahrscheinlichkeitsrechnen?«

»In Mathematik war ich immer schwach.«

»Und warum gewinnst du dann meistens?«

»Ich weiß nicht. Also, Beispiel: Die sardischen Schäfer, die Hirten, die können nicht einmal zählen. Sie wissen aber immer, ob alle Schafe da sind. Wenn ein Schaf fehlt, merken sie es sofort.«

Es waren offensichtlich vollkommen andere Dinge als Mathematik, die Beckmanns Freund für wichtig hielt.

»Du musst lernen, dich nur um die Dinge zu kümmern, auf die du Einfluss hast. Du kannst gewappnet sein für die Züge des Gegners, aber du kannst keinen Ausgang erzwingen.«

Als sie wenig später in Farinis Apartment das neue Brett einweihten, nahm Beckmann sich vor, die Ratschläge zu beherzigen, verlor aber trotzdem zwei Partien hintereinander, bevor er sich endlich einmal durchsetzen konnte. Er wollte sehen, wie sich sein Freund gegen andere Spieler hielt, und schlug ihm zum Abschied vor, gemeinsam an dem Turnier teilzunehmen.

»Wie gesagt, es ist illegal.«

»Das macht es spannend. Schade, wir hätten sicher Spaß.«

»Nun, das stimmt wiederum auch.«

Der Maresciallo nickte bedächtig, die beiden schauten einander an, dann brach der Carabiniere in sein typisches hustendes Lachen aus.

14

Am Samstagabend rief Beckmann in Farinis Gegenwart die
Nummer auf dem Zettel an. Sie nahmen den Range Rover und
wurden zu einem Gebäude im Gewerbegebiet am Hafen gelotst.
»Bist du nervös?«, fragte Beckmann.
»Sag mir, warum sollte ich nervös sein?«
»Weil es illegal ist?«
»Nun, hast du nicht gesagt, das macht den Spaß aus?«
Bei der Dong-Huang-Halle handelte es sich, den Reklame-
schildern nach zu urteilen, um ein Möbelhaus. Auf dem Parkplatz einige hochpreisige Automobile. Beckmann machte sich
nichts aus hochtourigen Sportwagen, aber er bewunderte doch
einen moosgrünen Bentley Continental GT. Am Eingang empfing sie ein freundlicher, korpulenter Chinese. Sie nannten das
Passwort, das Beckmann am Telefon erfahren hatte: *Caishen*. Der
chinesische Gott des Glücks und der Spieler wurde oft auf einem
Tiger reitend dargestellt, hatte er im Internet herausgefunden.
    In der Halle der Geruch von frischem Holz und, eng gestellt,
jede Menge chinesische oder asiatische Möbel, darunter einige
aus seltenen Tropenhölzern. Sie passierten einen Metalldetektor
und zwei Chinesen in billigen Anzügen und weißen T-Shirts.
Flache, ausdruckslose Gesichter, kurz geschorene Haare. Den
Undercut kannte Beckmann aus bestimmten Berliner Kreisen;
die Hipster dort hatten den Stil der Clans nachgeahmt und zur
gängigen Mode erhoben. Beckmann hatte es damals seltsam gefunden, als sogar seine eigenen Beamten begannen, die Codes
zu imitieren, und auch noch anfingen, sich mit Gettofaust oder
anderen Ritualen zu begrüßen.

Einer der Chinesen deutete einen Gang zwischen den Ausstellungsstücken hinunter: »Office.«

An der Rückwand der Halle befand sich eine Tür mit der entsprechenden Aufschrift. Sie traten ein und kamen in einen großen Raum, in dem, flankiert von zwei steinernen Löwen, eine Reihe von sieben quadratischen Tischen und je zwei Stühlen stand. Auf den Tischen Backgammon-Boards. Sie glichen dem Brett, das Beckmann erworben hatte. Daneben jeweils eine elektronische Uhr und ein Block, auf dem die Spielstände notiert wurden. An einer der Stirnseiten waren eine Bar und ein Büfett aufgebaut. An der anderen Seite thronte die Turnierleitung auf einem roten Holzpodest.

Man musste sich anmelden, zahlte eine nicht unerhebliche Teilnahmegebühr und bekam einen Gegner zugelost. Beckmann hatte es mit einem unscheinbaren Spieler zu tun, verlor aber sofort. Er war unkonzentriert und es nicht gewohnt, nur mit einem Würfelpaar zu spielen und nach dem Setzen eine Backgammon-Uhr zu betätigen. Da halfen ihm auch die Ratschläge des Maresciallo wenig. Das Angebot, in der *consolation*, der Trostrunde, weiterzuspielen, lehnte er ab. Er konzentrierte sich stattdessen auf die Beobachtung der Szenerie. Neben den aktiven Spielern waren zahlreiche Zuschauer im Raum, tranken etwas an der Bar oder strichen um die Spieltische. Offensichtlich gut betuchte Leute aus der Gegend von Arzachena und der Costa Smeralda waren darunter, aber neben Chinesen auch ganz normal wirkende Bürger, wahrscheinlich aus Olbia, die Beckmann für Geschäftsleute oder Handwerker hielt.

Der Maresciallo gewann mehrere Partien, und vor jeder neuen Runde ertönte ein Gong. Als sein Klang das Finale einläutete, veränderte sich schlagartig die gelassene, leicht träge Stimmung in der Halle. Die Tür wurde plötzlich von zwei weiteren Bodyguards bewacht, und die unbeteiligt scheinenden Chinesen erwachten zum Leben. Die Leute verließen Bar und Büfett, umringten die zwei letzten Spieler des Turniers an ihrem Tisch. In geschäftigem und zunehmend hektischem Hin und Her wurden Wetten auf die Kontrahenten angenommen. Diensteifrige Chinesen lieferten Einsätze und Wettzettel am großen roten Podest ab. Bargeld stapelte sich auf dem Tisch der Spielleitung.

Ein Chinese mit eisgrauem Haar in schwarzem Anzug und schwarzem Hemd betrat, gefolgt von einigen jungen Männern, die Halle. Seine Bewegungen waren gemessen und Respekt heischend. Beckmann schätze ihn auf Mitte fünfzig. Neben ihm ging ein athletischer Mann, dessen schwarzes Haar straff zu einem großen Dutt am Hinterkopf gebunden war. Er trug einen metallenen Aktenkoffer, bewegte sich auf den Ballen wie ein Jaguar, bereit zum Sprung und trotzdem mit großer Anmut. Beckmann war sicher, er wäre jeden Moment bereit zu explodieren und zuzuschlagen, wenn es sich als notwendig erweisen würde. Es sah nicht aus, als trüge er eine Waffe – er war eine Waffe.

Auf ihrem Weg zum Podium wichen die Chinesen dem Paar ehrerbietig aus und senkten den Blick. Die anderen Anwesenden starrten die beiden Männer überrascht und beinahe ehrfurchtsvoll an. Der ältere Chinese nickte der Turnierleitung zu und setzte sich vorn an den Rand des roten Podiums. Der Bodyguard stellte den Koffer ab und blieb hinter ihm stehen.

Auch Beckmann war von dem Auftritt beeindruckt. Er sah, dass der Maresciallo, ohne sich um die Hinzugekommenen zu kümmern, auf das Backgammon-Brett schaute und lässig mit den Checkersteinen in seiner Hand spielte. Beckmann stellte sich zu ihm an den Tisch. Farini musste gegen einen amerikanisch wirkenden Mann antreten.

Beckmann bemühte sich, keinen Blick mit seinem Freund

zu wechseln. Plötzlich erschrak er. Einer der Boten, die die Wetteinsätze hin- und hertransportierten, war der Schilfjunge. Beckmann war sich nicht sicher, ob auch der Chinese ihn wiedererkennen würde. Vorsichtig behielt er den Jungen im Blick, sorgte dafür, dass immer ein paar andere Zuschauer zwischen ihm und dem Boten standen, und vermied jeden Augenkontakt. Von der nervösen Spannung um sie herum völlig unberührt, machten der Maresciallo und sein Gegner ihr Spiel, würfelten, bewegten die Checker über das Brett und betätigten die Uhr – bis der Carabiniere sich plötzlich umdrehte und verlangte, dass einer der Kiebitze am Tisch, ein ruhiger, seriös wirkender älterer Chinese, den Kreis um das Brett verlassen sollte. Aufregung machte sich breit, und der chinesische Turnierdirektor eilte vom Podest herbei.

»Wir spielen internationale Regeln. Immer. Gute Regeln.«

Farini blieb gelassen.

»Nun. Nach diesen Regeln darf ich ohne eine besondere Erklärung einen Zuschauer vom Beobachten des Matches ausschließen. Also, nur wenn ich mehrere ausschließen will, muss ich bei Ihnen einen Antrag stellen.«

Beckmann war überrascht, hatte er doch bisher gedacht, der Maresciallo spiele zum ersten Mal bei einem solchen Turnier. Der Turnierleiter schaute unsicher zum Podest. Der chinesische Patron nickte, und der ältere Zuschauer verließ mit gesenktem Kopf die Halle.

Farini verlor trotzdem. Als Zweitem des Turniers stand ihm aber ein Anteil an den Teilnahmegebühren zu. In der allgemeinen Hektik der Wettausschüttung nahm er sein Preisgeld an sich. Ohne sich nach Beckmann umzuschauen, verließ er die Halle.

Sie trafen sich auf dem Parkplatz am Rover wieder und stiegen ein.

»Gratulation.«

»Danke.«

»Ich werde meine laienhaften Niederlagen gegen dich in Zukunft besser verdauen können.«

Auch die ersten Zuschauer kamen aus der Halle und fuhren vom Hof. Der Maresciallo strich sich über das Gesicht, und Beckmann sah, dass eine gewisse Anspannung von ihm abfiel.

»Ich denke, wir haben den Paten gesehen.«

»Unter den Boten war der Schilfjunge. Er muss in seinem Gefolge mit in die Halle gekommen sein. Vorher habe ich ihn nicht bemerkt.«

»Könnte er dich wiedererkannt haben?«

»Ich glaube nicht. Ich war vorsichtig. Die Triaden haben übrigens nicht so starke Hierarchien wie die Mafia. Aber der Eisgraue ist beeindruckend. Sicher die lokale Größe hier.«

»Der Schilfjunge hat vielleicht Schutzgeld kassiert bei den Frauen am Strand.«

»Du meinst, die Chinesin hat die Zahlung verweigert, er wollte ihr drohen, hat versagt und sich gerächt?«

»Du hast ihn gesehen. Traust du ihm den Mord zu?«

»Keine Ahnung, was in seinem rasierten Schädel vorgeht.«

Beckmann startete den Wagen und fuhr vom Parkplatz. Als sie in die Innenstadt von Olbia gelangten, meinte der Maresciallo, sie kämen nicht umhin, den Tenente in Olbia von dem Geschehen in Kenntnis zu setzen.

»Du musst eine Aussage machen. Allein. Ich kann nicht auf dieser Veranstaltung gewesen sein.«

»Jetzt gleich?«

»Also, morgen früh vielleicht? Ich leite sie dann sofort weiter. Einer der Brigadieri wird dabei sein. Komm nicht vor zehn.«

15

Beckmann erinnerte sich an Brian Winford in London. Mit dem Kollegen von New Scotland Yard hatte er sich Ende der Nullerjahre auf einer internationalen Tagung über das organisierte Verbrechen sehr gut verstanden, und sie hatten nach den offiziellen Veranstaltungen das eine oder andere Glas Single Malt Whisky zusammen geleert. Winford war Schotte, in Glasgow geboren, ein jovialer, lebensfroher Hüne von beträchtlichem Körperumfang. Er vertrug jede Menge Alkohol. Für Beckmann ein würdiger Partner, bevor er nach seinem Absturz trocken geworden war. Sie waren in Kontakt geblieben, hatten hin und wieder Mails ausgetauscht und einander internationale Fälle kommentiert. Beckmann hatte noch zum Ausgang des Brexit-Referendums kondoliert, dann war der Kontakt eingeschlafen. Auf der Tagung hatte Beckmann auch erfahren, dass die Briten durch ihr langes Engagement in Hongkong diejenigen in Europa waren, die am ehesten etwas über die chinesischen Triaden wussten.

Er fand Winfords Telefonnummer in seinem alten Adressverzeichnis im Studio. Als er anrief, war ein ihm fremder Mann am Telefon und reagierte auf die Frage nach Brian Winford äußerst misstrauisch. Das konnte daran liegen, dass der Dienst Beckmanns Nummer einschließlich des sardischen Roamings lesen konnte. Beckmann stellte sich mit seinem früheren Rang vor und gab an, noch aktiv zu sein und auf der Insel wegen eines deutschen Touristen zu ermitteln.

»Sie wissen nicht, dass Mr. Winford nicht mehr im Dienst ist?«

»Nein.«

»Seit über einem Jahr.«

»So? Tja. Können Sie mir sagen, wie ich ihn erreiche?«

»Nein. Wenn er Sie sprechen will, erreicht er Sie.«

Beckmann war irritiert über den forschen, militärischen Ton am anderen Ende der Leitung.

»Nun, das wäre schön.«

»Ich gebe Mr. Winford Ihren Namen weiter und die Nummer, die ich hier auf dem Display habe.«

»Das wäre nett, danke.«

Beckmann drückte den Anruf weg. Sollte es den guten Brian so erwischt haben wie ihn bei seiner vorzeitigen Pensionierung? Aber der Schotte war ein paar Jahre jünger als er. Während er auf den Rückruf wartete, ging er mit seinem Blutorangensaft, den er früher immer mit einem ordentlichen Schuss Campari gespritzt hatte, hinaus auf die Terrasse. Er war nervös, machte sich Gedanken und hoffte, dass Winford durch seinen Anruf keine Probleme bekommen würde.

Es dauerte, aber Brian Winford rief noch am selben Tag zurück. Die Nummer des Anschlusses, von dem er sich meldete, war unterdrückt.

»Brian, altes Haus, bist du untergetaucht?«

»Ich bin etwas die Treppe raufgefallen. Hier im Außenministerium sind wir gehalten, ein Cryptophone zu benutzen.«

»*Congratulations.*«

»Dazu nicht. Du kennst die britischen Ministerien nicht. Mir fehlen die alten Zeiten.«

»Na ja, ich habe le Carré gelesen.«

Es fügte sich, dass Winford im Sicherheitsbereich für China zuständig war und seine alte Gesprächigkeit nicht verloren hatte. »Erinnerst du dich an Mr. Meng Hongwei?«, fragte er.

»Ich bin nicht gut mit chinesischen Namen.«

»Der dicke Mann mit den schreienden Krawatten. Die Chinesen hatten ihn damals als Direktor von Interpol durchgedrückt.«

»Ich erinnere mich.«

»Er ist zurückgetreten wegen Korruptionsvorwürfen im eigenen Land. Jetzt ist er verschwunden und befindet sich wahrscheinlich im *shuanggui*.«

»Was heißt das?«, wollte Beckmann wissen.

»Er wird im Gewahrsam der Partei sein, das heißt, des Sicherheitsdienstes. Inlandsgeheimdienst. Weder die Öffentlichkeit, also die Presse, noch seine Familie, die Polizei, die Staatsanwaltschaft oder irgendwelche andere staatliche Organe wissen, wo er sich aufhält. Selbst wir wissen es nicht. Mit dem *shuanggui* ist es wie mit Schrödingers Katze, du weißt nicht, ob der Betreffende tot oder lebendig ist. Seine Frau Grace hat ausgerechnet bei den Franzosen Asyl beantragt.«

Beckmann merkte, er war bei Brian Winford genau an der richtigen Adresse. Als er ihm schilderte, was sich auf Sardinien ereignet hatte, war der Schotte nicht überrascht.

»Beckmann, du kannst dich heute an jeden Ort der Welt zurückziehen – drehst du dort nur einen Stein um, grinst dich ein Chinese an. Oder meinetwegen auch eine Chinesin. Xi Jinping hat begriffen, dass man überall in Europa fast alles kaufen kann. China hat inzwischen Steigbügelhalter in allen Bereichen, seien es Lobbyisten, Politiker, PR-Leute, Banken oder Anwaltskanzleien. Sie sind überall.«

Beckmann beschrieb ihm die dreieckige Tätowierung des Schilfjungen.

»Flying Dragon«, unterbrach ihn Winford. »Ziemlich groß. Sehr gut vernetzt, kooperieren auch mit staatlichen Organen.«

Beckmann musste zugeben, dass er nicht sehr viel über die Triaden wusste.

»Ja, in Deutschland habt ihr so einiges verschlafen.«

»Und ihr? London ist das weltgrößte Zentrum der Geldwäsche.«

»Da haben wir nicht geschlafen, sondern machen unseren Schnitt.«

Beckmann wollte sich nicht in eine Diskussion verstricken und lenkte das Gespräch wieder auf die Triaden.

»Wie alle diese Jungs überall auf der Welt haben auch die Triaden ihren mythischen Ursprung im Kampf gegen die Staatsgewalt«, erklärte Winford. »*People from the bottom of society* gründen Bruderschaften zur Selbstverteidigung, so fängt es immer an. Ich beauftrage jemanden hier im Haus. Wir schicken dir ein Dossier.«

»Ich bin nicht mehr im Dienst«, gab Beckmann zu.

»Ich schicke es dir trotzdem.«

Wenig später saß Beckmann in seinem Studio am Laptop und empfing die Daten. Es war ein wüster Haufen Material.

16

Maresciallo Farini hatte einen Hinweis auf das illegale Glücksspiel in der Dong-Huang-Halle nach Olbia durchgegeben und Beckmann als Zeugen benannt. Dass er selbst in der Halle gewesen war, hatte er verschwiegen. Ihm war nicht wohl gewesen bei dieser Meldung, aber er hatte das Gefühl, das Ereignis auch nicht wegschieben zu können. Nun war er verunsichert, weil er bisher nichts darüber gehört hatte, was die Kollegen in Olbia aus den Erkenntnissen folgerten, die Beckmann und er durch den Besuch des illegalen Turniers gewonnen hatten.

Er saß grübelnd in seinem Büro in der Kaserne der Carabinieri über Akten und Einsatzplänen, als ihn der Anruf erreichte. Er hasste die Papierarbeit und griff sofort zum Hörer des Festnetzanschlusses. Es war ein vorgesetzter Tenente aus Olbia.

»Farini, ich habe Ihre Personalakte eingesehen.«

Der Maresciallo erschrak. Hatte es mit dem illegalen Turnierbesuch zu tun? Oder war etwas wegen der Chinesinnen? Hatte er den Bericht verbockt?

»Ja?«

»Sie waren für zwei Jahre in Padua in einer Motorradstaffel?«

»Das stimmt.«

»Sie kennen noch das Prozedere bei Geleitschutz?«

»Nun. Also, ja.«

»Mir fehlt ein Mann für eine Viererstaffel. Kurzfristige Krankmeldung.«

»Nun, ich habe hier weder ein Motorrad noch die entsprechende Ausrüstung. Also, seit ich in Porto San Paolo stationiert bin…«

Der Tenente ließ ihn nicht ausreden.

»Wir erwarten hohen Staatsbesuch. Es wird für alles gesorgt. Seien Sie morgen früh um neun zur Ausrüstung in der Kaserne in Olbia. Geleit vom Privatterminal des Flughafens Olbia auf die Isola Maddalena.«

»Die Maddalena? Eine ziemliche Stecke bis Palau.«

»Ich schicke den Einsatzplan gleich per Mail. Einweisung wie gesagt morgen früh um neun Uhr. Ist doch mal was anderes. Sagen Sie ›Danke, Tenente‹.«

»Danke. Ach, und übrigens, haben Sie etwas unternommen wegen der Dong-Huang-Halle?«

»Die Durchsuchung war absolut erfolglos. Ich weiß nicht, welchen seltsamen Informationen Sie da aufgesessen sind.«

Wahrscheinlich hatten die Kollegen sich Zeit gelassen, und es war längst alles wieder umgebaut gewesen, als die Razzia stattfand. Farini fühlte sich überfahren, wie von einer schweren Zweizylinder-Moto-Guzzi überrollt. Er hatte lange nicht mehr auf seinem eigenen Bock gesessen, einer leichten Enduro, mit der er früher zu dem einen oder anderen *giro* ins gebirgige Landesinnere aufgebrochen war. Schon seit einiger Zeit staubte die Maschine in der Tiefgarage der Kaserne ein. Er war nicht sicher, ob er sich über die Aussicht auf den Ausflug auf die Maddalena freuen sollte, und verließ die Kaserne, um den Kopf frei zu bekommen.

17

Am nächsten Morgen traf Beckmann den Maresciallo weder in der Kaserne noch in dessen Apartment in Porto San Paolo an. Er wollte mit ihm über seine nächtliche Lektüre der Triaden-Materialien sprechen und hatte einige der Seiten ausgedruckt, die Italien und besonders den Hafen von Genua als Anlaufstation für die chinesische organisierte Kriminalität betrafen. Auch über Aktivitäten in Cagliari hatte Brian Winford Material geschickt. Mithilfe eines großen chinesischen Digitalkonzerns sollte die Hauptstadt Sardiniens die erste Smart City Italiens werden, mit elektronischer Verkehrsführung, der dazugehörigen digitalen Gesichtserkennung und digitaler Aufrüstung der gesamten Verwaltung. Zu diesem Zweck war eigens ein IOC gegründet worden. Beckmann hatte das bisher für die Abkürzung des Internationalen Olympischen Komitees gehalten und stellte nun fest, dass sich in diesem Fall der Begriff Intelligent Operation Center hinter dem Kürzel verbarg.

Er übergab die Ausdrucke einem der Brigadieri und fuhr weiter zum Hafen. Kleine, in der Sonne bunt schillernde Öllachen trieben auf dem ansonsten klaren blauen Wasser. Er stieg aus und überquerte den gepflasterten Platz. Es waren nur ein paar Schritte bis zu den hölzernen Buden der Motorbootverleiher und Ticketverkäufer für die Fähre zur Tavolara.

Der leichte Windhauch, der vom Meer herkam, war angenehm und trotz der frühen Morgenstunde nicht kalt. Beckmann blieb stehen und sog die Luft ein. Auch wenn hier keine großen Schiffe lagen – dieser typische Hafengeruch, in dem sich die Frische von Salz und Tang mit dem Geruch von Fisch und dem Gestank von Teer und Dieselöl mischten, war immer eine besondere Verheißung für ihn gewesen.

Der Hafen von Genua und auch die von Olbia und Cagliari, so hatte er aus Winfords Dossier erfahren, waren als Stützpunkte der neuen Seidenstraße der chinesischen Regierung ausgewählt worden und damit Orte, an denen nach Ansicht der Briten die Triaden tätig geworden waren.

Die weißen Häuser von Porto San Paolo standen nah am Wasser. Im Ort gab es noch kein Chinarestaurant, soweit Beckmann wusste. Links schwang sich felsig und schroff abfallend eine kleine Landzunge ins Meer hinaus und teilte den Naturhafen. Das Kap fand in der Ferne seine Verlängerung in kleinen Felseninseln, die die Fahrt zur steil aufragenden Tavolara unsicher machten. Das Wrack des Frachters, dem sie vor langer Zeit in einem Sturm zum Verhängnis geworden waren, rostete dort schon seit Jahren vor sich hin und war inzwischen kaum noch sichtbar.

Beckmann schlenderte auf den Pier. Träge schwappten kleine Wellen gegen den Beton. Unter Wasser trieb fahlweißlich schimmernd eine Plastiktüte. Auf der Oberfläche schwamm zwischen Stücken von Styropor und den Federn von Möwen oder Kormoranen eine leere Flasche Motoröl. Ungerührt zog in zwei Metern Tiefe ein Schwarm fingerlanger Meeräschen über den Grund. Beckmann sprang vom Pier und kletterte am felsigen Ufer der kleinen Halbinsel entlang. Ein paar Schritte, und er war hinter einer Felsnase und damit plötzlich vom Hafen und der Zivilisation weit entfernt. Ganz als hätte er eine Grenze überschritten, waren da auf einmal nur noch große rotbraune Steine, der hohe Fels und das Meer. Das flach einfallende Licht der Sonne konturierte die Spalten und Schründe des mehr als fünfhundert Meter aufsteigenden Felsens der Tavolara, der aus dieser Position wie der Rückenkamm eines riesigen Sauriers aus dem Wasser ragte.

Beckmann suchte sich einen glatten, bequemen Stein und setzte sich. In einem flachen Tümpel entdeckte er eine Qualle. Die kleine, knapp handtellergroße Meduse war gestrandet. Er hatte es auf anderen Inseln erlebt, dass ganze Armeen von diesen glitschigen Nesseltieren einen Strand verseuchten und es unmöglich machten zu baden. Nie aber hier auf Sardinien. Wo kam dieses Exemplar her? War es der Vorbote einer Veränderung der Wasserqualität? Die Qualle war von einem opalinen Weiß, in dem sich wie in einer Wolke eine Krone aus zartem Rosa abzeichnete. Der Wind hatte sie umgestülpt. Ihr weicher, völlig ungeschützter Schirm lag direkt auf dem Felsen. Die feinen Tentakel und Härchen waren verletzt und zerdrückt. Ihrem natürlichen Milieu entrissen, war sie hilflos. Er fragte sich, warum man diesem verletzlichen Geschöpf den furchterregenden Namen Medusa gegeben hatte. Ihre Fangfäden hatten für ihn nichts Bedrohliches. Es waren ihre einzigen Organe und dienten dem niederen Wesen zugleich zum Atmen und zur Nahrungsaufnahme. Jetzt waren sie schutzlos der Sonne preisgegeben.

Er dachte an die Chinesin. Er hatte in den letzten Tagen jeden Morgen nach dem Schwimmen nach Xia gesucht, aber sie war nicht aufgetaucht. Nach dem, was er in dem Material aus London über die Triaden gelesen hatte, machte er sich noch mehr Sorgen um ihr Wohlergehen. Er bezweifelte, dass die Carabinieri in Olbia den brutalen Mord an der Frau auf der Straße bei Cala Pirata aufklären würden. Und er war inzwischen sicher, dass sich auch Xia in Gefahr befand, und fühlte sich in der Pflicht, der Frau, die ihn gerettet hatte, in irgendeiner Weise zu helfen.

Die Qualle zu berühren fiel ihm schwer. Sein erster Versuch, sie aufzunehmen, scheiterte, das wabernde Gallert glitschte ihm aus der Hand. Doch er ließ sich nicht abbringen und drehte sie um. Die Fäden fielen nach unten, und in ihrer natürlichen Position setzte er die Qualle ins offene Wasser. Von Feuchtigkeit umgeben, schillerte der durchscheinende Körper blass in den Farben des Regenbogens. Die Tentakel entwirrten sich, aber der Körper bewegte sich nicht. Die Sirene der von der Tavolara kommenden Fähre hallte durch die Bucht.

Der schwimmende Schirm sank tiefer. »Töchter des Meeres« wurden die Wesen auch genannt. Diese Bezeichnung gefiel Beckmann weit besser als der Name der schrecklichen Medusa, deren Anblick jedermann zu Stein erstarren lässt. Er fragte sich, ob die Qualle bereits zu viel Wasser verloren hatte, ob sie tot war. Bedrohlich näherte sie sich wieder dem Felsen. Da durchlief – wie ein Reflex der Wogen um sie herum – ihren Schirm eine Welle, und langsam begann der hauchdünne Saum wieder regelmäßig zu pulsieren. Wie eine zarte Glocke schwebte der kleine Körper im Wasser und bewegte sich im Einklang mit dem Rhythmus des Meeres. Alle unsere Reisen haben im Meer begonnen, dachte Beckmann.

Er hatte noch etwas Zeit bis zu seinem Treffen mit Lioni. Sie hatten sich bisher ausschließlich abends getroffen und noch einmal beglückend in ihrer Wohnung über dem Hafen miteinander geschlafen. Er fragte sich, ob ihre Verabredung zum Lunch eine neue Phase ihrer Beziehung einläuten würde.

18

Farini war früh aufgestanden, um rechtzeitig in Olbia zu sein. Die Einweisung war kurz. Eine chinesische Delegation, angeführt vom stellvertretenden Minister für Verkehr und Tourismus, sollte um 10:35 Uhr landen. Begleitet würde sie von Vertretern der Regierung der unabhängigen Region Sardinien in Cagliari. Das Geleit bestand aus zwei großen Alfa Romeos und einer Vierermotorradstaffel, der auch die Verkehrsführung oblag.

Der Staffelführer ging mit dem Maresciallo in die Kleiderkammer, wo er ihm Lederjacke, Helm und weiße Handschuhe gab. Die passende Uniformhose mit Schaftstiefeln hatte Farini schon in Porto San Paolo angelegt.

Der Staffelführer war nervös.

»Intercom Kanal 8.«

Der Maresciallo fummelte am Funk seines Helms. Die Maschinen im Hof waren nagelneue, schwere Zweizylinder. Mit der schwarzen Verkleidung und all der Ausrüstung inklusive Satteltaschen sahen sie ausgesprochen wuchtig aus. Farini war als junger Mann noch auf alten Moto Guzzis unterwegs gewesen. Dies hier waren ausländische Maschinen, ein rot gezacktes Z umrandete das bayerische Blau-Weiß der Markenbezeichnung. Es erinnerte ihn an das blutige Zeichen Zorros. Er studierte die Schaltung, prüfte, ob seine Maschine ausreichend betankt war. Man konnte nie wissen bei der Hektik, die die Kollegen verbreiteten.

Dann rückten sie aus zum nur wenige Hundert Meter entfernten neuen Terminal für Privatflugzeuge. Vor dem luftigen Gebäude mit dem anmutigen, japanisch wirkenden Dach warteten bereits drei schwarze Kleinbusse mit dunklen Scheiben. Der Maresciallo beobachtete das nicht gerade kleine Empfangskomitee in der gläsernen Halle. Die Maschine aus Cagliari war gelandet und rollte aus. Als die Gäste die Flughafenhalle erreicht hatten, gab es kurze Begrüßungsansprachen. Die beiden an der Tür postierten Kollegen salutierten, und die Delegationen bestiegen die Busse.

Sobald sie auf der Umgehungsstraße waren, fuhren sie mit Blaulicht ohne Sirenen. Der Staffelführer teilte Farini zum Absperren am Kreisverkehr ein.

»*Madonna mia!* Welcher besoffene Vollidiot hat sich diese Tour ausgedacht! Verdammte Scheiße. Warum nehmen die nicht einen Helikopter?«, murrte der Maresciallo.

Der Staffelführer warnte ihn: »Eins an Vier. Olbia hört mit.«

Sofort meldete sich Olbia über Intercom, und der Einsatzleiter verwarnte den Maresciallo wegen seiner despektierlichen Äußerung. Der stellvertretende chinesische Minister für Verkehr und Tourismus habe persönlich um die Anfahrt gebeten, um die landschaftlichen Reize der berühmten Gegend näher kennenzulernen.

Farini bremste die schwere Zweizylinder-Maschine und stellte den nächsten Kreisel zu. Als die Kolonne durch war, beschleunigte er und zog rasant am Konvoi vorbei in seine Position. Nach jedem Kreisel mussten die Kollegen von der Spitze mit Sireneneinsatz entgegenkommende Fahrzeuge auf den engen Landstraßen vor seinem gewagten Überholmanöver warnen. Der Maresciallo unterdrückte einen weiteren Fluch. Er kannte die Strecke gut und wusste genau, wie viele Kreisverkehre sie noch vor sich hatten.

Im Laufe der Fahrt bemerkte er, dass der Kolonne eine Reihe von Privatwagen folgten. Er machte Meldung über die Intercom in seinem Helm. Der Staffelführer fragte, ob Alfa Zwei auch etwas im Rückspiegel gesehen habe? Der Einsatzleiter in der Zentrale schaltete sich ein und beschwichtigte. Nur einige Honoratioren aus Olbia, die bei der bevorstehenden Begrüßung dabei sein wollten.

In Palau war die enge Ortsdurchfahrt heikel, dann rollten sie im Hafen auf die bereitstehende Fähre zur Maddalena. Auf der Insel war das Tor zum Arsenal mit einem roten Banner geschmückt, das den Staatsgast mit chinesischen Schriftzeichen willkommen hieß. Die Kolonne umkurvte die historischen Kasernen, die den Amerikanern lange als Stützpunkt für ihre Atom-U-Boot-Flotte im Mittelmeer gedient hatten, und hielt vor einem hölzernen Podest, das zwischen dem erst vor wenigen Jahren neu errichteten Luxushotel und dem gläsernen Kongresszentrum aufgebaut war. Beide Gebäude waren schon heute mehr oder weniger nur noch Ruinen; sie waren nie in Betrieb gegangen, und mehrere Versuche zur Umwidmung des Geländes waren über die Jahre immer wieder gescheitert. Neben einer Reihe von hohen Offizieren der Marine hatten sich auch Honoratioren der Insel versammelt. Der große Platz vor der Marina war komplett geräumt und sah aus wie frisch gefegt. Dort standen drei Agusta-A109-Verbindungshelikopter, die langen Rotoren hingen schlapp herab. Der Maresciallo vermutete, sie stammten aus Cagliari.

Über Intercom kam die Nachricht, die Sicherung übernehme von nun an die Marine, die spätere Weiterreise der Delegation mit Helikopter nach Santo Stefano ebenfalls. Sie saßen ab. Farini war froh, endlich den schweren Helm abnehmen zu können, und wischte sich Schweiß aus dem Gesicht.

Der Staffelführer kam zu ihm, hob anerkennend den Daumen und klopfte ihm auf die Schulter.

»Hast es nicht verlernt. In der Kantine der Marineschule gibt es zu essen und zu trinken. Gemütliche Rückfahrt in eineinhalb Stunden.«

Seine Jovialität perlte an Farini ab. Während sich die Kollegen zu Fuß auf den Weg zur Kantine machten, schaute der Maresciallo sich neugierig um. Dem fahnengeschmückten Podest näherte sich eine Gruppe ziviler Fußgänger, die offensichtlich vom Tor kam. Das mussten die Leute sein, die ihnen in den Wagen aus Olbia gefolgt waren. Farini erkannte den eisgrauen Paten der Triaden aus der Dong-Huang-Halle neben ein paar anderen Chinesen, an seiner Seite wieder der Mann mit dem Dutt. Die kleine Gruppe traf auf die offizielle Delegation und wurde dem stellvertretenden Minister vorgestellt. Der Pate verneigte sich vor dem Parteikader, während sein Schatten stoisch danebenstand und die beiden mit seinem breiten Rücken von den anderen Mitgliedern der Gruppe abschirmte. Der Pate neigte sich zum Ohr des Ministers. Heiseres Lachen drang zu Farini herüber.

19

Auch Mitte September war es um die Mittagszeit noch heiß.
Lioni und Beckmann wollten in Olbia in einem kleinen Restaurant einen Imbiss nehmen. Das Lokal lag in einer engen, heruntergekommenen Gasse nahe der Bahnstation und war eine dunkle Backsteinhöhle mit Bogengewölben.

»Hier?«

»Wart es ab. Sei nicht so ungeduldig.«

Zielsicher ging Lioni voraus und ein paar ausgetretene Treppenstufen hinab. Sobald sie das Restaurant betreten hatten, verstand Beckmann, warum sie das Lokal ausgesucht hatte. Die Räumlichkeiten waren erfrischend kühl.

Der kleine rundliche Wirt wieselte sofort hinter dem Tresen hervor und begrüßte Lioni herzlich. Natürlich gebe es für die *dottoressa* auch ohne Reservierung einen Tisch. Schnell wurde dieser freigeräumt.

Lioni war überschwänglich guter Laune, aber bei gegrilltem Gemüse, frittierten Sardellen, Mini-Calamari und einer kleinen Flasche Vermentino gerieten sie beinahe über Sardinien in Streit. Vieles, was er an der Insel liebte, war nach Lionis Meinung seiner Liebe nicht würdig. Über die Schönheit der archaischen Natur waren sie sich zwar vollkommen einig, aber der Charakter der Sarden: rückständig und provinziell, misstrauisch, starrsinnig und abergläubisch, fand Lioni. Und da war natürlich die Rolle der Frau.

»Du bist doch auch Sardin.«

Lioni lachte. Sie lachte laut und herzlich. Sie zähle nicht, und er solle ihr jetzt bitte nicht mit Grazia Deledda kommen, die für ihre sardischen Rührstücke den Nobelpreis erhalten hatte. Beckmann erschien Lioni so lebendig wie lange nicht. Sein Argument der großen, wunderbaren Gastfreundschaft der Sarden konterte sie mit deren Naivität, die dazu führe, dass ebendiese Gastfreundschaft ausgenutzt würde. Lioni wirkte auf Beckmann aufgekratzt und auf Krawall gebürstet. Er genoss die verbale Auseinandersetzung und das vorzügliche Essen und erzählte von einem Foto, das er in einer Zeitschrift gesehen hatte und ihm sinnbildlich für die Sarden erschien. Es zeigte eine schöne junge Frau in ihrer traditionellen farbenfrohen Tracht, mit Kopftuch, gebauschter weißer Bluse, mit Silberschmuck verziertem bunten Bustier und knöchellangem plissierten Rock. Mit einer Hand winkte sie dem Betrachter, mit der anderen dirigierte sie einen Drachen. Dabei stand sie auf einem Kitesurfboard und bretterte *high speed* über die Wellen.

»Jaja, das ist Irene Murru aus Cabras. Ich kenne sie. Ein Propagandafoto. Eine offizielle Aufnahme, um für die Insel zu werben. Denkst du etwa, sie steigt so auf ihr Board?«

»Natürlich nicht. Aber es ist für mich ein stimmiges Bild.«

Beckmann legte dar, dass nach seinem Wissen die Sarden besonders gut darin seien, alte Gewohnheiten und Traditionen mit den Errungenschaften der Moderne zu verbinden. Als Beispiel führte er Renato Soru an, der sein internationales Digital-Unternehmen nach einer besonderen Höhle auf seiner Heimatinsel Tiscali benannt hatte.

»Er wurde zu einem der reichsten Männer Italiens, als er sein Unternehmen verkaufte. Und zu einem erfolgreichen Präsidenten der unabhängigen Region Sardinien.«

»Für vier Jahre. Dann war er aus, der Traum von einem linken Berlusconi. Wie jeder gute Italiener wurde er wegen Steuerhinterziehung angeklagt. Jetzt versauert er im Europaparlament.«

»Du machst heute alles und jeden schlecht.«

»Nein, nein. Das mit der Digitalisierung stimmt. Da ist was dran. Sie haben jetzt sogar die Verteilung von uns Ärzten an Kliniken und die Guardia Medica über das Internet organisiert. Huawei hat in Pula nahe Cagliari ein Forschungszentrum eingerichtet. Die Vermittlung durch elektronische Datenverarbeitung funktioniert gut.«

»Ich habe von diesem Forschungszentrum gehört. Cagliari soll die erste Smart City Italiens werden.«

»Bis dahin ist es wohl noch ein weiter Weg. Aber die ersten Anwendungen laufen gut.«

Zu seiner Überraschung lud ihn Lioni anschließend zu Espresso und Siesta in ihre Wohnung ein. Der zweite Teil ihrer Schicht im Mater Olbia begann erst um siebzehn Uhr. Sie mieden den bevölkerten Corso Umberto und gingen durch enge, schattige Nebenstraßen hinunter zum Wasser. Den Espresso tranken sie unter dem Sonnenschirm auf der großen Terrasse, aber der grandiose Ausblick über den Hafen konnte sie nicht lange fesseln. Lioni streifte ihre Kleidung ab, und mit der größtmöglichen Selbstverständlichkeit landeten sie auf ihrem breiten Doppelbett. Ihr Körper war für Beckmann noch immer neu und aufregend, zugleich in gewisser Weise vertraut. Diesmal war sie es, die vorwärtsdrängte. Die Hitze des Nachmittags trug sie beide fort.

Er lag auf der Seite, noch etwas außer Atem. Sie strich mit ihren Fingerkuppen über die Narbe zwischen seinen Schulterblättern, umspielte das Mal auf seinem Rücken, zeichnete einen Kreis, wie die Chinesin, als sie ihn auf das Melanom aufmerksam gemacht hatte, dann verstärkte sie den Druck auf das narbige Gewebe.

»Tut es noch weh?«

»Nein.«

Lioni drückte stärker, bis er so etwas wie Schmerz wahrnahm. Es war kein stechender Schmerz, eher ein dunkles Glühen, und er empfand es nicht als unangenehm. Sie kreiste noch einmal mit den Fingerspitzen um die Narbe, und er entschloss sich, ihr von Xia zu erzählen. Lioni hörte ihm seltsam distanziert zu. Natürlich hatte sie von dem Mord bei Cala Pirata gehört, aber sie schien kein großes Interesse an dem Fall zu haben. Ihre mangelnde Empathie ließ Beckmann verstummen.

Sie richtete sich auf den Ellenbogen auf.

»Ich geh kurz duschen. Du kannst ruhig liegen bleiben.«

Wenig später kam sie nackt aus dem Bad. Ihre Haut noch feucht, streifte sie sich ein weißes T-Shirt über. Beckmann setzte sich auf und schaute vom Bett aus zu, wie sie hinaustrat auf die Terrasse, wo die großen Pflanzenkübel bereits im Schatten standen. Sie nahm einen Schlauch und wässerte sie, bückte sich, riss ein paar Gräser aus und warf sie einfach über die Brüstung. Schläfrig folgte er ihren Bewegungen. Kaum war sie zu ihrer Schicht aufgebrochen, stellte auch er sich kurz unter die Dusche.

20

Als Maresciallo Farini von seinem Sondereinsatz zurückkehrte, fand er auf seinem Schreibtisch das Triaden-Dossier vor. Er rief Beckmann sofort an, bedankte sich und erzählte von seinem Ausflug auf die Maddalena. Nach dem Telefonat schloss er die Tür seines Büros, zog den dicken Stapel Papier aus dem Umschlag und begann zu lesen.

Sein Englisch war nicht das allerbeste. Es ging zuerst um die Geschichte der Triaden. Ihr Ursprung wurde zurückgeführt auf militante Widerstandsbewegungen, welche die Ming-Dynastie gegen die aus der Mandschurei stammende Qing-Dynastie verteidigen wollten. Noch heute sollte die Begrüßungsformel einiger Triaden lauten:»Stürzt die Qing, krönt die Ming.« Warum hatte ihm sein deutscher Freund diese Papiere geschickt? Wie sollten ihm diese Informationen über die Ming-Dynastie aus dem siebzehnten Jahrhundert bei den Ermittlungen helfen?

Es war doch überall und zu jeder Zeit das Gleiche. Die gesellschaftlich Unterdrückten und Geknechteten gründen zur Selbstverteidigung Banden. Genauso lasen sich die Legenden von der Entstehung aller italienischen Mafia-Organisationen, sei es die Cosa Nostra, die Camorra oder die 'Ndrangheta. Der Don hieß bei den Chinesen anscheinend *First Route Marshal* oder *Shan Chu* oder auch *Chu Kun*, was so viel wie»Drachenkopf« oder»Mountain Master« bedeutete. Es gab in den chinesischen Bruderschaften einen geheimen Zahlencode für die verschiedenen Ränge in der Organisation. 489 stand für das Oberhaupt. Farini bezweifelte, dass Beckmann und er beim Backgammonturnier einen *Shan Chu* gesehen hatten. Es musste sich eher um eine lokale Größe gehandelt haben, möglicherweise um eine »Strohsandale«, einen *Choi Hai*, der als einer der Geschäftsführer der Gesellschaft die Nummer 432 hätte. Einen Vollstrecker nannten sie anscheinend »Roter Pfahl« und gaben ihm die Nummer 426.

Sie hatten ihre Eintrittszeremonien und ihre Zeremonienmeister. Das alles kam dem Maresciallo im Grunde vor wie bei der 'Ndrangheta. Aber der Aufbau der Gesellschaften war anscheinend nicht so hierarchisch, ihre Verzahnung mit der staatlichen Macht dagegen größer. Die mächtigsten Triaden sollten angeblich zurückhaltend in der Ausübung physischer Gewalt sein. Davon konnte im Fall der getöteten Frau wohl kaum die Rede sein. Beckmann mochte das alles für interessant halten, der Maresciallo fand es für seine Ermittlungen nur bedingt hilfreich. Manche Formulierung war allerdings bemerkenswert. Da hieß es beispielsweise, überall in Europa würden die Triaden ihre Nasen in das duftende Öl der chinesischen Gemeinden tauchen. Was man sich wohl unter der blumigen Metapher vom duftenden Öl vorzustellen hatte?

Bei einigen Bildern schöner Jachten blieb Farini hängen. Es überraschte ihn, dass die Ferretti Group, die er noch für ein italienisches Traditionsunternehmen gehalten hatte, längst den Chinesen gehörte. All die hypermodernen Mochi-, Wally- und Pershing-Jachten, die vor der Costa Smeralda und auch in den Gewässern seines Reviers kreuzten, stammten aus einem chinesischen Unternehmen, das nur noch dem Namen nach italienisch war. Selbst die klassischen Rivas und die schnellen Itama-Rennjachten, auf die der Maresciallo wie alle an Booten interessierten Italiener stolz war, wurden inzwischen unter der Regie der Chinesen gebaut. Dieser Teil des Dossiers fand seine Aufmerksamkeit. Anscheinend hegten die Briten den Verdacht, in Werkstätten des Unternehmens würden Rennboote umgebaut und frisiert und für den Drogenschmuggel über die Straße von Gibraltar benutzt. Bevor ihn die Informationen zu sehr deprimierten, blätterte er weiter.

Auch Genua war ein spezielles Kapitel gewidmet. Farini wusste, der Hafen dort war durch ein Investitionsabkommen mit Rom zu einem der wichtigsten Landepunkte und zum maritimen Endpunkt der neuen Seidenstraße geworden. Italien wurde dem Papier nach als ein »Warteland« eingeschätzt: Sogenannte Schlangenköpfe empfingen in Genua oder auch Triest anscheinend die überwiegende Anzahl der aus China geschleusten illegalen Migranten und verteilten sie über ganz Europa, genau wie wichtige Chemikalien zur Herstellung von »Badesalzen«. Diese Bezeichnung kam Farini komisch vor.

Es klopfte kurz, und ein Brigadiere trat ein. Farini fuhr aus seinen Gedanken auf.

»Entschuldigung, ich habe Sie murmeln gehört. Es klang nicht, als seien Sie am Telefon.«

»Was gibt es?«

»Ein schwerer Unfall an der Zufahrt zur Autostrada in Santa Giusta. Die Jungs sind zu dritt raus. Ambulanz und Feuerwehr sind auch unterwegs.«

»Gut. Sagen Sie, was genau sind Badesalze?«

»Ich nehme an, Sie sprechen nicht von den Kristallen, die Ihre Frau in die Wanne gibt, wenn sie ein Schaumbad nimmt.«

Der Maresciallo pflegte einen lockeren Umgangston mit seinen Untergebenen, aber das ging eindeutig zu weit. Es reichte ein strenger Blick, und der junge Mann nahm sofort Haltung an.

»Mit Badesalzen sind vermutlich synthetische Stimulanzien gemeint. Sie können Halluzinationen hervorrufen, wie LSD.

Unter der Bezeichnung ›Legal Highs‹ oder ›Herbal Highs‹ werden sie vor allem über Internetshops vertrieben. Die Pulver können weiß, grau, gelb oder braun sein. Badesalz enthält oft ein Gemisch aller möglichen chemischen Substanzen. Man weiß also nie genau, was das Produkt tatsächlich beinhaltet, selbst wenn die Packungen gleich aussehen.«

»Gut, gut. Hier bei uns geht es zum Glück ja meist nur um Cannabis und Koks.«

»Vor allem junge Konsumenten schnupfen sie, manchmal werden Badesalze aber auch injiziert. Und man kann sie in Zigarettenpapier wickeln und schlucken. Nennt man ›Bombing‹. Manche Konsumenten führen sie auch rektal ein.«

»Okay, das reicht.«

Der Brigadiere beugte sich leicht über den Schreibtisch.

»Britische Dokumente?«

»Informationen über die Chinesen, die Triaden.«

»Aus Olbia?«

»Ich habe meine eigenen Quellen, Brigadiere. Besetzen Sie die Wache neu.«

Farini würde die Unterlagen nicht im Büro lassen, sondern in sein Apartment mitnehmen. Er würde sich ein Ichnusa aus dem Kühlschrank nehmen, sich auf den Balkon setzen und das Dossier dort weiterstudieren. Es schien, als hätte er noch das eine oder andere zu lernen.

21

Der Bericht des Maresciallo über seinen *giro* auf die Maddalena hatte ihn neugierig gemacht, und so entschied sich Beckmann, einen Ausflug zu unternehmen, um sich die Vorgänge auf dem Archipel einmal selbst anzuschauen. Schon früh am Tag brach er auf nach Norden.

Auf dem Weg nach Palau zur Fähre durchquerte er das Gebiet der Costa Smeralda. Die Bautätigkeit der vergangenen Jahre hatte vor der berühmten und einstmals so abgeschiedenen Region nicht haltgemacht. Die Berghänge gegenüber von Porto Rotondo waren beinahe ebenso terrassenförmig mit Häusern überzogen wie in Porto San Paolo, dem Küstenabschnitt nahe seinem Refugium südlich von Olbia. Für Beckmann hatte der Mythos Costa Smeralda längst seine Anziehungskraft verloren.

Zusammen mit Anja hatte er ein paarmal ein befreundetes Ehepaar besucht, das in der Nachsaison zu einigermaßen akzeptablen Preisen eine der alten Villen dort gemietet hatte. Enzo Satta, einer der ersten Architekten der Costa, hatte das Gebäude 1964 auf den Felsformationen des Küstenabschnitts für Karim Aga Khan errichtet. Es gab keinen rechten Winkel im Haus. Die Räume lagen auf verschiedenen Ebenen, verbunden durch kunstvoll geschwungene Durchgänge und Natursteintreppen. Winzige Bäder wurden mit Schiebetüren voller Gemälde verschlossen, alle unteren Fenster mit individuellen Kunstschmiedearbeiten gesichert. Das Haus war ein Museum – und Beckmann war sich damals mit Anja einig gewesen, dass sie so nicht würden wohnen wollen. Abgesehen davon, dass das Anwesen, ohne Heizung auf den Felsen geklebt und nur mit einem Kamin ausgestattet, ohnehin nur in den heißen Sommermonaten bewohnbar war.

In Palau konnte Beckmann sofort auf eine der vielen Pendelfähren zur Hauptinsel des Archipels rollen. Gerade vom Wasser aus erschloss sich die noch immer unvergleichliche Schönheit der Region. Wie Edelsteine lagen die kleinen Inseln im glitzernden Tiefblau des Meeres. Beckmann schaute hinüber zur Insel Budelli, auf welcher der Einsiedler Mauro Morandi über den rosafarbenen Strand wachte, an dem einst Michelangelo Antonioni *Die rote Wüste* gedreht hatte. Der alte Morandi sollte von seiner Insel vertrieben werden, da sie Teil des neu errichteten Meeresschutzgebietes und sie zu betreten oder gar zu bewohnen schon seit langer Zeit verboten war. Beckmann hatte im Internet eine Petition gegen die Zwangsumsiedlung des über Achtzigjährigen unterschrieben.

Auf der Maddalena fuhr er an der Marineschule und alten schmucken Kasernen vorbei direkt zum Arsenal. Das rote Banner über dem Eingangstor, von dem Farini erzählt hatte, war verschwunden und das Rolltor bis auf einen schmalen Spalt geschlossen. Nichts wies darauf hin, dass vor zwei Tagen ein großer Aufmarsch von internationalen Politikern, örtlichen Honoratioren und ausgewählten Pressevertretern unter dem Geleit einer Motorradstaffel der Carabinieri auf dem Gelände gewesen war. Der Ort atmete langjährige Verlassenheit.

Beckmann schaltete den Motor ab und stieg aus. Sofort kam ein Soldat aus dem Wachhäuschen und trat auf ihn zu: Das Gelände sei militärisches Sperrgebiet und der Zutritt strengstens verboten. Beckmanns Überredungsversuche, er wolle das architektonisch so interessante Kongresszentrum besichtigen, waren vergeblich. Als er wieder umkehrte, notierte der Wachsoldat in seinem Häuschen das Nummernschild des Rovers.

Das Kongresszentrum war vom Tor des Arsenals aus nicht zu sehen. Beckmann wollte wenigstens einen Blick erhaschen und umrundete das Gelände, kurvte durch ein heruntergekommenes Wohnviertel mit in der Sonne trocknender Wäsche auf rostigen Balkonen, bis er schließlich einen Sandweg fand, der zurück zum Ufer führte. An einem Müllabladeplatz vorbei gelangte er zu einem mit NATO-Draht gesicherten Zaun und einem einfachen, aber gut verriegelten Tor. Dahinter lag ein riesiger planierter und befestigter Platz. Hier hatten wahrscheinlich die Hubschrauber der Marine auf den chinesischen Staatsgast gewartet. Jetzt war alles still und vollkommen menschenleer. Hinter dem Platz erkannte er in einiger Entfernung das Kongresszentrum.

Der große, trotzdem leicht wirkende Glasbau des gefeierten Architekten Stefano Boeri schwebte wie schwerelos über dem Wasser. Zweifellos eine architektonische Preziose. Der damalige Ministerpräsident Berlusconi hatte sie in kürzester Zeit errichten lassen, um dort 2009 den G8-Gipfel zu veranstalten. Dazu kam es nicht; die politische Entscheidung, das Gipfeltreffen kurzfristig in das von einem Erdbeben erschütterte L'Aquila zu verlegen, hinterließ auf Sardinien nichts als Schulden und Enttäuschung. Das Kongresszentrum stand seit mehr als zehn Jahren ebenso wie das protzige Fünf-Sterne-Hotel und die Marina verlassen. Alle Wiederbelebungsversuche waren gescheitert. Mit dem Fernglas erkannte Beckmann zerbrochene Scheiben, rostenden Stahl und Unkraut, das aus geborstenem Beton wuchs. Das gesamte Gelände des Arsenals, auf dem einst tausend amerikanische Soldaten stationiert gewesen waren, wurde noch heute mit weit in die Bucht hineinragenden Zäunen auch zum Wasser hin hermetisch abgeriegelt und hatte seine zutiefst militärische Anmutung nicht verloren.

Beckmann war enttäuscht. Er überlegte, im Hafen ein Gommone zu mieten und auch die der Maddalena gegenüberliegende Insel Santo Stefano zu erkunden, wo früher die Atom-U-Boote der Amerikaner geankert hatten.

Nur wenig später brauste er über den Sund und näherte sich der Küste von Santo Stefano. Er schaute durch sein kleines Fernglas, das er aus dem Handschuhfach des Rovers mitgenommen hatte. Der einzige Strand der Insel lag gegenüber der Stadt Maddalena mit Blick auf den zivilen Teil des Hafens. Die schöne Bucht war mit einem riesigen Resort bebaut, einem stufig angelegten Gebäudekomplex aus Backsteinen, dessen lange, schießschartenartige Fensterreihen Beckmann an den nationalsozialistischen Kraft-durch-Freude-Bau auf Rügen denken ließ. Die Anlage wirkte derart verwaist, dass er sicher war, auch in der gerade zu Ende gegangenen Saison hatte sich hier niemand im Sand geaalt oder in der Bucht gebadet.

Er drehte den Außenborder hoch und umrundete die Insel. In Richtung Costa Smeralda und der traumhaften Küstenabschnitte der anderen Kleinode des Archipels lag das von einer hohen Mauer umgrenzte Areal, auf dem die Amerikaner Kasernen, Tanklager, Munitionsdepots, Wachtürme und die Hafenanlagen für ihre Atom-U-Boote und deren Tender zurückgelassen hatten. Ihre Überreste waren noch immer sichtbar. Der Komplex döste verschlafen in der Sonne und schien nur darauf zu warten, erweckt zu werden. Bojen auf dem Wasser markierten auch hier die militärische Schutzzone.

Durch das Fernglas war keine Menschenseele zu entdecken; Beckmann vermochte nicht zu entscheiden, ob die Wachtürme besetzt waren. Keine Schiffe an den Kais. Er schaltete den Motor ab und legte sich ins Boot, ließ sich vom Wasser wiegen, genoss die Sonne und den leichten Wind, hörte das Plätschern der kleinen Wellen und das ferne Echo von geisterhaften Stimmen, ihren Anspruch auf den in Jahrzehnten des Versagens und des Missbrauchs zugrunde gerichteten Ort. Würden ihn ausgerechnet die Chinesen erfolgreicher und nachhaltiger von seinen Verunreinigungen und Vergiftungen befreien und seine ursprüngliche Schönheit wieder entstehen lassen? Und das nur, damit ein paar wenige *Crazy Rich Asians* sich hier vergnügen könnten?

Er bemerkte nicht das Boot der Guardia Costiera, das vom Arsenal aus über das Wasser schoss. Erst das schrille Aufheulen von dessen Sirene riss ihn aus seinen Gedanken. Im Bug des Bootes stand ein Offizier mit einem Funkgerät oder Handy am Ohr. Er gab offensichtlich die Kennung von Beckmanns Gommone durch und griff wenig später zu einem Megafon.

»Go back to your base. Go back to your base immediately!«

Unter den wachsamen Augen der Guardia Costiera startete Beckmann den Außenborder und nahm Kurs auf den Anleger der Bootsvermietung. Das Boot der Küstenwache folgte ihm langsam in seinem Kielwasser, ganz so, als bestünde die Gefahr, er könnte plötzlich versuchen, sich aus dem Staub zu machen.

Als er am Steg anlegte, wurde er dort bereits von zwei Uniformierten erwartet. Nicht direkt unfreundlich, aber doch bestimmt wurde er in die Hafenmeisterei geleitet, wo ihn ein Offizier der Marine empfing. Er musste sich ausweisen und legte neben dem Personalausweis auch seinen Motorbootführerschein und sein Sprechfunkzeugnis See vor, die er in seiner Anfangszeit auf der Insel erworben hatte. Der Offizier gab ihm die Lappen sofort wieder zurück, behielt aber seinen Ausweis.

Die Befragung wechselte von einem steifen Englisch ins Italienische. Beckmann wurde nach seinem Aufenthaltsort auf

Sardinien befragt und ob er Verbindung zu Umweltbewegungen habe. Er wunderte sich – die Guardia Costiera wusste anscheinend über jeden seiner Schritte Bescheid. Er erklärte, er habe in der lokalen Presse vom Besuch des chinesischen Ministers gelesen und nur das Kongresszentrum und das Areal, das die Chinesen zu kaufen beabsichtigten, einmal anschauen wollen.

Augenscheinlich wurde ihm nicht geglaubt, und man ließ ihn im Raum allein. Was hatte das alles zu bedeuten? Der hohe chinesische Gast hatte Sardinien längst wieder verlassen, um seine Sicherheit konnte es nicht gehen.

Je länger Beckmann auf dem harten Metallstuhl ausharren musste, desto unbehaglicher wurde ihm. Nach fast einer halben Stunde wurde er wütend. Er stand auf und ging zur Tür. Sie war verschlossen. Er klopfte und rief mehrmals »Hallo«, bekam aber keine Antwort. Das vergitterte Fenster ging zur Mole hinaus, auf der reger nachmittäglicher Verkehr herrschte. Er zog das Handy aus der Hosentasche und rief den Maresciallo in Porto San Paolo an.

Farini lachte. »Nun. Die wollen dich grillen. Also, jetzt spürst du mal am eigenen Leib, wie sich das anfühlt.«

Beckmann war nicht zum Scherzen aufgelegt. Der Maresciallo beruhigte ihn, fragte, wo genau man ihn festhielt, und versprach, dort anzurufen.

Es dauerte eine weitere Viertelstunde, dann kam einer der Marinesoldaten zurück und gab Beckmann seinen Ausweis.

»*Tutto bene, dottore.* Sie können gehen.«

Entschuldigen wollten sie sich anscheinend nicht für die Behandlung, der sie ihn unterzogen hatten. Beckmann verließ das Gebäude, ohne sich zu verabschieden.

Auf der Rückfahrt hielt er in Olbia und ging in die Enoteca Luciano, in der er früher oft nach besonderen Weinen gesucht hatte. Auf der Schwelle zum Laden schlug ihm altvertrauter Duft entgegen, und er zögerte einen Moment. Es roch nach den offenen, vom Fass verkauften, wunderbaren Vernaccias, Vermentinos und Cannonaus. Der Inhaber, ein weißhaariger, asketisch dünner Mann, der zum blütenweißen kragenlosen Sardenhemd immer eine knappe abgewetzte, leicht speckige Lederschürze trug, kam ihm entgegen. Signor Luciano erkannte ihn zu seiner Überraschung wieder, obwohl er schon längere Zeit nicht mehr in der Enoteca gewesen war. Der Ladeninhaber verbarg seine Enttäuschung, dass der *dottore* keine so umfangreiche Bestellung aufgab wie früher und nur auf der Suche nach einem besonders guten Grappa war. Beckmann lehnte einen Probeschluck ab und folgte einfach der Empfehlung des Chefs.

Als er am Abend bei seinem Freund Farini auf dem kleinen Balkon über der Kreuzung zum Hafen saß, bedankte er sich für dessen Einsatz mit dem Grappa Barrique. Der Maresciallo zögerte nicht, die Flasche sofort anzubrechen, und versuchte sich an einer Erklärung für Beckmanns Abenteuer. Anscheinend hatten Umweltgruppen ihren Widerstand gegen den Verkauf des Arsenals an die Chinesen angekündigt und die Marineführung nervös gemacht. Sie hatten gewarnt, dem Projekt eines riesigen Ferienresorts für chinesische Milliardäre fehle es an Transparenz, an internationalen Standards, Umweltschutzgarantien, an fairen Wettbewerbsbedingungen und öffentlichen Ausschreibungen, die im EU-Land Italien eingehalten werden müssten. Und sie erzählten den Anwohnern, dass die versprochenen Geschäfte am Ende nur chinesische Unternehmen machen würden, die dann noch eigene Arbeiter schickten.

»Kann das tatsächlich der Grund für diese Reaktion der Guardia Costeria sein?«

»Nun. Es ist Protestlern vor vielen Jahren ja auch gelungen, die Atom-U-Boote der Amerikaner von der Insel zu jagen.«

»War der Stützpunkt strategisch wirklich wichtig?«

»Sardinien war schon immer ein sehr begehrter Knotenpunkt in der Seefahrt des Mittelmeeres. Mussolini nannte die Insel seinen großen Flugzeugträger mitten im Meer.«

Der Maresciallo erläuterte, dass die meisten Einheimischen von La Maddalena damals eigentlich sehr gut mit den amerikanischen GIs ausgekommen seien, sie hätten an den Soldaten und ihren Familien natürlich auch gut verdient. Als 2008 eines der großen atomgetriebenen und mit Atomwaffen bestückten U-Boote in dem felsigen Revier havarierte, sei jedoch Schluss mit der Verbrüderung gewesen.

»Du kannst nehmen, was du willst, es wird immer einen Sarden geben, der dagegen ist. Wenn sie sich in ihrem Widerstand einmal einig wären, wäre die Insel längst ein vom *continente* unabhängiger Staat.«

Es sah ganz so aus, als würde nicht nur die örtliche Politik das Projekt vorantreiben – auch die Sicherheitsbehörden taten anscheinend alles, um das Geschäft mit den Chinesen nicht zu gefährden. Farini hatte gehört, dass die Gemeinde von La Maddalena sich sogar erboten hatte, die toxischen Rückstände der Amerikaner auf ihre Kosten zu beseitigen.

»Du hast dem Tenente, deinem Vorgesetzten in Olbia, nicht berichtet, dass du den Kopf der örtlichen Triade bei der Empfangszeremonie gesehen hast?«

»Sag mir, wie sollte ich erklären, dass ich den Mann zuvor beim illegalen Glücksspiel in der Dong-Huang-Halle gesehen habe? Da müsstest schon du aussagen.«

»Mal schauen. Kannst du dir vorstellen, dass die Carabinieri in Olbia die Durchsuchung der Halle absichtlich so spät gemacht haben, damit genug Zeit war, gründlich aufzuräumen?«

»Nun. Meine Vorstellungskraft ist groß. Aber was heißt das schon?«

Sie saßen einen Moment schweigend da, dann richtete sich der Maresciallo plötzlich auf.

»Stell dir vor, die Chinesen kaufen das Arsenal und vor allem die Insel, Santo Stefano. Sie sagen, sie sei exterritorial und errichten im Angesicht der Costa Smeralda ein Casino. Was für ein unglaubliches Geschäft!«

»Deine Vorstellungskraft ist wahrhaft groß.«

Farini schenkte sich noch ein Glas ein.

»Das macht der Grappa, eine Wucht. Also. Sehr milder Geschmack, reife Trauben, aber ordentlicher Bums.«

In Beckmanns Blick lag Wehmut.

22

Der Flug war in Hamburg mit großer Verspätung gestartet. Die Stunde, die Doris Beckmann in der Maschine auf dem Flugfeld verbringen musste, war die unangenehmste Phase der Wartezeit. Sie hatten keine Erlaubnis, die Handys einzuschalten, also musste sie auf ihr wichtigstes Arbeitsgerät verzichten, das sie rund um die Uhr mit den von ihr in aller Welt bereederten Schiffen in Verbindung hielt. Sie ging im Kopf ein paar Routen und Liegezeiten durch und lehnte sich zurück. Es würde schon alles im grünen Bereich sein.

Im Moment erschien Doris die Reise als reines Warten auf die Ankunft. Die Verspätung war für sie kein technisches oder menschliches Versagen, es war einfach Zeit notwendig, um den gewaltigen Raum zu durchqueren, der zwischen ihr und ihrem Vater lag. Selbst das Licht brauchte dafür Zeit. Das Flugzeug bewegte sich noch nicht einmal so schnell wie der Schall.

Sie spürte den Lufthauch aus der Düse unter der Gepäckablage und wurde sich der Künstlichkeit der Atmosphäre um sie herum bewusst. Langsam schob sie die Abdeckung über dem Kabinenfenster hoch. Grau dehnte sich eine flache Wolkendecke bis in die Unendlichkeit des Horizonts. Darüber füllte die Unendlichkeit des Alls den Raum. Sie mussten inzwischen ungefähr auf der Höhe der Alpen sein. Doris schauderte bei dem Gedanken, wie dünn die Haut war, die sie von dem tödlichen Außen trennte. Durchsage aus dem Cockpit: Flughöhe 9.824 Meter, minus 47,5 Grad Außentemperatur.

Matt schimmernd ragte die Tragfläche in den Sichtbereich, den ihr das ovale Fenster ließ. Doris betrachtete das große Düsentriebwerk. Es irritierte sie, dass von dessen mächtiger Kraftentfaltung nicht das Geringste zu sehen war. Sie horchte auf das sanfte Rauschen und spürte dem minimalen, kaum fühlbaren Vibrieren der Kabine nach. Die monotone Gleichförmigkeit der Geräusche ließ sie an ihrer Wahrnehmung zweifeln. Die Triebwerke erzeugten vor sich ein Vakuum, das sie dann ansogen, so viel wusste sie. Im Grunde stürzte das Flugzeug ununterbrochen ins Leere.

Die Kabine lag in einem vagen, ungewissen Dämmer; etliche Plätze waren frei, der Flug war nicht ausgebucht. Es gelang Doris nicht, sich auf ihre Lektüre zu konzentrieren. Als sie nach einer Weile wieder aus dem Fenster schaute, hatte der Himmel sich verändert. Das Grau der Wolken war leichter geworden, beinahe schneeweiß und zugleich von einem zarten Hauch Rosa durchzogen. Auf der anderen Seite des Flugzeugs musste gerade die Sonne durch die Wolken gebrochen sein. Doris lehnte sich gegen die kühle Kabinenwand und starrte hinaus. Plötzlich entdeckte sie vor einer der hellen Wolkenwände ein Flugobjekt. Es war von schillernder Farbigkeit, kreisrund, hatte in der Mitte einen dunklen Fleck und bewegte sich gleichbleibend parallel zum Flugzeug. Erregung ergriff sie. Alles Matte und Dumpfe, alle Müdigkeit und Erschöpfung fiel von ihr ab. Das Flugzeug raste mit großer Geschwindigkeit in zehntausend Metern Höhe dahin, aber das Objekt folgte ihm und nahm an Deutlichkeit und Farbigkeit zu. Doris erkannte, dass es sich um den Schatten des Flugzeugs handelte, der auf die Wolken geworfen wurde und von einem kreisförmigen Regenbogen umgeben war.

Um den langsam über die Wolken wandernden Schatten strahlte die Corona in allen Farben des Spektrums. Es minderte Doris' Erregung nicht, die Erscheinung identifiziert zu haben. Die Perfektion des Kreises und die Kraft der Farben berührten sie. Ihr Sitznachbar auf dem Gangplatz, ein älterer Herr, nahm ihre Unruhe wahr und beugte sich weit herüber.

»Ein Glorienschein!«

Freudig überrascht löste er seinen Gurt und rückte auf den leeren Mittelplatz.

»Er entsteht aufgrund der Brechung des Sonnenlichts durch Eispartikel oder Wassertropfen. Man kann einen Glorienschein immer nur um seinen eigenen Schatten herum sehen.«

Wegen des Brechungswinkels könne niemand außer ihnen beiden den Lichtkranz sehen, fügte er mit einem intensiven Blick auf Doris hinzu. Aber er bemerkte, dass seine Versuche einer physikalischen Erklärung angesichts der Schönheit der Corona kläglich klangen und Doris überhaupt nicht beeindruckten.

»Das bringt Glück. Ganz viel Glück.«

Die Erscheinung verblasste und erstarb dann restlos. Der Mann rückte zurück auf seinen Platz. Doris legte ihre ablehnende Miene ab und lächelte ihm zu. Glück würde sie brauchen für die Wiederbegegnung mit ihrem Vater.

Ohne die Verspätung am Beginn der Reise wäre dieser Moment der Magie nicht möglich gewesen, sagte sie sich. Das Warten, die Strapazen des Fluges, das alles schien ihr plötzlich einen Sinn zu ergeben. Sie fühlte sich aufgehoben, herausgehoben aus der Leere der Zirkulation, in der Zigtausende von Passagieren täglich zwischen den Kontinenten hin- und hergeschoben wurden. Sie freute sich darauf, das Lu Tartaruga wiederzusehen, und war sicher, es könnte so etwas wie Versöhnung zwischen ihr und ihrem Vater geben.

23

Capitano DeMontis war stolz auf sein Büro. Es war erstaunlich groß. Hinter dem Schreibtisch wachten nicht nur die vier Mauren auf der sardischen Flagge, sondern auch die Fahnen Italiens und Europas. Auf der imposanten Tischplatte war neben den Akten Platz für zwei versilberte Bilderrahmen mit den Fotos von Eltern, Frau und Kindern. Capitano Riccardo DeMontis stammte aus einer angesehenen Familie Roms. Sein maskulin starkes Kinn und die glänzende Glatze zeugten von einem ausgeprägten Selbstbewusstsein. Er hatte seine Gewohnheiten. Erst seit Kurzem leitete er die Einsatzzentrale Olbia der Carabinieri. In mehreren Regionen Italiens war er bereits im Dienst gewesen, galt als erfahren und geschickt. Er war strukturiert, politisch wendig, tatkräftig und klar in seinen Anweisungen.

Er hatte sich über den deutschen *dottore* schlaugemacht, nachdem ihm dessen Aussagen auf den Tisch geflattert waren. Als ihm die Ergebnisse einer einfachen Google-Recherche vorgelegt wurden, hatte er das Bedürfnis, den Mann persönlich kennenzulernen. Die Anwesenheit von organisiertem chinesischen Verbrechen in seinem Bezirk und vor allem im Hafen von Olbia bereitete ihm Kopfzerbrechen. Und dann hatte Cagliari auch noch diese hochkarätige Regierungsdelegation aus China geschickt, die einen Verkauf des Arsenals auf La Maddalena einleiten wollte. Das bedeutete weiterhin komplizierte Sicherheitsmaßnahmen, mögliche Proteste und jede Menge Stress.

Als Beckmann und Maresciallo Farini das Büro betraten, führte der Capitano sie an seinen Beratungstisch. Der Deutsche war ihm sofort sympathisch, seine Auffassungen erschienen ihm jedoch widersprüchlich. Er wurde das Gefühl nicht los, man tische ihm nur die halbe Wahrheit auf, wenn überhaupt. Schön und gut, dass der Ex-Polizist aus Berlin ihm weismachen wollte, dem Maresciallo erst mit Verzögerung von dem Überfall am Strand von Cala Pirata erzählt zu haben. Doch dann hatte er auch noch an illegalem Glücksspiel teilgenommen, und zu allem Überfluss wollte er eine lokale chinesische Mafiagröße auf einem Zeitungsfoto vom offiziellen Empfang der Delegation wiedererkannt haben. Etwas an der Sache war eindeutig faul.

»Tenente Mancini hat bei einem großen Einsatz die Lokalität Dong Huang Mobiliare überprüft und keinerlei Hinweise auf verbotene Aktivitäten gefunden. Nicht das Geringste.«

»Nun, der große Einsatz könnte da wie eine Warnung gewirkt haben und fand doch mit einer zeitlich ziemlich großen Verzögerung statt«, gab Beckmann zurück.

»Wie soll ich das verstehen? Wollen Sie damit etwas andeuten?«

Beckmann ruderte zurück: »Ich wollte die Integrität Ihrer Beamten nicht infrage stellen.«

Der Maresciallo sagte nichts, nickte nur gelegentlich, und doch wurde der Capitano das Gefühl nicht los, der Carabiniere stecke irgendwie hinter all dem.

»Farini, Sie waren doch mit der Motorradstaffel auf dem Arsenal? Haben Sie die Männer erkannt?«

Aber der Maresciallo ging ihm nicht in die Falle.

»Ich habe per Intercom darauf hingewiesen, dass uns Privatwagen folgen. Bei der Zeremonie auf dem Gelände waren wir von der Staffel in der Kantine der Marineschule, *mio capitano*.«

»Soso.«

DeMontis merkte, er kam da nicht weiter.

»Wir haben den Mann, den Sie den ›Schilfjungen‹ nennen,

zur Fahndung ausgeschrieben. Ich bin sicher, wir werden ihn bald schnappen. Dann sehen wir weiter.«

Beckmann sah den Capitano fragend an. Dieser fühlte sich bemüßigt hinzuzufügen:

»Als ehemaliger Beamter in leitender Funktion wissen Sie sicher, dass ein paar hochkarätige Festnahmen nicht automatisch zum Ende eines kriminellen Phänomens führen. Wir müssen da überlegt, sorgfältig und nachhaltig agieren.«

»Das verstehe ich vollkommen. Aber liegt hier mit Mord nicht ein Offizialdelikt vor, sodass Sie ermitteln müssen?«

»Natürlich. Ich bitte Sie, wir ermitteln doch. Wir ermitteln, und zwar zu dem gesamten Komplex. Und ich will keinen Mafiakrieg in meinem Bezirk.«

Beckmann nickte.

Der Capitano hatte den Eindruck, ihn mit seinen Argumenten erreicht, aber nicht überzeugt zu haben, und spürte, dass der Deutsche ein enges Verhältnis zu dem Maresciallo aiutante pflegte. Ein mutiger Mann, dieser Farini, für seinen Einsatz mehrfach ausgezeichnet, wie DeMontis der Personalakte entnommen hatte. Andererseits nicht gerade für überschäumendes Pflichtbewusstsein bekannt. Und das beunruhigte ihn. Vielleicht war es gut, den Mann zu beschäftigen.

DeMontis beendete das Treffen. Als Beckmann und der Maresciallo den Raum verlassen wollten, rief er Farini noch einmal zu sich.

»Da ist noch etwas, bleiben Sie bitte noch einen Moment.«

Beckmann zog sich diskret zurück. Er musste zum Flugplatz.

»Maresciallo, Sie kennen den Fall der römischen Kollegin? Die mit dem Instagram-Account und den vielen intimen Fotos in Uniform – und eben auch ohne. Die Sache ist in die Öffentlichkeit gelangt.«

»Nun, es war überall in der Presse. Mit Bildern, sogar in der *Nuova Sardegna*.«

»Die Angelegenheit ist noch Gegenstand einer umfassenden Untersuchung, aber das zentrale Oberkommando hat ihre sofortige Versetzung beschlossen, um sie aus der Schusslinie der Medien zu nehmen. Sie kommt zu uns nach Sardinien.«

Der Capitano sah, dass Farini sein Manöver erahnte und sich zum Widerstand bereit machte.

»Maresciallo, sie ist Römerin, ich kann sie schlecht nach Orgosolo oder anderswo in die Barbagia versetzen.«

»Warum nicht nach Arzachena an die Costa?«

»Hören Sie auf mit den Witzen. Die Sache macht schon genug Wirbel.«

»Aber warum ausgerechnet Porto San Paolo?«

»Ich habe die räumlichen Voraussetzungen an mehreren Einsatzorten geprüft. Sie haben doch Ihre schöne kleine Privatwohnung. Sie bekommen ab dem nächsten Monatsersten einen ordentlichen Mietzuschuss, und die Marescialla zieht in Ihre Dienstwohnung in der Kaserne. Was sagen Sie?«

»Also, die Jungs werden sich freuen. Das fehlt mir gerade noch. Ich habe einen extrem brutalen Mord in meinem Bezirk zu klären.«

»Hören Sie, das ist nicht Ihre Aufgabe. Die Ermittlungen leitet Tenente Mancini hier in Olbia. Das wissen Sie. Überschreiten Sie nicht Ihre Kompetenzen.«

»Der Tenente hat ausdrücklich um meine Unterstützung gebeten, da er die örtlichen Voraussetzungen nicht kennt.«

»Hören Sie auf. Nur damit das klar ist, ein für alle Mal, ich verbiete mir jede Form der Insubordination.«

Man hatte ihn vor dem Sturkopf Farini gewarnt, aber er sah für das prekäre Problem im Moment keine bessere Lösung.

Der Maresciallo salutierte betont korrekt und verließ das Büro. Der Capitano setzte sich wieder in seinen Schreibtischstuhl und atmete durch. Dann lehnte er sich vor und rückte die versilberten Bilderrahmen mit den Familienfotos zurecht.

24

Beckmann parkte den Wagen. Es waren nur ein paar Hundert Meter bis zum Terminal des Flughafens. Er zog ein Ticket und ging langsam ins Gebäude. Tief in Gedanken stellte er sich zwischen die auf Kunden wartenden Vertreter der Reiseveranstalter, Hotels und Ferienanlagen mit ihren Namensschildern. Er hoffte, er hatte den Capitano mit seiner Bemerkung zum Offizialdelikt nicht nachhaltig gekränkt. Der Maresciallo würde es sonst ausbaden müssen.

Beckmann wusste aus seiner aktiven Berliner Zeit, dass jeder Fall organisierter Kriminalität auch politische Verflechtungen mit sich brachte. Er hatte es nie richtig verstanden, das politische Klavier mit seinen vielstimmigen Resonanzen und harschen Dissonanzen zu bespielen. Dafür fehlte ihm nicht nur die spezielle musische Begabung, dieser Aspekt seiner Arbeit war ihm immer mehr als unangenehm gewesen. Er hatte sich ihm, desillusioniert nach der Erfahrung von sechzehn Jahren in leitender Polizeifunktion, bewusst entzogen. Aus diesem Grund war es für ihn auch undenkbar gewesen, nach seiner frühzeitigen Pensionierung in den Dienst zurückzukehren. Und das, obwohl es zu einem späteren Zeitpunkt durchaus eine ehrenvolle Rückkehr hätte geben können.

Die Ankunft des Direktflugs aus Hamburg war auf der Anzeigentafel als *on time* angekündigt. Beckmann fragte sich, ob ihn diese Gedanken umtrieben, weil die Begegnung mit seiner Tochter unmittelbar bevorstand.

Ein Bekannter, der wie so viele Deutsche ein Haus auf der Insel besaß, riss ihn aus seinen Überlegungen.

»Na, kommt die Familie?«

Er kannte den Mann nur flüchtig und wusste nicht viel über ihn, außer dass sein Haus in dem weitläufigen Condominium Cala Girgolu stand. Er stimmte zu, ohne dabei allzu einladend zu wirken. Da stürmte ein etwa fünfjähriger Junge aus dem Ankunftsportal und warf sich dem Mann in die Arme.

»Hallo, mein Großer.«

»Hallo, Papa. Papa, Mama wartet mit dem Baby auf die Koffer.«

»Prima! Und du bist ganz alleine durch die Abfertigung.«

»Ich war im Flieger vorne, wo das Steuer ist, die Zeiger und die ganzen Knöpfe.«

»Toll.«

Beckmann nickte dem Mann zu und rückte beiseite, um Platz zu machen für die bevorstehende Familienbegrüßung. Er merkte, wie nervös er war. Doris wusste nichts von seiner Beziehung zu Lioni. Er scheute sich, ihr gegenüber den Namen der Person auszusprechen, die er begehrte. Er war sich nicht sicher, wie weit ihre Beziehung – wenn man es denn so nennen konnte – tragen würde. Sie war eine verheiratete Frau, würde es bei gelegentlichem Sex bleiben? Er sah den überschwänglichen Begrüßungsritualen, den Umarmungen und Küssen auf Wangen und Münder um ihn herum mit gemischten Gefühlen zu.

Im Sommer vor dem Tod ihrer Mutter war Doris zum letzten Mal auf dem Flugplatz in Olbia gelandet. Das war vor über vier Jahren gewesen, und sie wunderte sich, wie sehr sich das Terminal in dieser Zeit verändert hatte. Überall großflächige Werbetafeln für schnittige Sportboote, übergroße Sportwagen und Resorts mit Infinitypool. Sie setzte kurz ihren Koffer ab, nahm ihre zwei Handys aus der Handtasche und stellte ihre

Verbindung zur Welt wieder her. Die Displays zeigten keine beunruhigenden Meldungen. Sie hatte nur Handgepäck und strebte zügig an den Zollbeamten am Ausgang vorbei.

Auch ihr Vater hatte sich verändert. Er hatte sichtbar abgenommen, und das Weiche war aus seinen Gesichtszügen gewichen. Er lächelte ihr zu, trat ein paar Schritte aus der Gruppe der Wartenden heraus und breitete einladend die Arme aus.

Doris war nicht nach einer schnellen Umarmung, aber sie stellte ihren Rollkoffer ab. Ihr Vater schien ihr Zögern zu bemerken und legte ihr seine Arme auf die Schultern.

»Hallo, Papa.«

Kurz neigte sie ihren Kopf gegen seinen.

»Willkommen auf der Insel.«

Das hatte er immer gesagt, wenn er sie abholte. Er hatte es auch gesagt, wenn sie zusammen geflogen oder gerade zu dritt im Auto von der Fähre gerollt waren.

»Willkommen auf der Insel.«

Sie spürte, wie Tränen in ihr aufstiegen, aber es gelang ihr, sie zu unterdrücken. Ihr Vater griff nach dem Koffer, und sie verließen das Terminal. Als sie auf den Parkplatz kamen, sah Doris schon von Weitem den Rover und wunderte sich.

»Fährt er immer noch?«

»Die Strada Bianca inzwischen von allein.«

»Ist der Weg noch so schlimm?«

»Die Gemeinde hat diesen Winter nichts gemacht. Da kannst du dir denken, wie es aussieht.«

»Fahren wir die Küstenstraße, nicht die Autostrada?«

»Machen wir.«

Die alten Rituale erleichterten es ihnen, die Scheu des Wiedersehens zu überwinden. Doris sprang auf den Beifahrersitz und wippte auf den ausgeleierten Federn wie früher als junges

Mädchen. Beckmann warf den Rollkoffer auf den Rücksitz und kletterte hinters Steuer. Den Blick auf die Windschutzscheibe gerichtet, umfasste er das große Lenkrad mit beiden Händen.

»Ich bin so froh, dass du gekommen bist. Es ist ... so ein Glück, dich wiederzusehen.«

Er schaute sie an. Seine Emotionalität rührte sie.

Sie bemerkte, dass sie ihren Vater bis jetzt nur als Teil eines Paares wahrgenommen hatte, immer nur zusammen mit ihrer Mutter. Es fiel ihr schwer, ihn sich als freies Individuum vorzustellen.

Sie sah aus dem Beifahrerfenster.

»Fahren wir?«

»Ja, okay. Okay.«

Beckmann rangierte den Wagen aus der Parklücke. Als er von der Küstenstraße auf die Strada Bianca bog und sie ins Tal kamen, konnte Doris das Strahlen in ihren Augen nicht vor ihm verbergen. An den Corbezzolobäumen leuchteten rote Früchte, andere Gewächse der Macchia blühten zum zweiten Mal. Die Hänge hinauf zu den schroffen Felsen glänzten im satten Grün.

Der Weg war noch so holprig wie eh und je. Immer wieder schaute Doris zu ihrem Vater hinüber, der trotz der schlechten Straßenverhältnisse unangestrengt hinter dem Lenkrad saß. Es war nicht nur die Sonnenbräune, die ihn verändert aussehen ließ. Hoffnung, das lange Wochenende würde nicht zu anstrengend werden, breitete sich in ihr aus.

Als sie zum Anwesen kamen, wollte Beckmann aussteigen, um das Tor zu öffnen, aber Doris war schneller und sprang aus dem Rover. Sie sah, der Weg hinauf zum Haus war gepflegt, die Macchia sauber zurückgestutzt. Sie griff nach einem Myrtenstrauch, streifte ein paar noch nicht ganz reife Früchte ab, zerdrückte sie zwischen den Fingern, sog den herben Duft ein. Und sie erinnerte sich, wie sie als junges Mädchen zum ersten Mal vom süßen Mirtolikör hatte kosten dürfen.

25

Beckmann konnte sich nicht recht auf seine Lektüre konzentrieren. Er lag bei den drei Eichen in einem Deckchair. Das Buch ruhte in seinem Schoß, der Blick schweifte über den gegenüberliegenden Hang. Unterhalb der Macchia in der Senke zogen die Schafe des benachbarten Bauern dahin. Er fühlte sich wohl, war zufrieden damit, wie sich die Dinge entwickelten. Micaela hatte alles für die Ankunft der *signorina* vorbereitet, das Bett im Gästezimmer gemacht, frische Handtücher herausgelegt, einen kleinen Imbiss im Kühlschrank deponiert und sich zurückgezogen, bevor er mit Doris angekommen war. Seiner Tochter war der blitzsaubere und aufgeräumte Zustand des Hauses aufgefallen, und sie hatte nach Cara gefragt, der Putzfrau, die zu Anjas Zeiten ausgeholfen hatte.

»Cara hat einen festen Job in einem Hotel in Murta Maria angenommen.«

»Es hat sich vieles verändert, seit ich das letzte Mal hier war.«

Sie hatten auf der Terrasse gegessen. Doris hatte gut zugelangt, etwas Weißwein getrunken und sich für die Siesta ins Haus zurückgezogen.

Nun trat sie aus der Tür und trug die dünne Strickjacke von Anja, die immer noch im Schrank hing. Beckmann erschrak.

»Mir war kalt.«

Nach Anjas Tod hatte Doris in ihrem Zorn auf den Vater alle Kleidung und allen Schmuck ihrer Mutter aus der elterlichen Wohnung mitgenommen. Nur die Strickjacke hatte er damals vor ihrem Furor gerettet. Nun aber hatte Doris in ihrem Brief versucht, die alte Auseinandersetzung beizulegen, und beim

Essen hatte sich so etwas wie Aussöhnung ohne viele Worte angedeutet. Beckmann fürchtete, in eine längere Aussprache über die Vergangenheit gezogen zu werden.

Doris trat zu ihm unter die Bäume und zeigte ihm zwei Löcher in der Jacke. Sie waren kreisrund. Wie Einschüsse von einem Kleinkalibergewehr, dachte Beckmann.

»Du hast Motten im Schrank.«

»Micaela hat das vor einiger Zeit schon bemerkt und alles gereinigt. Die Lavendelsträuße, die sie in die Schränke gelegt hat, habe ich allerdings sofort wieder ausgeräumt. Ich wollte den Geruch nicht in der Kleidung haben.«

»Dann sind sie wieder da.«

»Nein, nein, die Jacke ist schon lange angefressen. Ich habe sie trotzdem aufgehoben … wegen ihrem Geruch.«

»Wäre es nicht an der Zeit, sie zu entsorgen?«

»Ja. Vielleicht du hast recht.«

»Ganz sicher sogar.«

»Auf dem Parkplatz an der *Bar Centrale* steht ein Altkleidercontainer.«

Am Abend auf dem Weg ins *Portalana*, wo Beckmann einen Tisch direkt am Wasser für sie reserviert hatte, hielten sie bei der Bar. Beckmann stieg aus, nahm die Plastiktüte mit der Strickjacke vom Rücksitz und ging zum Container. Doris trat neben ihn und schob den Hebel über dem gelben Kasten für ihn hoch. Sie sahen sich an, und er legte die Tüte hinein. Die Feierlichkeit, die sich breitzumachen drohte, kam ihm sonderbar vor, und er grinste seine Tochter etwas schief an. Doris nahm ihren Vater zum ersten Mal seit ihrer Ankunft in den Arm.

Der Abend hielt, was er versprach. Im Restaurant umsorgte sie Roberto zuvorkommend, das Essen war ausgezeichnet wie immer. Der Himmel riss auf und färbte sich im späten Widerschein des Sonnenuntergangs leicht rötlich.

»Gefällt es dir?«

»Ja. Aber ich weiß nicht recht …«

»Was?«

»Ich verstehe nicht, was das für eine Rentnerexistenz ist, die du jetzt hier führst.«

»Wie meinst du das?«

»Na ja … Machst du einen auf Buddhist und ziehst dich zurück von der Welt?«

Beckmann hatte bisher nicht über Lioni gesprochen und nur von seiner Melanom-Erkrankung erzählt. Er entschied, dass es zu früh war, sein Liebesabenteuer zu erwähnen.

»Hier ist noch mehr als genug Welt, das kannst du mir glauben.«

»Lu Tartaruga ist wunderschön, ein magischer Ort, aber einsam. Die große Bücherwand in deinem Studio ist vielleicht beeindruckend, aber immer nur lesen? Mama und du, ihr seid doch viel ins Theater gegangen, ins Konzert.«

»Vor allem zu Tanzaufführungen.«

»Vermisst du das nicht?«

»Du unterschätzt, was die Insel an Kultur zu bieten hat. Früher waren wir immer nur am Strand oder auf dem Wasser, aber jetzt – es gibt so vieles zu entdecken. Glaub mir, auch hier weht der Atem des Lebens.«

»Trotzdem, so recht verstehe ich deinen Rückzug nicht.«

»Es ist kein Rückzug, da kannst du beruhigt sein. Schon was ich in meinem Brief geschrieben habe, muss dir das doch klargemacht haben.«

»Aber du hast das Angebot, in den Dienst zurückzukehren, nicht angenommen.«

»Ich fühle mich wohl hier. Im Zweifel bin ich in zwei Stunden mit dem Flieger bei dir in Hamburg und entführe dich in die Elbphilharmonie.«

»Nächste Woche, okay?«

Beckmann lachte. »Mal sehen.«

Etwas später gesellte sich der Maresciallo zu ihnen. Er trug Zivil, ein dünnes weißes Hemd und eine leichte Baumwolljacke, und Beckmann freute sich, dass Doris und sein Freund sich auf Anhieb gut zu verstehen schienen. Farini berichtete von der berüchtigten Marescialla, die er nach dem Skandal in seiner Kaserne aufnehmen sollte. Mit ihrer Attraktivität und ihrem provokanten Auftreten im Internet hatte sie seine vier jungen Brigadieri und zwei noch jüngeren Carabinieri schon jetzt durcheinandergebracht. Er hatte Schwierigkeiten, einen Dienstplan zu entwerfen, der alle zufriedenstellte.

Sie lachten viel über die Erzählungen des Maresciallo. Beckmann vermutete, auch Farini selbst war möglicherweise beunruhigt wegen der Anziehungskraft, die von der Kollegin ausging.

Sie bestellten noch ein Dessert. Beckmann wählte das Sorbetto al limone »ohne«, denn Roberto schlug üblicherweise in einer gekühlten Metallschale direkt am Tisch noch einen ordentlichen Schuss Wodka darunter.

Bei der Verabschiedung auf dem Parkplatz nahm Beckmann den Maresciallo kurz beiseite.

»Hast du was über die Chinesin gehört?«

»Ich habe einen Tipp bekommen, konnte dem aber noch nicht nachgehen.«

»Und?«

»Ein vager Hinweis auf eine Wohnung. Ich melde mich, sobald ich etwas erfahre.«

26

Tenente Mancini kam persönlich von Olbia nach Porto San Paolo, um sich nach dem Fortgang der Ermittlungen im Mordfall Cala Pirata zu erkundigen. Und er brachte die Marescialla Claudia Cardoso mit. Farini vermutete, die Begleitung der schönen Soldatin war der eigentliche Grund für Mancinis Anreise, und wunderte sich, dass sich der Tenente nicht zu schade war, einen Teil ihres Gepäcks zu tragen, obwohl er ihr Vorgesetzter und älter war. Der Maresciallo schätzte die Kollegin auf Ende zwanzig, Anfang dreißig, war sich aber keineswegs sicher.

Farini hatte Fotos von Claudia Cardoso in der Zeitung und im Internet gesehen, war aber trotzdem überrascht von ihrer jugendlichen Frische und beeindruckenden Erscheinung. Die Marescialla trug zum steifen hellblauen Uniformhemd die Reithose mit den breiten roten Biesen und Schaftstiefel. Ihre langen schwarzen Haare hatte sie zu einem Pferdeschwanz gebändigt. Die schwere Schirmmütze unter den linken Arm geklemmt, meldete sie sich ordnungsgemäß zum Dienst. Ihre klaren Gesichtszüge strahlten beim Salutieren.

Farini hatte in Erwartung des Neuzugangs seine Dienstwohnung geräumt. »Ihr Quartier liegt gleich neben dem Wachzimmer«, warnte er. »Sie werden wahrscheinlich bei jedem nächtlichen Klingeln aufwachen, auch wenn Sie nicht im Dienst sind.«

»Danke, Maresciallo. Sehr großzügig, dass Sie mir Ihre Unterkunft überlassen.«

Nach einer kurzen Besprechung war der Tenente nach Olbia zurückgekehrt. Farini hatte ihm nichts von dem telefonischen

Hinweis auf die mögliche Unterkunft der toten Chinesin berichtet; er wollte selbst überprüfen, ob an der Sache etwas dran war.

Er saß in seinem Büro, hatte den Stuhl leicht nach hinten gekippt und die Füße auf den Schreibtisch gelegt. Die Hände über dem Koppel der Uniformhose gefaltet, waren seine Augen geschlossen.

»Schlafen Sie?«

Claudia Cardoso stand in der offenen Tür.

Farini rührte sich nicht.

»Nein. Ich muss mich nur ein bisschen von innen anschauen.«

»Aha. Und was sehen Sie da?«

»Nun, ein paar Wolken am Horizont.«

Er richtete sich auf und drehte sich zu ihr.

»Setzen Sie sich doch.«

Die Marescialla nahm vor dem Schreibtisch Platz.

»Tut mir leid, dass Sie Ihr Nickerchen hier halten müssen.«

»Wie gesagt, ich habe nicht geschlafen. Aber das müssen wir nicht vertiefen. Der Dienstplan sieht vor…«

»Keine Angst, Sie sind mich schon bald wieder los.«

»Also, Capitano DeMontis sprach von ein paar Wochen und gab Anweisung, Sie in die normalen Abläufe zu integrieren. Keine Sonderbehandlung, hat er ausdrücklich gesagt.«

»Vergessen Sie den Capitano.«

Farini glaubte, sich verhört zu haben.

»Meine Anhörung wird schon in ein paar Tagen stattfinden. Dazu muss ich zurück nach Rom ins Hauptquartier des Generalkommandos.«

»Soso.«

»Das Ganze ist mehr so etwas wie eine Maskerade, ein bürokratisch notwendiges Tamtam, verstehen Sie?«

Farini verstand. Er vermutete, dass Claudia Cardoso in Rom hochrangige Protektion genoss, hütete sich aber, sie danach zu fragen.

»In welcher Abteilung in Rom waren Sie eigentlich?«

»Legion Latium. Raggruppamento Operativo Speciale.«

Farini war beeindruckt. Das ROS war eine Spezialeinheit der Carabinieri, erst 1990 zur Bekämpfung der organisierten Kriminalität gegründet. Er vermutete, Cardoso war aufs *liceo* gegangen und hatte Abitur gemacht, während er nur auf dem Istituto tecnico gewesen war.

»Nun. Also! Egal, wie lange Sie bleiben, ich würde Sie gerne in die normale Arbeit einbeziehen. Wäre doch langweilig sonst, oder? Ich denke, Sie sind damit einverstanden?«

»Jawohl, Maresciallo!«

»Sie brauchen nicht zu salutieren.«

Beide lachten. Neugierig schob sich einer der Brigadieri in die offene Tür.

»Was gibt's?«, fragte Farini.

»Irgendwelche Einsatzbefehle?«

»Dreiergruppe, Fahrzeugkontrolle Vaccileddi.«

Der neugierige Brigadiere wollte nicht so schnell gehen.

»Wo genau?«

»Brigadiere! Wo wohl?! Die Abzweigung nach Santa Giusta Richtung Autobahn. Haben Sie schon mal woanders gestanden? Und lasst mir den Alfa da.«

Der Brigadiere salutierte und ging wieder.

»Die Jungs sind etwas nervös wegen Ihrer Anwesenheit in der Kaserne.« Der Maresciallo schob eine Aktenmappe über den Tisch. »Haben Sie von dem Mord gehört?«

Claudia Cardoso verneinte und überflog die wenigen Aufzeichnungen. Die Bilder des Leichnams ohne Arme erschütterten sie offensichtlich: »*Madonna*. Das war in Ihrem Bezirk? Man hat mir gesagt, hier ist nicht viel los. Absolut ruhig.«

»Das ist relativ, würde ich sagen.«

»Die Frau ist Chinesin. Konnte sie inzwischen identifiziert werden?«

»Nein. Aber ich habe einen Hinweis erhalten, wo sie gewohnt haben könnte. Ich will mir das anschauen und möchte, dass Sie mich begleiten.«

»Okay. Meine Dienstwaffe ist in der Waffenkammer.«

»Nun, da ist sie gut aufgehoben.«

Farini nahm den Alfa Romeo, der neben dem leeren Hundezwinger hinter der Kaserne stand, und machte sich mit Claudia Cardoso auf nach Monte Petrosu. Als sie in Vaccileddi an der Abzweigung zum Autobahnzubringer vorüberfuhren, passierten sie den von Farinis Carabinieri gerade eingerichteten Kontrollpunkt. Der Maresciallo fuhr langsam und ließ einmal kurz die Sirene aufheulen. Sollten die Jungs ruhig denken, dass er mit der neuen Kollegin auf einer kleinen Spritztour war.

27

In Monte Petrosu hielt er vor einer Wäscherei.

»Ich muss da nur kurz rein.«

In der Lavanderia Rosa schwitzten drei Frauen dünn bekleidet im feuchtwarmen Dunst der Bügelmaschinen. Farini kannte die Wäscherei gut; er hatte mit Rosa eine kostengünstige Vereinbarung getroffen, sodass seine Jungs und er ihre Hemden und Uniformen nicht selbst bügeln mussten. Oft ließ er es sich nicht nehmen, die Pakete abzuholen, wenn Rosa zu beschäftigt war, um zu liefern.

Die Frauen begrüßten ihn überschwänglich. Rosa erklärte ihm die Lage der Absteige, von der sie glaubte, der Schlachter würde sie schwarz vermieten. Der Maresciallo dankte ihr noch einmal für den Hinweis und verabschiedete sich reihum.

Der Laden des Schlachters befand sich nahe der Wäscherei. Farini und Claudia Cardoso betraten seitlich davon einen Hinterhof. Ein schmaler Durchgang führte sie auf die Rückseite des verwinkelten Gebäudekomplexes. Mannshohe Feigenkakteen grenzten das Grundstück gegen die dahinterliegende Brache ab. Der Boden war trocken. Die staubigen Pflanzen trugen nur wenige Früchte, aber sie hielten Blicke fern, und ihre langen spitzen Stacheln verwehrten den Zutritt. Statt einer Tür schirmte nur ein Vorhang aus bunten Plastikschnüren ein Kabuff ab, in dem ein paar Wasserrohre zu einer Dusche, einem Toilettenbecken ohne Deckel und einem kleinen Waschbecken führten. Auch eine rostige Waschmaschine stand da. Es roch muffig aus dem Abwasserloch inmitten der zerbrochenen Bodenfliesen. Ein paar rohe Betonstufen hinauf ging es zu einer

Kammer, die wie das Kabuff an die Rückseite des Gebäudes geklebt schien.

Auf das Klopfen des Maresciallo kam keine Antwort. Die Klinke war wackelig, die Tür nicht verschlossen. Farini stieß sie vorsichtig auf. Als er die chinesische Schriftrolle an der schlecht verputzten Wand sah, nickte er der Kollegin zu, zog weiße Stoffhandschuhe aus der Uniform und reichte ihr ein Paar.

Claudia Cardoso stand mitten im Raum und schien die Dinge um sich herum äußerst konzentriert wahrzunehmen. Der Maresciallo merkte, sie war nicht zum ersten Mal an einem Tatort oder dem Ort einer Durchsuchung. Er war froh, sie mitgenommen zu haben. In einer Ecke ein rostiger Kleiderständer auf Rollen, wenige Kleidungsstücke auf Drahtbügeln. Darunter lagen bunte, ausgelatschte Flip-Flops und ein Paar Espadrilles. Es gab nicht viele Möglichkeiten, in diesem Raum etwas zu verstecken. Farini hob die breite Matratze auf dem Eisengestell an, fand aber nichts außer Staubflocken.

»In diesem Raum haben zwei Frauen gewohnt.«

Der Maresciallo war überrascht von Claudia Cardosos Feststellung. Sie zeigte auf die unterschiedlich großen Schuhe, überzeugte ihn aber nicht, da ihm die Unterschiede nicht gravierend erschienen. Dann entdeckte sie zwei verschiedene Packungen Antibabypillen in einem Schuhkarton. Der Maresciallo musste an Beckmanns Chinesin denken. Die vorhandenen Pillen und die Markierungen der Wochentage deuteten darauf hin, dass beide Frauen nach dem Mord nicht mehr in der Behausung gewesen waren. Außer dem Porträtfoto eines älteren chinesischen Paares fanden sie kaum persönliche Dinge.

Farini streifte die Handschuhe ab. Er wollte allein in den Laden des Fleischers gehen und bat die Kollegin, im Wagen zu warten.

Der Schlachter begrüßte ihn jovial. Auf die Fragen des Maresciallo nach der Mieterin des Anbaus hin entschuldigte er sich umständlich dafür, sich nach dem Mord an der Chinesin nicht bei den Carabinieri gemeldet zu haben. Er bestätigte, dass zwei Frauen in der Kammer gewohnt hätten, und erkannte eine davon auf dem Foto der Leiche, das Farini ihm vorhielt. Während er darüber jammerte, dass die Frauen ihm noch Miete schuldig seien und der Maresciallo doch wohl nicht die Guardia di Finanza verständigen wolle, wickelte er wie nebenbei ein ganzes *coniglio* in Packpapier. Er legte noch zwei lose Hinterläufe dazu und reichte Farini das Paket über den Tresen.

»Für Ihre tapferen Jungs.«

Zurück in der Kaserne, parkte der Maresciallo neben dem leeren Hundezwinger.

»Schreiben Sie den Bericht.«

»Danke, dass Sie Vertrauen zu mir haben.«

Claudia Cardoso legte ihm die Hand auf den Oberschenkel. Er schaffte es, nicht zusammenzuzucken, und spürte durch die Uniform die Wärme ihrer Haut. Ruhig wandte er ihr den Blick zu, lächelte sie an und senkte dann seine Augen auf ihre Hand und die langgliedrigen Finger mit den manikürten Nägeln. Sie verstärkte leicht den Druck auf seinen Oberschenkel. Der Maresciallo rührte sich nicht, wandte den Blick nicht ab. Dann zog sie ohne jede Eile ihre Hand zurück.

Farini schaute auf den großen Zwinger. Er wusste nicht, warum er ausgerechnet jetzt an die beiden Schäferhunde dachte, die er abgegeben hatte. Castor und Pollux waren als Drogenhunde völlig ungeeignet gewesen, ziemlich neurotische Tiere, und er wollte sie nicht als einschüchternd kläffende Monster bei Kontrollen neben seinen Männern sehen. Die Hunde brauchten

Auslauf, sie brauchten Aufmerksamkeit, Zuwendung und Futter, immer wieder auch den Tierarzt. Und so war der Zwinger, nachdem Farini den Standort übernommen hatte, bald leer gestanden.

Claudia Cardoso hatte die Hand schon an der Beifahrertür.

»Gehen wir rein?«

»Natürlich.«

Der Maresciallo langte nach hinten, nahm das Paket des Fleischers und stieg aus. Im Vorbeigehen stieß er mit dem Fuß gegen das Gitter des Zwingers. Vielleicht sollte er einen Antrag auf ein paar neue, freundliche Bewohner stellen.

»Also, schreiben Sie gleich den Bericht und reichen Sie ihn dann dem Wachhabenden rein, damit er ihn nach Olbia durchgibt.«

»Ich denke, ich werde Tenente Mancini eine Mail schicken.«

»Auch gut. Setzen Sie den Wachhabenden dann ins cc für unsere Unterlagen.«

Sollte sie es machen, wie sie es für richtig hielt. Er würde sich nur kurz abmelden, den Jungs das Kaninchen bringen und dann in sein Apartment gehen, eine Flasche Bier aufmachen und seine Frau in Padua anrufen. Sein Job in diesem touristischen Hotspot hatte ihn schon oft in Versuchung geführt, und nicht immer hatte er widerstehen können. Aber diese Sache war ihm einfach zu heiß.

28

Der bedächtige ältere Schwarze mit dem langen Kinnbart weiß wie Schnee lagerte mit seinem Kasten voller selbst entworfenem Schmuck im Schatten des weitverzweigten, verwachsenen Wacholderbaums neben der Strandbar in Porto Taverna. Er vertrug die Hitze nicht mehr so gut wie die anderen in ihrer Gruppe der schwarzen *extracomunitari*, nahm immer wieder eine Auszeit. Beckmann beobachtete ihn eine Weile, dann ging er hinüber und setzte sich zu ihm. Um das Eis zu brechen, suchte er unter den Schmuckstücken des Mannes nach einem Geschenk für Doris, die er bei Freunden abgesetzt hatte. Dann fragte er vorsichtig nach der Chinesin. Wieder und wieder strich der Alte über seinen weißen Kinnbart. Sie sei die letzten Tage nicht am Strand gewesen. Er wisse nicht, wo sie wohne.

Beckmann gelang es, das Vertrauen des Alten zu gewinnen. Er fand heraus, dass der Mann über Tunesien gekommen und mit einem Boot im Südwesten gelandet war, dort, wo Sardinien näher an Afrika lag als der Nordosten der Insel an Italien. Man hatte ihn mit vielen anderen in ein zentrales Lager in Monastir nördlich von Cagliari gebracht. Von dort war er vor drei Jahren geflohen.

»Zuerst weggegangen, aber wieder gefangen. Dann geschlichen in der Nacht.«

Er war zu Fuß bis an die Ostküste gelaufen, hatte fast die ganze Insel durchquert.

Beckmann war beeindruckt. »Das ist weit.«

»Viele Wochen. Nur gehen, wenig schlafen. Immer wieder gehen.«

Zu Beginn hatte er am Strand genächtigt. Inzwischen besaß der Mann ein befristetes Papier, das seine Duldung bestätigte, und einen alten rostigen Ford Fusion, in dem er lebte.

Gerade als Beckmann das Gefühl hatte, er könnte von ihm vielleicht doch noch etwas über die Chinesin erfahren, merkte er, wie eine der Migrantinnen von ihrem hochrädrigen Eisengestell mit Strandkleidchen und Bademoden intensiv zu ihnen herüberschaute. In ihrem Blick lag tiefes Misstrauen. Der Alte spürte es und war sofort zugeknöpfter. Die Frau war hochgewachsen und muskulös, Beckmann schätzte sie auf beinahe eins neunzig. Ihr Turban war aus dem gleichen in feurigen Farben bedruckten Stoff wie das kaftanartige Kleid, das ihr bis zu den strammen Waden ging. Ihre majestätische Erscheinung hatte ihn schon bei früheren Strandbesuchen beeindruckt.

»Senegalesin. *Mandinga*.« Der Alte rollte mit den Augen.

Beckmann hatte den Begriff schon einmal gehört und erinnerte sich vage an einen vulgären Film über Sklavenkämpfe im amerikanischen Süden, den er vor langer Zeit mit Anja in einer Nachtvorstellung gesehen hatte. Es gelang ihm, dem Alten doch noch den Standort einer leer stehenden Casa Cantoniera zu entlocken, wo einige der Strandmenschen hausen sollten, vielleicht auch Xia. Er bezahlte den silbernen Armreif, den er für Doris ausgesucht hatte, und machte sich auf den Weg.

Unterhalb der neuen Küstenstraße entdeckte Beckmann Reste der früheren Wegführung. Diese lief auf die Böschung zu und endete unvermittelt an einem verrosteten Gitter. Er parkte den Rover in einer Haltebucht und lief ein Stück zurück, kletterte über die Leitplanke und stolperte den Abhang hinunter. Die ausgebleichte Asphaltdecke war vielfach geborsten, aufgebrochen von Grasbüscheln, Unkraut und der allgegenwärtigen Zistrose.

Links und rechts dehnte sich die Macchia bis zum Horizont. Die Natur war dabei, sich das zivilisatorische Relikt zurückzuerobern. Je weiter er die moderne Straße hinter sich ließ, desto mehr erschien ihm die Atmosphäre wie in einem dystopischen Science-Fiction-Film. Es war, als betrete er eine verbotene Zone, ein verstrahltes Gelände wie in Andrej Tarkowskis Film *Stalker*. Die normale Welt verbarg sich hinter unsichtbaren Wänden.

Hinter einer Kurve tauchte die Casa Cantoniera auf. Das Ochsenblutrot des alten Straßenarbeiterhauses war verblichen, die Farbe in großen Placken abgeplatzt. Ein umlaufender Fries und die Fensterstürze waren früher weiß gewesen. Der Maresciallo hatte Beckmann einmal erzählt, die Sarden hätten die rote Farbe dieser in ganz Italien entlang der Landstraßen für die Straßenarbeiter errichteten Gebäude »Rosso di Persia« genannt. Das war Beckmann poetisch erschienen. Das Haus, das hier vor ihm lag, hatte allerdings nichts Poetisches. Das Dach war in den Innenraum gestürzt, ehemals türkis gestrichene Läden hingen vor blinden oder zerbrochenen Fensterscheiben schief und verrottet in den Angeln. Das Schild der Anas, der Azienda Nazionale Autonoma delle Strade, war gänzlich verwittert.

Er näherte sich vorsichtig dem heruntergekommenen Anwesen. Die Einfriedung schien seltsamerweise intakt, das verrostete Tor verschlossen. Er umrundete das Gelände. Die Wand aus unverputzten grauen *blocchetti* ging über in eine verwitterte Natursteinmauer. Steine waren herausgestürzt, der Zaun löchrig. Hier konnte Mensch wie Tier ungehindert hinein. Beckmann suchte sich einen kräftigen Stock, bevor er über die Steine und unter dem verrosteten Zaun hindurch das Gelände betrat.

Schutt lag zwischen verstaubten Pflanzen. Er stocherte im Abfall. Morsche Balken, von Ameisen zerfressen. Das teilweise eingestürzte Dach hatte ein zeltartiges Dreieck gebildet, unter dem man, vor der Witterung geschützt, Unterschlupf finden konnte. Schräg fiel das Sonnenlicht durch leere Fensterhöhlen und Mauerrisse. Ein Geräusch ließ ihn herumfahren und den Stock fester packen. Eine Katze sprang über den Müll und war blitzschnell verschwunden.

Er fand leere blaue Gaskartuschen, wie sie für Campingkocher benutzt wurden, verklebtes Plastikgeschirr und leere Weinflaschen. Zivilisatorischer Abfall, Spuren menschlichen Lebens unter prekären Bedingungen. Ihm war klar, hier hatte jemand längere Zeit gehaust, aber sicher nicht bis vor wenigen Tagen. Ein zerschlissener Schlafsack und eine vermoderte Armeedecke lagen im Schutt. Aus der Ecke kam ein leises Mauzen. In der faserig zerfledderten Füllung des Schlafsacks lagen drei Katzenjunge wie in einem Nest und blinzelten verängstigt ins Licht. Beckmann entspannte sich und lächelte. Anderes Leben würde er hier sicher nicht finden.

Hatte der Alte am Strand ihn bewusst irregeführt, oder hatte er es nicht besser gewusst? Beckmann konnte sich nicht vorstellen, dass Xia hier irgendwann einmal gelebt haben könnte. Enttäuscht machte er sich auf den Rückweg zu seinem Wagen. Als er mühsam die Böschung zur neuen Straße hochstieg, war es, als kehrte er zurück aus einer anderen Welt. Es wurde Zeit, seine Tochter abzuholen.

29

Die Nacht vor dem offenen Fenster war tiefblau. Durch das Fliegengitter drangen kaum hörbar die Geräusche kleiner Insekten und nachtaktiver Tiere. Doris schlief fest. Das große Tablet und die zwei Handys lagen ordentlich aufgereiht neben ihrem neuen silbernen Armreif auf dem Nachttisch. Das Geschenk ihres Vaters hatte sie gerührt. Es war ein friedlicher Abend gewesen, sie hatten viel und bis spät in die Nacht gesprochen. Sie hatte das Gefühl gehabt, ihren Vater besser zu verstehen, hatte ihr bisher unbekannte Seiten seiner Persönlichkeit kennengelernt. Sie war erfüllt gewesen und erschöpft ins Bett gefallen.

Als das Display des Diensthandys zu leuchten begann und das Gerät leise summte, war sie trotzdem umgehend hellwach. Es meldete sich Captain Pavel Petkov von der MS Everlast. Doris wusste sofort: Stückgutfrachter, General Cargo Ship, hundertsiebzig Meter über alles, neunundzwanzigtausend Tonnen Ladegewicht, Handysize, unterwegs unter Liberias Flagge. Ladung: Landmaschinen, Trecker, Radlader, Mähdrescher und einiges mehr. Aktueller Standort: Südchinesisches Meer, unterwegs von Osaka, Japan, nach Singapur. Der Kapitän meldete eine Havarie.

Doris setzte sich auf. Eine Kollision auf hoher See. Der größtmögliche Unfall, ausgerechnet jetzt.

»Ihre WGS-Koordinaten?«

»10° 8' 0" N, 116° 8' 0" E.«

Schweigend hörte sie sich den Bericht des Kapitäns an. Ein mit zwei Schnellfeuerkanonen bewaffnetes chinesisches Patrouillenboot hatte den Kurs des Frachters in der Nähe einer der vielen kleinen Inseln, die China in den dortigen internationalen

Gewässern aufgeschüttet hatte, gekreuzt und zum Beidrehen aufgefordert. Das Boot war bei dem gefährlichen Manöver in den Hecksog des großen Schiffes geraten und kollidiert.

»Haben Sie beigedreht?«

»Ich habe die Fahrt nicht gedrosselt. Nicht vorher und nicht nach der Kollision.«

»Okay. Hatten Sie danach weiter Funkkontakt?«

»Ja. Sie haben keine Verletzten, das Schiff ist beschädigt, aber seetüchtig. Sie können aus eigener Kraft zu ihrem Marinestützpunkt auf dieser Insel – ich verstehe den verdammten chinesischen Namen nicht. Eigentlich sollte das Scheißatoll unbewohnt sein, verdammt noch mal. Und es gehört den Schlitzaugen auch nicht.«

Doris wusste, der bulgarische Kapitän war nicht gerade ein Feingeist.

»Waren sie auf dem AIS?«

»Die hatten den verdammten Tracker ausgestellt, haben sich angeschlichen wie Piraten.«

»Was ist mit der Ladung?«

»Was soll mit der Ladung sein? Das war eine Nussschale. Ich weiß nicht, was die überhaupt hier draußen auf See wollen.«

Die Everlast hatte wahrscheinlich nicht mal eine Schramme. Während der Kapitän weiter berichtete, gab Doris die Positionsdaten in ihr Tablet ein. Der Standort lag nahe dem Eiland Banlu Jiao oder Chigua Jiao.

»Setzen Sie Ihren Kurs fort.«

»Okay.«

»Sie sagten, es sind keine anderen Boote in Sicht, oder?«

»Nichts auf dem AIS und nichts in Sichtweite.«

»Setzen Sie Ihren Kurs fort. Ich melde mich umgehend wieder.«

Doris zog sich etwas über und schlüpfte in ihre Laufschuhe. Es war 4:43 Uhr mitteleuropäischer Zeit. Draußen im Tal kämpfte die Nacht gegen den anbrechenden Tag. Die letzten Sterne begannen zu verblassen. Über dem Meer wurde der Horizont fahl, Tau lag auf den Pflanzen. Die Luft war kühl und klar. Doris stolperte die Auffahrt hinunter, machte am Carport ein paar Dehnübungen und durchquerte das Grundstück. Sorgfältig schloss sie das Tor hinter sich, damit die Wildschweine nicht hineinkonnten, und joggte zum Aufstieg des Tals.

Der unbefestigte Pfad war steinig und uneben, sie musste den Boden genau im Blick behalten. Gegen Ende nahm die Steigung zu, und Doris versuchte, das Tempo nicht zu drosseln. Es zog in Oberschenkeln und Waden, aber sie hielt durch bis zur Kuppe der Anhöhe. Sie beugte sich vor, stützte die Arme auf die Knie und sog tief die kühle Luft ein.

Auf der anderen Seite fiel der Berg steil ab in die flache Schwemmebene des Rio Pitrisconi. Sie konnte bis zur Ortschaft San Teodoro schauen, zum Haff und zum Strandsee mit seinen Flamingos. Einen Caspar-David-Friedrich-Ort hatte ihre Mutter diesen Ausblick genannt. Doris setzte sich auf einen Stein. Das Handy hatte auch hier oben LTE. Sie ließ sich Zeit mit dem Anruf in der Zentrale.

Der Himmel im Osten färbte sich orange, das Meer um die wie eine ägyptische Pyramide aufragende Insel Tavolara entflammte blutig rot. Und dann erhob sich grell der erste schmale Bogen der Sonne über das Wasser und schickte seine Strahlen ins Tal. Die Macchia glitzerte, und die Sonne löste die letzten Tropfen Tau auf, bevor ihn die Erde und die Pflanzen aufnehmen konnten.

Was konnte sie tun? Es galt, die übliche Routine abzuwickeln, dem Charterer Bericht zu erstatten, der Versicherung, auch die eigene Quality-Abteilung zu benachrichtigen. Das musste umgehend geschehen. Aber es standen möglicherweise auch schwerwiegende diplomatische und seerechtliche Verwicklungen bevor. Die International Maritime Organization, eine Agentur der Vereinten Nationen, würde sich einschalten. Die Leute von Lloyd's of London müssten wahrscheinlich informiert werden. Eigentlich müsste sie sofort umbuchen und noch heute zurück nach Hamburg fliegen. Die Wiederbegegnung mit ihrem Vater war entspannter verlaufen, als sie gedacht hatte, und es wäre schade, abrupt zu beenden, was vielversprechend begonnen hatte. Vielleicht könnte sie einfach bleiben und den Schadensfall einem ihrer Mitarbeiter übergeben. Doch sie ahnte, wie die Kollegen in der Zentrale reagieren würden: *kleine Heulsuse, keine Eier, wenn es hart auf hart geht.* Wenn sie ihre Position in der Firma nicht gefährden wollte, musste sie dieses Problem lösen. Sie konnte sich profilieren, indem sie diese Sache bewältigte wie schon andere zuvor.

Bergab spürte sie den Pfad vor allem in den Knien. Trotz der morgendlichen Kühle war sie schweißnass. Ihr Vater saß mit einer Tasse Espresso auf der Terrasse. Doris rang nach Atem und ließ sich in einen der Korbsessel fallen.

»Ich dachte, du liegst noch im Bett. Du bist verdammt früh hoch, muss ich sagen.«

»Es gab einen Unfall. Eine Havarie. Ich muss noch heute zurück.«

»Was? Ich wollte heute Abend grillen. Fisch. Micaela bringt nachher zwei fangfrische *spigole*.«

»Eins der Schiffe, die ich handle, ist mit einem chinesischen Patrouillenboot kollidiert. In der Nähe dieser Inseln, die sie im Südchinesischen Meer ausbauen.«

Beckmann lächelte.

»Was lachst du?«

»Ich musste gerade an meinen alten Freund Brian in London denken, der erst vor Kurzem gesagt hat, du kannst hinkommen, wo du willst auf dieser Welt, drehst du einen Stein um, grinst dich ein Chinese an. Gilt offensichtlich auch fürs Wasser.«

Doris war nicht zum Lachen zumute. Beckmann wollte wissen, wie schwer das Unglück war, und sie konnte ihn beruhigen.

»Papa, es ist auch eine Chance, mich zu beweisen, verstehst du?«

»Ich werde den Maresciallo einladen.«

Sie spürte die Enttäuschung ihres Vaters, zugleich auch sein Verständnis für ihre Situation. Sie stand auf, küsste ihn aufs Haar und ging unter die Dusche.

Es gelang ihr, zeitnah über Mailand umzubuchen, und gegen Mittag brachte er sie zum Flughafen. Ihr Abschied war herzlich.

30

Der Maresciallo überlegte, was er als Gastgeschenk zu einem Grillabend bei einem trockenen Alkoholiker beisteuern konnte. Er ging in die Enoteca an der Ecke und suchte einen guten Weißwein aus. Da er vermutete, dass auch Beckmanns Tochter bei dem Essen dabei sein würde, kaufte er gleich zwei Flaschen. An der Kasse nahm er noch ein großes Glas des sardischen Kaviars Bottarga mit. Die Kassiererin wollte ihm den Meeräschen-Rogen nicht berechnen, aber Farini bestand darauf, alles zu bezahlen.

Bevor er den betonierten Teil der Zufahrtsstraße zum Haus erreichte, zog der Alfa Romeo eine Staubschleppe hinter sich her. Er würde den Wagen morgen einem seiner Jungs zum Waschen übergeben.

Bei seiner Ankunft war die Tochter seines Freundes nicht da. Beckmann zeigte ihm die beiden Wolfsbarsche, die Micaela ausgenommen und in einer selbst gemachten Kräuter- und Gewürzmischung eingelegt hatte, und erzählte von Doris' überstürzter Abreise.

»Dann verdanke ich meine Einladung nur ihrer Abwesenheit?«

»Sag nur, jetzt bist du gekränkt?«

»Ich habe extra zwei Flaschen von einem tollen Nuragus mitgebracht.«

»Der Abend ist lang. Schauen wir mal, wie viel du davon allein schaffst.«

Der Maresciallo bestrich Bruschettas dick mit Butter und häufte den getrockneten Rogen der Meeräschen aus dem mitgebrachten Glas darauf, während Beckmann den Grill anheizte.

Dann saßen sie am Tisch unter den drei Steineichen mit Blick auf das ferne Meer und die Tavolara. Schon bald kreiste ihr Gespräch um die tote Chinesin und um Xia. Der Maresciallo hörte amüsiert zu, als Beckmann von seinen »Ermittlungen« in Porto Taverna und seinem erfolglosen Ausflug zu der leer stehenden Casa Cantoniera berichtete.

»Hätte ich dir gleich sagen können. Da haben wir vor ein paar Wochen eine Gruppe junger Holländer vertrieben. Diese Leute sollen auf einen Campingplatz gehen, wenn sie nicht das Geld für ein Hotel haben.«

»Kennst du die schwarze Frau, die bei Porto Taverna mit einem hochrädrigen Drahtwagen voller Strandkleider unterwegs ist? Sie ist selbst immer toll gekleidet, bunter Kaftan, Turban aus dem gleichen Stoff. Sie ist sehr groß.«

»Beeindruckend, nicht? Bedenke, die Leute sagen, sie sei in ihrer Heimat eine Königin gewesen. Senegalesin, ihre Papiere sind in Ordnung, sie ist keine *extracomunitaria*. Steuern zahlt sie allerdings nicht, aber da ist sie nicht die Einzige.«

»*Mandinga* hat der alte Ziegenbart sie genannt. Er hatte einen Höllenrespekt vor ihr.«

»Sie hat eine Gruppe Frauen um sich geschart, die sie beschützt und denen sie hilft. Sie hausen in einer Ruine. Liegt hinter dem kleinen Industriegebiet in Porto San Paolo. Das Land gehört der Familie Ligeri. Nun, der alte Francesco duldet das. Er wirtschaftet dort nicht mehr. Die spekulieren, dass es irgendwann Bauland wird.«

Farini fand es an der Zeit, von seinen Nachforschungen in Monte Petrosu zu erzählen. Er sah, dass Beckmann grinste, und merkte, dass er ins Schwärmen geraten war über die Fähigkeiten der Marescialla Claudia Cardoso. Es hätte nicht viel gefehlt, und er wäre rot geworden.

»Grins du nur. Ich weiß mich zu benehmen.«

»Da bin ich sicher. Ich freue mich nur, dass sie nicht so gefährlich zu sein scheint, wie du befürchtet hast.«

»Wenn du dich da nicht täuschst!« Der Maresciallo schenkte sich noch einmal ein. »Also, es ist jedenfalls klar, sie haben dort in Monte Petrosu zu zweit gewohnt. Der Schlachter hat bestätigt, dass es zwei Chinesinnen waren. Sie haben behauptet, sie seien Schwestern.«

»Denkst du, Xia war die andere?«

»Die Zweite war jedenfalls seit dem Mord nicht mehr in der Kammer. Also, entweder gibt es irgendwo eine zweite Leiche, oder sie ist aus Angst untergetaucht.«

»Die Tür war offen, sagst du. War das Zimmer durchsucht, durchwühlt worden?«

»Klinke und Türschloss waren wackelig, wahrscheinlich hatten sie nicht einmal richtig abschließen können. Da gab es nicht viel zu durchwühlen.«

Beckmann schwieg. Auch der Maresciallo sprach nicht weiter, und so saßen sie eine Weile, lauschten dem leiser werdenden Gesang der Zikaden und den im leichten Wind raschelnden Blättern der Steineichen.

Kurz vor Mitternacht, der Mond war schon ein ganzes Stück gewandert, erhob sich Farini.

»Nun. Es wird Zeit. Also, der Fisch war großartig. *Complimenti* an Micaela. Gruß an die Tochter, wenn ihr telefoniert. Wegen deiner Chinesin melde ich mich, sobald ich etwas aus Olbia höre. Versprochen.«

Von der zweiten Flasche Perlas war kaum noch etwas übrig, aber der Maresciallo ging aufrecht und sicheren Schrittes zu seinem Alfa. Er rollte die Auffahrt hinunter, schloss das Tor hinter sich und brauste über die Strada Bianca der Küste entgegen.

Beckmann sah immer wieder die roten Bremslichter im Dunkel des Tales aufglühen.

31

Das *Giorgio's* im Herzen von Olbia, das Lioni ihm genannt hatte, war nicht unbedingt ein Touristenziel. Beckmann wusste, die kleine Enoteca im historischen Kern der Stadt war zur Mittagszeit von einheimischen Honoratioren, Ladenbesitzern, Rechtsanwälten und Apothekern überlaufen. Ein sehr öffentlicher Ort im Stadtraum, der abends zu einer Bar mit ausgesucht guter Jazzmusik wurde. Beckmann war zwei- oder dreimal dort gewesen, und Giorgio hatte ihn damals mit seiner Statur und seinem klassischen Profil unter dem eisgrauen Haar beeindruckt. Eine klare, hohe Stirn, um Augen und Mund erste Falten. Er dirigierte das Treiben der zwei, drei Kellner und die Auswahl der Musik in der Bar mit der Attitüde eines Aristokraten. Mittags zauberte seine alte Mutter in der winzigen Küche hinter dem Tresen einfache, aber köstliche Kleinigkeiten.

Lioni erwartete Beckmann an einem Tisch direkt am offenen Fenster zur Piazza hin. Das helle Licht des Mittags fiel gedämpft durch die Markise. Sie trug ein leichtes Sommerkleid, ihre Erscheinung wirkte makellos. Ihre Begrüßung war herzlich. Beckmann spürte, sie war sich des Publikums und dessen kritischer Blicke bewusst. Giorgio kam persönlich an ihren Tisch und behandelte Lioni wie eine Königin. Bald standen Tapasschalen mit warmen Vorspeisen, frisches Weißbrot und Pane Carasau vor ihnen. Lioni trank einen leichten Vermentino, Beckmann nur Wasser, was Giorgio kommentarlos zur Kenntnis nahm. Sie aßen, ohne viel zu sprechen. Die Atmosphäre der Bar umgab sie schützend, der leise Jazz verband das Klirren der Gläser, das Zischen der Espressomaschine, die Gesprächsfetzen und gelegentlich aufflackerndes Lachen zu einer wohligen Wolke.

Beckmann genoss die Hackfleischbällchen und die scharfen Pulpos in Tomatensauce. Lioni rührte die Schalen kaum an, nippte nur an ihrem Wein. Beckmann schrieb ihre Stimmung der schwierigen Arbeitssituation an der Klinik zu, von der sie am Telefon gesprochen hatte. Giorgio kam an den Tisch, fragte besorgt, ob etwas mit dem Essen nicht stimme. Spröde lachend scheuchte sie ihn weg. Aber die Stimmung war eindeutig gedämpft.

»Was ist los?«

»Nichts, nur die Arbeit, die mir nicht aus dem Kopf geht.«

»Magst du darüber sprechen?«

»Nein, das hilft nicht.«

Es war Beckmann, als wollte sie sich vor sich selbst verstecken.

»Warum willst du nicht darüber reden?«

Sie schaute ihn an, als sei sie sich in diesem Moment selbst ein Rätsel. Er insistierte nicht, und sie sprachen über Unwichtiges. Irgendwann erwähnte er ein Jazzkonzert oben im Norden am Capo Testa, von dem er gelesen hatte. Lioni kannte die Veranstaltung – mit Informationen über die Insel konnte er sie nicht überraschen.

»Enzo Favata organisiert das, der Saxophonist. *Musica sulle Bocche.*«

»Es heißt, sie spielen im Freien am Strand.«

»Es ist eine Bucht gegenüber der Küste von Korsika, an der Straße von Bonifacio. Der Platz ist wie ein natürliches Amphitheater, die Zuhörer hocken wie Affen in den Felsen.«

»Klingt toll. Wir könnten hinfahren.«

»Vielleicht. Ich kenne meinen Dienstplan noch nicht.«

Er hatte sie noch nie so zögerlich erlebt.

»Ich finde, wir sollten fahren. Unbedingt. Ich habe große Lust, mit dir wie ein Affe in den Felsen zu hocken und Enzo Favata zu hören.«

Giorgio hatte den Namen des Saxophonisten mitbekommen, wechselte die CD in seinem High-End-Soundsystem, und die Musik von Favata und den Tenores di Bitti erklang. Meditative warme Töne, lyrisch, leicht elegisch wie ein Pastorale, darüber der dunkle, archaische Gesang der Tenores.

Giorgio kam vom Tresen zu ihnen. »Das Festival ist wieder eine Wucht. Enzo ist ein Verrückter. Er wird immer spiritueller, seine letzte CD musste er unbedingt in der Grotta di Nettuno von Alghero aufnehmen. Sechshundert Stufen runter bis zum Höhlensee, mit allen Instrumenten und dem ganzen Equipment. Der Mann ist ein Phänomen. Hier ist das Programm vom Festival, schaut mal rein.«

Er legte einen Flyer mit den Terminen der mehrtägigen Veranstaltung auf den Tisch und zog sich wieder zurück.

Für einen Moment waren die dunklen Wolken verflogen. Sie plauderten unverbindlich und nahmen noch einen Espresso.

Wenig später standen sie unschlüssig vor der Enoteca im grellen Mittagslicht der Piazza. Beckmann hatte das Gefühl, alle Gäste der Bar schauten zu ihnen.

»Also, was ist mit *Musica sulle Bocche*?«

Lioni legte ihre Umhängetasche über die bloße Schulter.

»Ich glaube, wir sollten uns für einige Zeit besser nicht sehen. Okay?«

Beckmann brauchte einen Moment. Er war wie vor den Kopf geschlagen.

»Was soll das heißen, Franca?«

»Es ist besser so.«

Sie lächelte müde, küsste ihn distanziert auf beide Wangen und drehte sich um. Er wollte sie aufhalten, wurde sich der Blicke der Menschen in der Bar und auf der Piazza bewusst und ließ die Hand sinken. Ehe er sich's versah, war sie in einer der kleinen Seitengassen verschwunden.

Beckmann war verwirrt und stolperte über die alten, ausgetretenen Steine des Corso Umberto I hinunter zum Hafen, wo sein Wagen stand. Hinter Lionis Charme, ihrer Zielstrebigkeit und abgeklärten Sicherheit war etwas zutiefst Verlorenes deutlich geworden. Was nichts an dem übermächtigen Reiz änderte, den diese Frau auf ihn ausübte, sondern ihn vielleicht sogar noch verstärkte.

Der Rover parkte auf der Mole des Touristenhafens. Bevor er einstieg, setzte Beckmann sich für einen Moment auf einen der Festmacher. Ein Paar erklomm über die schmale Gangway eine Motorjacht. Sie lachten über den kippeligen Zugang und verschwanden im Heckeinstieg. Monica Vitti in den Filmen von Antonioni kam ihm in den Sinn – etwas in Lionis Äußerem, ihrem Gesicht, hatte das ausgelöst. Es war aber nicht nur der Blick ihrer dunklen Augen, sondern dieses ganze seltsam anmutende Treffen im *Giorgio's*. Er erinnerte sich, ein Filmkritiker hatte die Vitti einmal eine »traurige Nomadin der verlorenen Liebe« genannt.

Er war in jungen Jahren in diese Filme gegangen, auch wenn ihm Western eigentlich lieber waren. Sehr viel später hatte er in einer sardischen Zeitung gelesen, dass Antonioni für die Vitti, mit der er beinahe zehn Jahre zusammenlebte, ein abgeschiedenes Haus an der Costa Paradiso gebaut hatte. Das musste nahe dem Capo Testa sein. Der Betonkuppelbau, ein architektonisches Wunderwerk mitten in den roten Felsen, war schon lange verlassen und verfallen, hatte die *Nuova Sardegna* berichtet.

Beckmann hatte diesen Ort schon immer einmal suchen wollen. Ob Lioni ihn kannte? Vielleicht schon einmal dort gewesen war? Er stand auf. So schnell würde er nicht aufgeben. Er wollte herausfinden, wer diese Frau war. Was sie für ihn war. Und was er für sie sein könnte.

32

Die Ausläufer der Ortschaft Porto San Paolo zogen sich im Hinterland die Anhöhen empor. Ferienhäuser wucherten wie Krebs über die Hügel. Beckmann war sich bewusst, er war mit seinem abgelegenen Anwesen durchaus ein Teil dieser Krankheit, auch wenn er zusätzliche sechs Hektar Macchia gekauft hatte, damit dort nicht irgendwann gebaut werden konnte. Er fuhr durch die schmale alte Bebauungszone in Richtung Berge. Farini hatte ihm erzählt, früher habe die Ortschaft der Legende nach nur aus einer Casa Cantoniera und einem Bordell für die auf dem Militärareal der Tavolara stationierten Soldaten bestanden; er sollte das aber besser niemals einem der Einwohner gegenüber erwähnen, hatte der Maresciallo gelacht.

Beckmann durchquerte Brachland, das bereits durch Asphaltstraßen mit gepflastertem Bürgersteig erschlossen, aber ohne Häuser war. Auf den Freiflächen verdorrte Gras. Beifuß, Ampfer und anderes Unkraut welkten in der Sonne. Ödland. Er kam an einer still vor sich hin rostenden Autowaschanlage, einer unbelebten Caravan-Vermietung und verstaubten Bauhöfen vorbei. Dann stieg der Abhang weiter an, und die befestigte Straße endete. Beckmann gelangte in die Zone, in der die in die Natur geschlagene Wunde noch nicht verschorft oder vernarbt war. Hier nässte, hier schwärte sie noch. Illegal verklappter Bauschutt, längst verlassene Lagerplätze, abgefahrene Autoreifen, Müll jeder Art säumten den Sandweg. Junge Triebe des invasiven Eukalyptus wucherten wild. Die Macchia hatte Mühe, Terrain zurückzuerobern.

Ein zugewachsener Pfad zweigte in ein Seitental ab. Die eine

Seite der Fahrspur sah aus, als wäre sie vor Kurzem benutzt worden. Das Gras war niedergedrückt. Er parkte den Rover und begann mit dem Aufstieg. Hier gab es vereinzelte wilde Birnen, Olivastri und auch Ginster. Der schmutzig-staubige Geruch der Zivilisation wich langsam dem herben Duft der Zistrose. Etwas abseits vom Weg, nur schlecht versteckt, stand ein Moped. Es sah alt, aber durchaus gebrauchsbereit aus. Beckmann schaute sich um und entdeckte auf einer kleinen Lichtung ein lang gestrecktes, unvollendetes Gebäude, ein nie zu Ende geführtes Bauvorhaben, wie es sie auf der Insel häufiger gab. Dieses hier schien schon seit längerer Zeit aufgegeben. Eine schräge Rampe aus Zement, unverputzte, rohe Betonsteine. Von der Rampe ging eine Reihe von Räumen ab, die wie Stallungen aussahen. Statt eines Daches war das knappe Dutzend Boxen zum Teil mit Fetzen von Plastikfolie bedeckt. Einige der Türöffnungen waren mit Tüchern verhängt.

Beckmann näherte sich vorsichtig und schob die schwere Armeedecke beiseite, die den Zugang zur ersten Box schützte. Sein Blick fiel auf Plakate mit afrikanischen Frisuren. Auf einem eisernen Bettgestell saß die afrikanische Frau mit den eng am Kopf liegenden Zöpfen, die den kleinen Mädchen am Strand die Haare flocht. Ein paar Gemüsekisten waren übereinandergestapelt und mit einem bunten Tuch bedeckt. Auf den Kissen lag schlafend ein Baby. Die Frau sprang auf, stellte sich schützend vor das Kleinkind, riss die Augen weit auf und stieß einen schrillen Schrei aus. Das Baby erwachte und begann zu plärren. Beckmann wich zurück, wurde von hinten am Arm gepackt und mit einem einzigen Ruck aus der Tür gerissen. Auf der Rampe stand die Senegalesin vom Strand vor ihm, die Haltung ihres starken Körpers die einer Tänzerin. Strahlend das Weiß ihres Augapfels um die dunkel glühende Iris. Ihr Blick schien ihn an die unverputzte Wand nageln zu wollen.

»Keine Männer hier. Nur Frauen.«

Beckmann hob die Hände, um seine friedlichen Absichten zu signalisieren.

Sie deutete mit dem Kopf nach hinten. »Chinesin? Komm.« Die Frau führte ihn die Rampe entlang. Sie passierten einen Raum, dessen Öffnung nicht verhängt war und der auch keine Plastikabdeckung hatte. Beckmann sah in einer Ecke einen kleinen Haufen blauer Gaskartuschen für Campingkocher, verbeultes Kochgeschirr und ein paar Brenner. In einer anderen Ecke ein großer Stapel Plastikflaschen mit Wasser. Alles wirkte zwar einfach und roh, aber zugleich sauber und aufgeräumt.

Einer der Campingkocher zischte. Davor hockte eine Frau auf dem Boden und rührte mit einem schweren Holzlöffel in einem Blechtopf. Von Beckmanns Auftauchen überrascht, erstarrte sie mitten in der Bewegung. Im Topf schlug der gelbe Maisbrei Blasen. Mit einer kleinen Geste aus dem Handgelenk signalisierte die Senegalesin der Frau, sie solle weitermachen, und schubste Beckmann resolut voran.

Eine der letzten Boxen schien noch nicht lange bewohnt und hatte kein Tuch vor der Öffnung hängen. Ein paar Plastikstühle, die früher einmal weiß gewesen waren, standen aufgestapelt an der Wand. Auf zwei Europaletten eine dünne Schaumgummimatratze, daneben ein Rucksack, den Beckmann kannte. Ansonsten war der Raum leer. Ein Geräusch ließ ihn herumfahren. Hinter der Ruine flatterten ein paar magere Hühner zwischen vertrockneten Kräutern im Staub.

Xia hatte sich neben der Türöffnung an die Wand gedrückt, als wollte sie fliehen. Die Senegalesin breitete ihre mächtigen Arme wie Schwingen aus und hielt sie auf. Beckmann stand daneben, sagte Xia, dass er ihr helfen wolle, erklärte umständlich, wer er war. Aber er sah, dass sie sich durchaus an ihn erinnerte.

Trotzdem schüttelte sie heftig den Kopf. Sie wollte ihren Unterschlupf nicht verlassen.

Doch die Afrikanerin machte Xia klar, dass ihre Anwesenheit für die anderen Frauen ein Risiko bedeute, dass sie ihr Versteck gefährde. »Du kannst nicht bleiben. Du bist Gefahr für unser Haus. Für alle. Du musst gehen!« Xia schaute sie stumm bittend an. Die Senegalesin hob bedauernd die Hände.

Die Frauen umarmten sich. Xia nahm ihren Rucksack auf und ging hinter Beckmann her, den Weg zurück zu seinem Rover. Er stieg ein, wartete darauf, dass sie die Beifahrertür öffnen würde. Fragend schaute er zu ihr hin. Ihre Miene war hart und verschlossen. Einen Moment lang befürchtete er, sie würde weglaufen. Aber dann machte sie die Tür auf und stieg ein.

Während der Fahrt erzählte Beckmann von seiner Operation. Er sprach auch über das Tal und seine Tochter. Xia schwieg, wirkte teilnahmslos. Immer wieder schaute er von der Straße zur Seite, suchte den Blickkontakt. Das ebenmäßige Gesicht der Chinesin war unbewegt. Doch in ihren Augen standen Tränen.

»Keine Polizei.«

»Keine Polizei«, versicherte Beckmann.

33

Er brachte Xia nach Lu Tartaruga. Nur zögernd betrat sie das
Haus, setzte mit den pinken Flip-Flops vorsichtig einen Fuß vor
den anderen, als könnten die großen Terrakottafliesen unter ihrem Schritt einbrechen. Mit Blick in den Flur zu den Schlafzim-
mern blieb sie stehen. Beckmann trat neben sie und bemerkte,
dass sie zitterte. An der Wand gegenüber der Badezimmertür
hing eine schwere schwarze Maske aus Holz. Ein menschliches
Angesicht, kubistisch überhöht. Der Mund klaffte wie das Maul
eines Tieres: Ungeschlacht und grob stieß die Nase hervor, dunkel drohten die Höhlen der Augen. Menschliche Proportionen,
ins archaisch Animalische verzerrt. Beckmann hatte die Maske
nie besonders gemocht, aber Anja hatte darauf bestanden, sie
aufzuhängen.

»Soll ich sie abnehmen?«

Xia schüttelte den Kopf.

»Ich kann sie abnehmen, kein Problem.«

»Nein.«

Anja hatte die Maske zusammen mit einer weiteren bei einem Holzschnitzer gekauft, als sie vor ein paar Jahren im tiefen
Januar an den traditionellen Feierlichkeiten zum Karneval in
Ottana teilgenommen hatten. In Fell gehüllte Männer trugen
diese anthropomorphen Masken und waren mit schweren Bün-
deln Viehglocken behängt. Mit rhythmischen, sprunghaften
Schritten bewegten sie sich in der Karnevalsprozession vorwärts,
sodass die Glocken laut durch die Straßen hallten. Andere Gestalten trugen schöne, elegante Masken mit langen Hörnern,
sanften, mandelförmigen Augen und einem Stern auf der Stirn.

Beides waren *Su Boe*, sie symbolisierten das Animalische – zum einen den zivilisierten Ochsen, zum anderen die nützlichen wilden Tiere. Andere Larven, die *Su Merdule*, führten die wilden Tiere mit an Lassos erinnernden Leinen. Sie bewegten sich quirlig schnell. Immer wieder brachen die wilden Tiere in die Reihen der Zuschauer ein, erschreckten vor allem die Frauen. Der dargestellte Kampf zwischen Mensch und Natur hatte für Beckmann nichts Dionysisches, entfesselt Überschwängliches, sondern repräsentierte eher das harte Ringen um ein Leben als Hirten und Bauern.

Er war für einen Moment in Sorge gewesen, als die Fellmenschen Anja auf die Straße drängten, sie umringten und zu Boden zwangen. Er wollte ihr zu Hilfe eilen, wurde aber von anderen Masken zurückgehalten. Anja lachte nur, lachte und lachte und klatschte ihren Bezwingern demonstrativ Beifall. Da ließen sie von ihr ab und belohnten sie mit einem Plastikbecher Rotwein. Auch Beckmann wurde zu trinken angeboten. Aber er konnte sein Erschrecken nur mit Mühe verbergen.

»Was schaust du so grimmig?«, hatte Anja gefragt.

»Sie behandeln die Frauen genau wie das Vieh.«

»Es ist ein Spiel.«

Lachend hatte Anja den Arm um ihn gelegt und ihn im Strom der Zuschauer weitergezogen. Das temporeiche, repetitive Spiel eines Knopfakkordeons und das rhythmische Geräusch der Viehglocken trieb die Menge vorwärts. Auch Beckmann ließ sich schließlich mitreißen, aber es blieb ein seltsamer innerer Widerstand in ihm zurück. Für ihn überdeckte das Spielerische nur wie ein dünner Firnis die dunklen Dämonen, die, so vermutete er, unter der karnevalesken Tradition schlummerten.

Sie hatten Aufmerksamkeit erregt, und eine andere, ganz in Schwarz gekleidete Karnevalsfigur gesellte sich zu ihnen. Beckmann erinnerte sie an die Hexen in der alemannischen Fastnacht. Jemand in ihrem Gefolge machte obszöne Geräusche mit einer über einen Topf gezogenen Schweinsblase. Die Hexe trug Wolle und eine Spindel bei sich.

Eine Zuschauerin beugte sich zu Anja: »Das ist die *Filonzana*, sie spinnt den Lebensfaden. Sie kann weissagen. Ihr müsst der Alten zu trinken geben, sonst schneidet sie den Lebensfaden ab.«

Der Atem der Greisin roch nach Alkohol. Ihr Gesicht unter dem Kopftuch war von Sonne und Wind verwittert, durchfurcht von tiefen Falten. Sie hatten keinen Wein für sie, aber die Frau prophezeite ihnen trotzdem ein langes, begnadetes Leben. Anja war glücklich gewesen und wollte unbedingt bei einem Künstler in Ottana eine Maske erwerben. In dessen Werkstatt konnte sie sich nicht entscheiden zwischen den bunten, ziselierten tierischen Larven mit den Mandelaugen und den schwarzen, sehr expressiven Masken, von denen der Künstler sagte, er versuche sie so zu gestalten, dass sich auch der Teufel vor ihnen erschrecke und der Träger nur Glück erlebe. So erwarben sie von jeder Sorte ein sehr schönes Stück.

Es war die kraftvoll reduzierte, ausdrucksstarke schwarze Maske, die Anja unbedingt im Haus aufhängen wollte. Beckmann fand das Stück nicht sonderlich dekorativ, aber nach kurzem Protest fügte er sich. Nachträglich betrachtet hatte es ihnen nicht unbedingt Glück gebracht.

Jetzt nahm er die Maske von der Wand. Sie wog schwer, schwerer, als bei ihrem Anblick zu vermuten war.

Xia bezog das Gästezimmer. Beckmann bereitete etwas zu essen. Stockend und wortkarg begann sie, auf seine Fragen zu antworten. Die Maske bezeichnete sie als *daimian*, was so viel wie

»zweites Gesicht« bedeuten mochte, denn wenn Beckmann ihre grammatikalisch verdrehten, knappen Sätze richtig interpretierte, hielt sie die Maske für eine Art »Ersatzgesicht« seiner Ehefrau, die zornig über ihre Anwesenheit sei. Beckmann beruhigte sie. Xia erklärte, dass bei chinesischen Masken die Farben eine besondere Rolle spielten. Jede habe eine bestimmte Bedeutung: Rot zeige einen loyalen Charakter, Weiß zeuge von List, Gelb bedeute Tapferkeit, Grün und Blau stünden meistens für Geister, Schwarz aber für Unbestechlichkeit, gnadenlose Gerechtigkeit und Rache. Da sich an den Gesichtsmasken Charakter, Moral, gesellschaftliche Stellung sowie besondere Fähigkeiten einer Person erkennen ließen, habe sie sich vor der schwarzen Maske erschreckt.

Vorsichtig fragte Beckmann nach der ermordeten Chinesin. Tränen rollten über Xias unbewegtes Gesicht. Die Tote bezeichnete sie als *Jiejie*. Er glaubte zuerst, dass es sich um einen Eigennamen handelte, bis er begriff, die Tote war Xias ältere Schwester. Sich selbst bezeichnete sie als »schwarzes Kind«, als Schattenkind. In der Zeit der rigiden Einkindpolitik der chinesischen Staatsführung hatten ihre Eltern versucht, nach einem Mädchen noch einen Jungen zu bekommen. Die Familie lebte in der Stadt, wo die Geburtenregelung streng kontrolliert wurde. Xia war daher versteckt auf dem Land bei Verwandten aufgewachsen. Später unternahm der Vater alles, um ihr einen offiziellen Status zu verschaffen, aber die Partei machte gerade ihm als Mediziner den schwerwiegenden Vorwurf, sich nicht an die politische Linie gehalten zu haben. Er konnte die verordnete Zwangssterilisierung seiner Frau nicht verhindern.

»Manchmal ich dachte, besser, ich nicht existiere. Wegen mir Familie kaputt. Und jetzt *Jiejie*. Stück von mir tot.«

»Es tut mir leid.«

Beckmann hatte genug Verhöre geführt, um zu verstehen, es wäre der falsche Moment, Xia weiter zu bedrängen. Aber er wusste auch nicht, wie er sie hätte trösten können, ohne ihr zu nahe zu treten. Welche Worte, welche Gesten konnten das Gewicht der Verluste, von denen sie erzählt hatte, aufwiegen? Nach einem langen Moment tiefen Schweigens begann er, den Tisch abzuräumen. Sie bestand darauf, ihm dabei zu helfen. Er ließ es zu.

Später saßen sie unter den drei Steineichen. Das Meer schimmerte in der Ferne im fahlen Licht des abnehmenden Mondes. Noch immer gab es ein paar Zikaden, die ihren liebeskranken Gesang unverzagt in die spätsommerliche Nacht schickten.

Xias Rede wurde lebhafter, sie übersprang alle grammatikalischen Hindernisse und reihte die Worte, wie sie ihr in den Sinn kamen. Beckmann verstand, dass Schwarz nicht nur für unbestechlich, sondern außerdem für schlecht, für diskriminiert, für unkommunistisch, aber auch für kriminell und staatsfeindlich stehen konnte.

Xias Familie hatte seit vielen Jahren in Nanjing gelebt, worauf sie ausgesprochen stolz war. Die frühere Hauptstadt des chinesischen Reiches war nach ihrer Auffassung überhaupt die einzige kulturell relevante Stadt des Landes. Ihr Vater war Mediziner in herausragender Position gewesen, leitender Parteikader, Vorsitzender des Rates im städtischen Krankenhaus. Wie selbstverständlich erwähnte sie, ihr Vater sei auch *xiaosan*, was bedeutete, er hatte »etwas kleines Drittes« neben seiner Ehe mit ihrer Mutter, eine Konkubine oder Geliebte, als sei dies ein selbstverständliches Attribut seiner gesellschaftlichen Position.

Aber diese Position hatte den Vater nicht ausreichend geschützt. Aufgrund seiner »Verfehlung«, ein zweites Kind gezeugt zu haben, hielt man ihn für nicht geeignet, die Verantwortung für die Kranken und die Leitung der Klinik zu tragen. Er hatte seinen Einfluss überschätzt. Das Amt für öffentliche Gesundheit und das Amt für öffentliche Sicherheit und Ordnung stellten sich gegen ihn. Er wurde aus der Partei ausgeschlossen. Damit begann der gesellschaftliche Abstieg der Familie. Der Vater war plötzlich nicht mehr *tongzhi*, ein Genosse, »jemand vom selben Ehrgeiz«. Das Gesundheitskomitee fühlte sich dadurch ermutigt, die Strafgebühr immer weiter zu erhöhen und immer mehr Geld für Xias Registrierung zu verlangen. Xia bekam niemals den begehrten *hukou*, eine Art Personalausweis, der nötig war bei jeder Inanspruchnahme staatlicher Leistungen. Als Schattenkind konnte sie keine Schule besuchen, nicht einmal Bus oder Bahn benutzen. Ihr Vater und die ältere Schwester unterrichteten sie. Sie musste viel lernen. Der Vater war streng, er war sehr *ku de*, was wohl so etwas wie »bitter« oder »verbittert« hieß.

Später versuchte er vergeblich, vor Gericht die Anerkennung Xias juristisch zu erstreiten. Er wanderte von Vorzimmer zu Vorzimmer und ließ sich nicht mundtot machen. Dadurch zog er die Aufmerksamkeit des Büros 610 auf sich, und der Geheimdienst statuierte ein Exempel an ihm: Die Familie verlor die großzügige Unterkunft in der neu gebauten Wohnanlage. Sie mussten die Stadt verlassen und in die Provinz gehen, wohnten in einem entlegenen Dorf. Der Vater durfte nicht praktizieren, sondern sollte wie die Mutter Landarbeit verrichten. Sie sollten zu »Lehmfüßlern« werden.

Die ältere Schwester zog es zurück nach Nanjing, sie wollte Medizin studieren, wie es der Vater und vor ihm dessen Vater getan hatte. Wegen der Verfehlung der Familie wurde sie trotz guter Noten nicht zum Studium zugelassen und kehrte ins Dorf zurück. Der Vater schickte sie zu einer alten Hebamme. Dort lernte sie alles über traditionelle chinesische Heilkunde und medizinische Massage. Und wieder unterrichtete *Jiejie* darin auch ihre kleine Schwester. Sie war eine gute Lehrerin – und Xia eine aufmerksame Schülerin, wie Beckmann aus eigener Erfahrung ergänzen konnte. Aber die beiden durften ihre Arbeit nicht offiziell ausüben, ihnen drohte die Existenz eines Mädchens für »Dreifachservice«.

»Mädchen in Karaoke-Bar. Singen, trinken, schlafen mit Männern oder andere Sachen. Wir nicht wollen. Wir weggehen.« Beckmann wunderte sich über Xias unbewegte Miene, während sie ihm ihr Leben erzählte. Aber er sah trotz der Dunkelheit auch das Glitzern mühsam unterdrückter Tränen in ihren Augen. Behutsam lenkte er das Gespräch auf ihre Zeit auf der Insel.

Der Vater hatte für die beiden Schwestern die Schleusung per Schiff aus China nach Genua und dann nach Olbia bei den Schlangenköpfen bezahlt. In Genua waren sie in der Nacht vom Schiff in ein *anquanwu* gebracht worden. Von diesem geheimen Safe House aus durften sie mit dem Vater telefonieren, woraufhin er die zweite Rate für die gelungene Schleusung zahlte. Mit vier anderen Frauen, die auch Masseurinnen waren, wurden sie dann nach Olbia gebracht. Hier sollten sie plötzlich wieder Schutzgeld zahlen. Und wieder. Dauerhaft.

Jiejie hatte sich irgendwann geweigert und darauf bestanden, dass sie zuerst ihre Pässe wiederbekamen. Sie hätten zahlen können, sie hatten inzwischen sogar etwas Geld gespart, um es ihren Eltern zu schicken, die so viele Entbehrungen auf sich genommen hatten. Sie habe oft gedacht, ihre Eltern wären ohne sie besser dran, sagte Xia. Sie schloss die Augen, und die lange zurückgehaltene Träne rann über ihre Wange.

Nach einem Moment des Schweigens stieß sie hervor: »In Wohnung alles weg.«

Nach dem Tod der Schwester war sie noch einmal in ihrer gemeinsamen Unterkunft in Monte Petrosu gewesen. Geld und ihr einziges Handy, von dem sie vermutete, dass *Jiejie* es bei sich gehabt hatte, waren verschwunden. Das Handy war ihre einzige Verbindung zu ihren Eltern in der Heimat. Sie glaubte, die Schlangenköpfe wären in der Unterkunft gewesen, und so hatte sie sich nicht getraut, weiter dort zu bleiben. Wenn die schwarzen Schlangenköpfe sie fänden, müsse sie sterben wie ihre ältere Schwester. Mehr als der Verlust des Geldes schmerzte sie der des Handys mit der eingespeicherten Nummer ihrer Eltern.

Xia beunruhigte auch, was mit *Jiejie* geschehen würde, mit ihrem Körper:»Niemand wird Seelenwache halten. Niemand wird Totengeld verbrennen.«

»Ich nehme an, es gibt ein Konsulat in Cagliari, das wird sich darum kümmern«, sagte Beckmann.

Er versprach, mit seinem Freund, dem Maresciallo von den örtlichen Carabinieri, zu sprechen.

Xia wollte auf keinen Fall mit der Polizei zu tun haben; niemand dürfe erfahren, dass sie hier sei. Sie war überzeugt, dass die Schlangenköpfe mit den Carabinieri zusammenarbeiteten.

Auch wenn Beckmann das nicht glaubte, konnte er es nicht vollkommen ausschließen. Bevor er Xia überzeugen konnte, klingelte sein Handy. Es war Doris. Er nahm das Telefon und ging zum Haus, setzte sich auf die Terrasse.

34

Er hatte am Tag ihrer Abreise nur eine kurze SMS von Doris erhalten: *The eagle has landed.* Das war schon früher der Familiencode für die geglückte Ankunft nach einer Reise gewesen. Nun wollte ihm Doris erzählen, was sich nach ihrer Rückkehr nach Hamburg ereignet hatte. Beckmann brauchte einen Moment, um den Kopf freizubekommen.

»Du hast das Problem mit der Havarie lösen können?«

»Es war schwierig, aber nicht ganz so schlimm, wie ich befürchtet hatte. Das größte Problem war die Versicherung. Ich bin nicht sicher, ob du das weißt, aber die beschäftigen ganze Herden von Anwälten, um vollkommen berechtigte Ansprüche abzuwehren. Die bekommen Prämien für gelungene Ablehnungen, das ist nicht zu fassen. Aber ich habe sie drangekriegt.«

»Ging es um viel Geld?«

»Unser Schiff war nicht beschädigt, aber die Chinesen wollten Schadensersatz. Sie behaupteten, sie hätten in dem Gebiet eine Militärübung angemeldet und die Durchfahrt wäre verboten gewesen. Ich hatte das Glück, einen sehr kooperativen Mitarbeiter im deutschen Außenministerium zu fassen zu bekommen. Es gibt dort ein für Südostasien und den Pazifik zuständiges Referat. Eine offizielle Meldung über eine Militärübung lag ihnen anscheinend nicht vor. Ich fahre am kommenden Wochenende nach Berlin, um den zuständigen Beamten, einen Ministerialrat, persönlich zu treffen.«

»Du könntest in der Wohnung schlafen.«

»Sei nicht böse, ich glaube, ich gehe lieber ins Hotel.«

»Ja, ist vielleicht praktischer.«

»Hey, wie meinst du das?«

»Es klingt, als sei der Ministerialrat ein interessanter Typ.«

»Was du gleich wieder denkst.«

»Wieso? Was denkst du denn, dass ich denke?«

»Du unterstellst mir ein außerberufliches Interesse an dem Mann.«

»Es hörte sich so an für mich. Da lag so etwas in deiner Stimme, ein gewisses Timbre.«

Doris lachte.

»Ich erwarte einen Bericht von dir nach dem Berlin-Besuch.«

»Wie bitte?«

»Na ja, ich meine ja nur, schau mal nach der Wohnung, ob alles in Ordnung ist.«

Beckmann dankte ihr für ihren Anruf und verabschiedete sich mit dem sicheren Gefühl, dass das Band zwischen Vater und Tochter wieder geknüpft war.

Als er zurück unter die Steineichen kam, war Xia in ihrem Stuhl eingeschlafen. Sie atmete tief, das Kinn ruhte auf der Brust. Dunkle Strähnen ihres langen Haares hatten sich aus dem Pferdeschwanz gelöst, hingen ihr ins Gesicht und bewegten sich im Rhythmus ihres Atems. Beckmann versuchte, das Ausmaß ihrer Verlorenheit zu ermessen. Sie musste etwa im Alter von Doris sein. Ihre Schwester war dreißig oder etwas älter gewesen, hatte er von Farini erfahren.

Beckmann schaute Xia an und ging das, was sie ihm erzählt hatte, noch einmal durch wie die Aussage in einem Verhör. Ihre Geschichte erschien ihm stimmig. Allerdings hatte sie von Pässen gesprochen, die sie von den lokalen chinesischen Schlangenköpfen zurückhaben wollten, ganz so, als hätte nicht nur ihre Schwester, sondern auch sie über Papiere verfügt. Vielleicht hatte sie für die Schleusung einen falschen Pass bekommen. Er nahm sich vor, sie danach zu fragen.

35

Am nächsten Morgen trat er früh auf die Terrasse und ins Licht der Sonne, die sich gerade erst über den Hügelkamm erhoben hatte. Ihre Strahlen belegten das Tal und den gegenüberliegenden Berg mit langen Schatten. Das Blau des Himmels war noch mild, die Luft frisch und kühl. Auf den Nadeln und Blüten des Rosmarinbusches glänzten winzige Tautropfen. Am Hang rüttelte ein Milan auf Beutesuche dicht über dem Feld. Aus dem zittrigen Stillstand segelte der Vogel mit schmalen Schwingen und tief gegabelten Schwanzfedern immer wieder in bewundernswerter Eleganz ohne einen einzigen Flügelschlag in den bodennahen Gleitflug. Gabelweihe oder Königsweihe hatte Anja den Vogel nach ihren Bestimmungsbüchern genannt. Noch immer stiegen Fetzen der Erinnerung aus den Tiefen seines Gedächtnisses unkontrolliert an die Oberfläche. Aber für Beckmann war der Vogel einfach ein Milan. Für seine Bewunderung des außerordentlichen fliegerischen Könnens dieses Wesens war die genaue Gattungsbezeichnung ohne Bedeutung.

Er hockte sich auf die Stufen der Terrasse, schaute und nahm die Landschaft in sich auf. In der alten Bougainvillea neben der Zisterne verfolgte sich das Grasmückenpärchen hüpfend durchs enge Geäst. Er fuhr mit der Hand über den rauen, sich langsam erwärmenden Naturstein. Der Riss in der Betontreppe zum Garten seines Elternhauses kam ihm wieder in den Sinn. Wie ein aufgemalter Strich, eine vollkommene Parabel, dunkel auf dem glatten Beton.

Erst jetzt bemerkte er Xia. Die Chinesin stand unter den drei Steineichen auf einem Bein, das andere angewinkelt, wie die

Flamingos im Strandsee von San Tedoro. Aus diesem Moment der absoluten Ruhe kickte sie das angewinkelte Bein nach vorn, glitt wieder in einen sicheren Stand und eine Abfolge von langsamen, wie in Zeitlupe ausgeführten, rotierenden Armbewegungen. War das Tai Chi oder Qigong?

Er bewunderte das Fließende und die Anmut ihrer Bewegungen. Kaum wagte er sich zu rühren, wollte sie auf keinen Fall in ihrer Meditation stören.

Da stieß Xia mit leisen Schreien die Luft aus, und ihre Bewegungen wurden zu Schlägen und Tritten, bei denen ihr Fuß bis hoch zum Kopf reichte. Ein Doppelschlag mit ihren Fäusten gegen den Stamm einer der Steineichen sah aus, als könnte er den Baum fällen. Aber die Steineiche breitete ungerührt ihre Äste über den Körper der Chinesin.

Beckmann dachte daran, dass *Jiejie* die Eisenstange wie ein Schwert gegen den Schilfjungen geführt hatte, und ihm wurde aufs Neue klar, dass er keine Ahnung hatte, wer diese Person, der er Unterschlupf gewährte, war.

Xia stellte die Füße mit einem kleinen Ausfallschritt in einen rechten Winkel zueinander, streckte langsam ausatmend beide Arme von sich und die Hände wie zur Abwehr senkrecht aus. In dieser Position drehte sie ihren Oberkörper, ohne die Füße zu bewegen, zuerst weit nach links, dann nach rechts, und es sah aus, als würde sie um sich herum Feinde oder deren Geister von sich fernhalten und ihnen den Zugang zu ihrem Körper und ihrem Geist verwehren. Als sie die Drehung nach rechts beendete, fiel ihr Blick auf Beckmann. Sie brach die Bewegung ab, und ihre Körperspannung ließ sofort nach, als hätte jemand einen Stecker gezogen.

Beckmann winkte ihr, sie solle ruhig weitermachen. Aber Xia schüttelte die Arme und Beine aus und kam auf ihn zu.

Er erhob sich von der Treppe.

»Sorry, ich wollte nicht stören.«

»Kein Problem, okay.«

Beim Frühstück bemühte er sich, mehr über Xia zu erfahren, ohne sie zu sehr unter Druck zu setzen. Sie erzählte, wie der Vater sie mit ihrer Schwester heimlich auf einem Boot von Nanjing den Jangtse hinunter nach Shanghai gebracht hatte. Es war schön gewesen, den großen Fluss hinabzugleiten, der sich breit wie ein See müde durch das Delta dem Meer zu wälzte. Knorrige Weiden zogen vorüber. Xia beschwor trotz ihrer einfachen Redeweise lichte Morgennebel herauf, die wie Brautschleier über dem Wasser schwebten. Einmal war das Ufer gesäumt von wunderschönen bunten Blumen, die in allen Farben des Regenbogens schillerten. Ein wahrer Blütenteppich, der sich beim Näherkommen als Halde von Plastikflaschen entpuppte.

In Shanghai übergab sie der Vater den örtlichen Schwarzen. Er hatte sich schon vorher ins *jianghu* begeben und dort einige Kontakte aufgebaut. Auf Beckmanns Nachfrage erklärte Xia, der Begriff bedeute eigentlich nichts anderes als »Flüsse und Seen« und bezeichne seit jeher die wilde und unbesiedelte Region, in der die Regeln und Gesetze des Kaisers oder der Zentralregierung nicht mehr galten. Jenseits dieser Grenze lag das Hoheitsgebiet der Geheimgesellschaften und der Triaden.

Beckmann fragte sich, ob Xias Vater also zu einem Gangster geworden war. Er hatte in dem Dossier von Brian gelesen, dass die Triaden in China tief in den Handel mit menschlichen Organen verwickelt waren. Möglicherweise hatte Xias Vater als arbeitsloser Arzt illegale Operationen für die Schlangenköpfe durchführen müssen. Und vielleicht hatte das Geld, das er dafür erhielt, Xia und *Jiejie* die Flucht außer Landes ermöglicht.

Beckmann schaute über die sanfte Senke seines Tales hinüber zum Meer und zur Insel Tavolara. Über ihrer mehr als fünfhundert Meter hohen Spitze thronte eine zarte Kumuluswolke. Er wusste um die weitreichenden Verbindungen mafiöser Strukturen überall auf der Welt, war aber trotzdem verwundert darüber, dass die Tentakel der organisierten Kriminalität bis zu ihm in dieses abgelegene Refugium reichten. Auch wenn Xia noch einmal darauf bestand, auf keinen Fall Kontakt mit der Polizei zu wollen, würde er nicht darum herumkommen, mit dem Maresciallo zu sprechen.

36

Am späten Vormittag ließ Beckmann Xia in der Obhut von Micaela und fuhr zu Farini in die Kaserne. Der Maresciallo fragte sofort nach Lioni.

»Sie schneidet mich, beantwortet meine Anrufe nicht. Im Mater Olbia arbeitet sie nicht mehr. Man hat mir dort erzählt, sie sei nur als Mutterschaftsvertretung eingestellt gewesen, und diese Vertretung hat sie offenbar vorzeitig abgebrochen. Die waren nicht gut auf sie zu sprechen.«

»Nun. Was vermutest du?«

»Keine Ahnung. Vielleicht ist sie zurück nach Cagliari.«

»Ich werde mich mal umhören.«

»Danke dir, aber eigentlich bin ich wegen etwas anderem gekommen. Ich habe Xia gefunden.«

»Das freut mich. Also, wo steckt sie?«

»Sie ist bei mir, will aber auf keinen Fall Kontakt mit der Polizei oder den Carabinieri.«

Der Maresciallo konnte seine Verwunderung nicht verbergen: »Nun. Sie ist eine Zeugin, oder? Sie weiß möglicherweise etwas über den oder die Täter.«

»Ich möchte sie nicht verraten oder ausliefern. Verstehst du? Sie hat keine Papiere und will unter keinen Umständen nach China.«

»Es gibt in Cagliari ein chinesisches Konsulat. Die würden sich um sie kümmern.«

»Die Chinesen würden sie wahrscheinlich inhaftieren. Wenn sie sich stellt, müsstest du sie in die Kaserne in Olbia überführen, vermute ich.«

»Genau. Tenente Mancini leitet die Ermittlungen im Mordfall.«

»Würde man sie dort schützen?«

»Wovor? Abschiebung?«

»Sie fürchtet, ermordet zu werden wie ihre Schwester.«

Beckmann erzählte, was er von Xia erfahren hatte, und Farini bedauerte, dass das Kaninchen des Schlachters schon verzehrt war. Seine Jungs hatten sich wegen der Anwesenheit von Claudia Cardoso besondere Mühe gegeben und es mit einer wunderbaren Senfsauce zubereitet. Zu gern hätte er es dem Schlachter jetzt auf den Tresen geworfen, denn er hatte sofort einen Verdacht. Er berichtete seinem Freund von seinem Besuch in Monte Petrosu.

»Der Mistkerl von Schlachter. Ich kenne diese Art von Typen. Ich bin sicher, er war es, der die Kammer der Chinesinnen gefilzt hat.«

Der Maresciallo bestand darauf, mit Xia persönlich zu sprechen, und machte Beckmann klar, dass er Unterstützung von ihm erwartete. Zuerst wollte er aber noch einmal nach Monte Petrosu.

Sie nahmen den Alfa Romeo. Bevor er vor dem Geschäft des Schlachters ausstieg, ließ der Maresciallo in der engen Gasse ein paarmal die Sirene aufheulen und das Blaulicht rotieren. Nicht nur der Fleischer schaute beunruhigt auf die Straße.

Grußlos betrat Farini den Laden und baute sich vor dem Tresen auf. Beckmann nickte dem Schlachter nur kurz zu, der ratlos zwischen ihnen beiden hin- und herschaute. Farini starrte den Mann, der seine Hände nervös an der Schürze abrieb, schweigsam an.

»Womit kann ich dienen?«

174

Farini antwortete nicht.

»Wie war das Kaninchen, Maresciallo?«

Die Stimme des Carabiniere war rau vor unterdrückter Wut.

»Es war vergiftet.«

»Was sagen Sie?«

»Es war vergiftet, Ihr Kaninchen.«

Der Schlachter wurde bleich, nestelte nervös an seiner weißen Schürze.

»Nun, ich denke, Sie haben etwas anderes für mich, oder?«

Das klägliche »Ja« des Mannes war kaum zu hören.

»Wie viel?«

Der Schlachter verschwand in einem Hinterraum und kam mit einer Plastiktüte wieder.

Der Carabiniere schaute in die Tüte, in der Zwanzig- und Fünfzigeuroscheine durcheinanderflatterten. Dazwischen lag ein altmodisches Handy.

»Die Guardia di Finanza wird sich die Kammer anschauen. Und deine Buchführung.«

»Danke, Maresciallo, ich danke Ihnen vielmals.«

So grußlos, wie er eingetreten war, verließ Farini den Laden.

Kaum saßen sie wieder im Wagen, wollte Beckmann wissen:

»Wie konntest du dir so sicher sein?«

»Du hast doch sein Gesicht gesehen.«

»Du zeigst ihn nicht an?«

»Das gibt nur Papierkrieg. Die Guardia di Finanza wird sich seinen Betrieb vornehmen und ihm die Hölle heißmachen. Also, Strafe genug.«

Als sie die Kaserne erreicht hatten, stiegen sie in Beckmanns Rover, um nicht im Dienstwagen nach Lu Tartaruga zu kommen. Aber bei ihrer Ankunft fanden sie das Haus verlassen vor. Farini fluchte.

»Weißt du, wo sie sein könnte?«

»Keine Ahnung.«

Beckmann wollte die Hoffnung noch nicht aufgeben, musste aber feststellen, dass auch Xias Rucksack fehlte.

»Tut mir leid. Ich konnte nicht ahnen, dass sie abhauen würde.«

»Du sagst, sie hatte bei der Senegalesin Unterschlupf gefunden?«

»Ja. Aber da kann sie nicht wieder hin, das hat ihr die Afrikanerin sehr deutlich gemacht. Glaubst du, sie hat eine Chance?«

»Nun, die Insel ist groß.«

37

Einige Tage später hatte Beckmann eine unruhige Nacht. Er lag wach, lauschte auf die Geräusche vor dem offenen Fenster, den Tieren auf der Suche nach Nahrung, den Insekten und den nachtaktiven Vögeln. Dann wieder in leichtem Schlummer, jagte er im Traum unter einem unendlichen Himmel den Erklärungen für das Dasein nach. Es war, als würde er quer durch die Zeitläufte hindurchsehen können, und plötzlich waren da wieder die Tage und Wochen der Rebellion, die Zeit am Berlin-Kolleg. Die Zeit des Aufbegehrens gegen alles, gegen die Gesellschaft, die Normalität, das Geschacher um Macht, die kapitalistischen Manipulationen. Gab es einen Zusammenhang hinter all dem, ein Muster, eine Struktur, die alles zusammenhielt? Er war kurz davor, alle Rätsel zu lösen, dann löste sich die Welt der durchgemachten Nächte im vagen Dunst verrauchter Kneipen auf, und er fiel. Er fiel immer tiefer. Er fiel durch leeren Raum, ohne je aufzuschlagen. Es gab keinen Grund, keinen Halt. Er stürzte unaufhaltsam und erwachte.

Vor dem Fenster dämmerte fahl der Morgen. Ein kleiner Käfer warf sich wieder und wieder ebenso leidenschaftlich wie aussichtslos gegen das Fliegengitter. Seine dunklen Flügel erzeugten ein feines Brummen. Beckmann schob das Laken beiseite. Wusste er nicht längst, es gab keine Antworten, keine endgültigen Wahrheiten, weder damals noch heute? Er stand auf und begann seine morgendliche Routine.

Nach dem Rasieren ging er hinaus, spürte unter den nackten Füßen den Tau im Gras, machte mit Blick ins Tal ein paar Übungen; nichts Schwieriges, nur einige Dehnungen, um die

Glieder aufzuwecken, die Gelenke zu bewegen, die Muskeln zu spüren. Er war nicht richtig bei der Sache. Auch unter dem prasselnden Wasser der Außendusche wollte seine innere Unruhe nicht weichen. Auf der Anrichte sah er den Zettel mit der Adresse von Lioni, den der Maresciallo ihm am Vortag in die Hand gedrückt hatte. Er entschied sich, noch vor dem Frühstück nach Süden aufzubrechen.

Bereits kurz vor zwölf verließ er die Autostrada und erreichte die Ausläufer Cagliaris. Er war nicht zum ersten Mal in der Inselhauptstadt und fand schnell den Weg zum Hafen. Er fuhr die Prachtstraße Via Roma mit ihren Kolonnaden auf der einen und den Piers auf der anderen Seite entlang bis zum gotisch anmutenden Palazzo Civico. Im Kreisverkehr vor dem Gebäude mit seinen zuckerbäckerartigen, achteckigen Türmen aus weißem Kalksandstein verfehlte er die Ausfahrt und fuhr in der Gegenrichtung zurück. Im zweiten Anlauf fand er die Abzweigung zur Piazza Costituzione und suchte einen Parkplatz.

Die leicht ansteigende Piazza wurde zu einer Seite hin vom Halbrund der Bastione di Saint Remy mit ihrem Triumphbogen und den korinthischen Kapitellen begrenzt. Direkt gegenüber, auf der anderen Seite des Platzes, entdeckte Beckmann die Libreria Garibaldi in einem großartigen Bürgerhaus mit Ladenzeile und darüberliegendem Mezzanin. Oberhalb des Frieses Wohnungen mit schweren Balkonen aus Kalksandsteinsäulen. Eine außerordentlich gute Geschäftslage im schönsten Teil der Altstadt. Angeblich wohnte Dr. phil. Riccardo Lioni mit seiner Frau in den Räumen über seiner Buchhandlung. Zudem unterrichtete er an der Universität Cagliari italienische Literatur. Der Maresciallo hatte schnell und gründlich recherchiert.

Beckmann setzte sich auf eine der Bänke vor der Bastion, verfolgte das Treiben auf der Piazza und beobachtete die Buchhandlung. Er war sich über das weitere Vorgehen im Unklaren, überlegte, ob er hineingehen, sich einfach ein wenig umschauen oder eher bei der privaten Telefonnummer anrufen sollte, die der Maresciallo für ihn herausgefunden hatte.

Lioni zu treffen hatte ihm Vergnügen bereitet. Er hatte sich unbeschwert gefühlt in ihrer Gegenwart und wollte es nicht akzeptieren, so einfach aus ihrem Leben geworfen zu werden. Unschlüssig verharrte er einen Moment, bis er sich einen Ruck gab und die Piazza überquerte.

Die Buchhandlung war licht und groß, modern mit hellen Hölzern eingerichtet. Es gab Terminals für die eigenständige elektronische Suche nach Werken. Ein runder Lichtschacht öffnete sich zum Mezzanin, dem flachen Zwischengeschoss, dessen Regalreihen durch eine Wendeltreppe erschlossen wurden.

An Tischen mit aktuellen Bestsellern vorbei kam Beckmann zu der mit *Politica* überschriebenen Abteilung. Rein zufällig fiel sein Blick auf ein Cover mit dem Foto von Xi Jinping. Er musste an den Satz seines Freundes Brian Winford denken. Da begab er sich auf die Suche nach einer sardischen Frau, der er sich nahe gefühlt hatte, die ihm nicht aus dem Kopf ging, und stieß dabei ausgerechnet auf Bücher über China. Nicht nur Bildbände, Reiseführer und chinesische Literatur, sondern auch politische Schriften, Sammlungen mit Reden von Staatspräsident Xi. Beckmann nahm einen Band zur Hand, aber auf Italienisch würde er das sicher nicht lesen. Er fragte sich, ob es in Berliner Buchhandlungen auch bereits solche Abteilungen gab.

Er legte das Buch zurück, zog einen der großformatigen Bildbände aus dem Regal, blätterte durch farbige Hochglanzseiten mit Fotos. Saubere, türkis schimmernde Flüsse durchbrachen enge Täler mit steil aufragenden Felsklippen. Goldene Tempel mit malerisch geschwungenen Dächern lagen in wohlgepflegten Gärten. Große Tore wie überdimensionale Schriftzeichen. Wälder von Hochhäusern schimmerten im grellbunten Licht der Reklame. Er sah Straßen voller Menschen im Kaufrausch. Das Bild des Landes, das hier vermittelt wurde, wollte für Beckmann nicht zu dem China passen, von dem Xia erzählt hatte. Und doch war ihm klar, dass es genauso real war, auch wenn die Abbildungen die Idylle der Dörfer überzeichneten und auf seltsame Weise virtuell wie Computeraufnahmen wirkten.

Eine Buchhändlerin trat zu ihm, und er äußerte sein Unverständnis über die umfangreiche chinesische Staatspropaganda in der Politikabteilung. Sie erklärte ihm, dass Verlage Regalmeter für ihre Bücher anmieten konnten.

»Rackjobbing nennt man das.«

»Und wer hat das hier gemietet?«

»Co-li-bri. Ein Buchvertrieb. Sie arbeiten mit der China Book Trading Company zusammen.«

»Die ist wahrscheinlich staatlich oder von der Partei kontrolliert.«

»Meinen Sie? Ich glaube, die wollen zu einem besseren Verständnis ihrer Auffassungen und Ideen und der Politik Chinas beitragen.«

Beckmann bedankte sich und verließ den Laden, ohne etwas zu kaufen. Er nahm sich vor, gelegentlich Brian Winford von diesem Besuch zu erzählen.

Wieder auf der Bank vor der Bastion mit dem Blick auf die Buchhandlung und die darüberliegenden Wohnungen, zückte Beckmann das Handy und rief die Festnetznummer auf dem

Zettel an. Er hatte Glück – Lioni war am Apparat. Sie war überrascht und ganz offensichtlich unangenehm berührt, dass er sie aufgespürt hatte. Es gelang ihm, zu verhindern, dass sie sofort auflegte, und schließlich konnte er sie überreden, sich mit ihm zum Lunch zu treffen. Sie wollte nicht, dass er die dreihundert Kilometer ganz umsonst gefahren war, und schlug das *Caffè Svizzero* als Treffpunkt vor, angeblich das älteste und schönste Kaffeehaus der Stadt.

Nach einem kurzen Fußmarsch durch die Altstadt fand er das Jugendstilcafé. Mit dem Schritt über die Schwelle tauchte er in eine unbekannte Sphäre, Zeit und Raum verschoben sich, und ihm war, als verließe er das ihm vertraute Sardinien. Dunkle Regale an den Wänden, voll mit Hunderten von Flaschen; nicht nur die verschiedensten Weine, auch vielfältige exotische Schnäpse und Liköre aus aller Welt. In glänzenden Vitrinen aus dunklem Holz eine eindrucksvolle Auswahl von Torten, Gebäck und Süßigkeiten. Auf einem der vielen Tresen eine uralte, anscheinend nicht mehr genutzte Registrierkasse. Neben dem Ständer mit einer Unzahl von Tageszeitungen und Zeitschriften und einer historische Klapptafel, die wie ein Kalender Tag und Monat anzeigte, hing eine große alte Pendeluhr. Trotz der Uhr und des Kalenders schien die Zeit hier eingefroren, stillgestellt. Gedämpftes Klirren von Geschirr und Gläsern. Etwas Vergleichbares hatte Beckmann nicht einmal auf der Züricher Bahnhofstraße gefunden.

Die Zwischendecke des Raumes war entfernt worden, die Backsteine der Kreuzgewölbe lagen bloß, und aus den Bogenfenstern des ehemaligen Mezzanins hoch oben fiel streifig das Sonnenlicht auf Marmortische und Bugholzstühle, die noch aus der Gründerzeit der Thonet-Manufaktur zu stammen schienen. Eine Kathedrale der Muße und des Genusses. Ein Tempel der

Kaffeehauskultur. Wenn Lioni den Treffpunkt gewählt hatte, um ihn zu beeindrucken, so war ihr das gelungen.

Die in weitem Abstand platzierten Tische, deren gusseiserne Füße in Löwentatzen ausliefen, waren zur Hälfte besetzt, und Beckmann wählte einen Platz mit Blick auf den Eingang. Er bestellte ein Kännchen Darjeeling First Flush. Das Geschirr trug das dezente Jugendstillogo des Cafés.

Ein Mann trat durch die Eingangstür, der kurz die Aufmerksamkeit aller im Raum auf sich zog. Groß und schlank, mit dichtem grau melierten Haar und wohlgestutztem Vollbart wirkte er distinguiert. Sein Auftritt hatte etwas Aristokratisches. Seinen seidenen Sommerschal interpretierte Beckmann als das Accessoire eines ein wenig eitlen Intellektuellen. Der Oberkellner eilte sofort auf den Mann zu, sie wechselten ein paar Worte, dann kam der Mann zu Beckmann herüber und streckte ihm die Hand entgegen.

»Riccardo Lioni. Franca lässt sich entschuldigen, sie kann Sie im Moment unmöglich treffen.«

Für einen Moment war Beckmann sprachlos. Er stand zögernd auf und schüttelte Lionis Ehemann stumm die Hand. Der zog einen Stuhl vom Tisch.

»Sie gestatten. Ich habe mir erlaubt, uns eine Kleinigkeit zu bestellen.«

Beckmann konnte seine Verwirrung so schnell nicht ablegen. Lioni hatte sein Vertrauen missbraucht. War er zu leichtgläubig gewesen? Schon kam der Oberkellner und servierte auf schwarzen Schiefertafeln Bruschettas und Crostini mit den verschiedensten Pasten und Salaten, mit Carpaccio von Thunfisch, Schwertfisch und Rind.

»Ich hoffe, Sie haben etwas Appetit nach der langen Fahrt von Olbia herüber.«

Beckmann wollte sich von der makellosen Etikette des Mannes nicht beeindrucken und sich nicht in Small Talk hineinziehen lassen.

»Franca sagte am Telefon, sie würde kommen.«

»Sie haben sie bedrängt, und sie wollte nicht, dass Sie die Strecke umsonst gefahren sind. Deshalb hat sie mich gebeten, mit Ihnen über alles zu sprechen.«

»Über alles?«

»Meine Frau ist krank, müssen Sie wissen. Sie hat eine bipolare Störung. Sie bekam in Olbia einen Schub und hat deshalb die Arbeit im Klinikum abbrechen müssen.«

Beckmann erinnerte sich an das letzte Treffen mit Lioni im *Giorgio's*. Von großer Arbeitsbelastung und Müdigkeit hatte sie damals gesprochen.

»Sie ist manisch-depressiv?«

»Der Ausdruck klingt mir zu dramatisch. Deshalb bevorzuge ich die korrekte medizinische Bezeichnung: bipolar.«

Im *Giorgio's* hatte ihre Stimme seltsam spröde geklungen, ihr Blick war immer wieder abgeschweift zu den Flaschen vor dem glitzernden Spiegel der Bar. Sie hatte nur wenig getrunken, vielleicht aus Rücksicht auf ihn.

Er konnte nicht glauben, dass sie krank war.

Riccardo Lioni sprach weiter und vertraute ihm an, dass der gemeinsame Sohn vor drei Jahren mit seiner Vespa tödlich verunglückt war.

»Der Verlust von Salvatore hat Francas Zustand leider verschlimmert. Vorher waren es nur leichte Stimmungsschwankungen gewesen. Sie war eine hervorragende Ärztin, auch in der Forschung tätig. Aber seitdem kann sie nur sporadisch arbeiten. So zieht sie wie eine Nomadin von Klinik zu Klinik. Sie ist immer noch eine gute Ärztin, wenn es ihr entsprechend geht.«

Unter der kühl-sachlichen Schilderung spürte Beckmann eine ungebrochen tiefe Zuneigung des Ehemannes zu dieser Frau. Er erinnerte sich, wie Lionis dunkle Augen geleuchtet hatten, wenn sie von ihrem Sohn sprach, dem gut aussehenden, allseits beliebten, hoffnungsvollen Studenten, der einmal der größte Chirurg Italiens werden würde.

Was er mit dieser Frau erlebt hatte, war real gewesen. Ihre gebräunten Beine, das Rund ihrer Schultern, ihr tiefes Lachen, das Spiel ihrer langgliedrigen Hände. Es fiel ihm schwer, alles mit einem Mal in neuem Licht zu sehen.

»Sie hat sich Ihnen auch deshalb verbunden gefühlt, weil Sie Ihre Frau durch einen Verkehrsunfall verloren haben.«

Beckmann kam sich plötzlich entblößt vor, nackt. Es berührte ihn unangenehm, dass der Ehemann wusste, worüber er mit Franca gesprochen hatte, dass sein Gegenüber wahrscheinlich viel mehr über ihn wusste als andersherum. Er fragte sich, ob es nicht gefährlich war, wenn jemand wie Lioni Patienten behandelte.

»Franca hat gesagt, dass Sie die Menschen verstehen.«

»Wirklich?«

»Ja. Und ich hoffe, Sie werden auch verstehen, dass Ihr Verhältnis mit Franca keine Zukunft haben kann. Keine Zukunft hat. Es wäre für Francas psychische Stabilität sehr hilfreich, wenn Sie keine weiteren Kontaktversuche unternehmen würden.«

Beckmann schaute Riccardo Lioni lange an. Er wollte ihm keine einfachen, schnellen Zusagen geben. Aber er erkannte auch die Komplexität der Situation.

»Es wird mir nicht leichtfallen, aber wahrscheinlich haben Sie recht.«

Riccardo Lioni bat ihn, er möge zugreifen, und aß selbst mit sichtbarem Appetit und Genuss. Beckmann war viel zu verfangen in seinen widerstreitenden Gefühlen, als dass er jetzt hätte essen können. Er griff nach der Teekanne, schenkte sich nach, spielte mit der Tasse.

Dann rückte Doktor Lioni seinen Stuhl zurück.

»Ich habe gleich eine Vorlesung und muss in die Uni, bitte entschuldigen Sie mich also. Aber bitte, lassen Sie sich Zeit.« Mit einer leichten Verbeugung verabschiedete er sich.

Beckmann blieb sitzen, den Blick auf den leeren Stuhl gegenüber geheftet. Seine Gefühle wollten sich nicht beruhigen, der Gedankenstrom nicht ruhen. Aber es kam der Moment, da er sich im Saal umschaute. Niemand nahm von ihm Notiz. Das Leben ging weiter, mit Kaffee oder Wein, mit Schnaps oder leichtem Essen, mit der Lektüre von Zeitung oder Zeitschrift. Nur wenige wispernde Unterhaltungen. Wer hatte gesagt, er gehe ins Kaffeehaus, wenn er allein sein wolle, aber Gesellschaft brauche? Die Nostalgie und Melancholie des Ortes erfassten ihn. Im Aus-der-Welt-gefallen-Sein des Raumes spürte er auf einmal seinen Magen. In aller Ruhe sprach er der Auswahl an vorzüglichen Vorspeisen zu. Als er die Rechnung verlangte, erklärte ihm der Oberkellner, alles sei längst beglichen.

Auf der Rückfahrt hatte er viel Zeit, um nachzudenken, und kam zu dem Schluss, dass dieses Ehepaar durch eine tiefe Beziehung verbunden war. Hier gab es für ihn nichts zu gewinnen. Lioni hatte für ihn immer Kompetenz als Ärztin und große Sicherheit im Leben ausgestrahlt. Hatte ihn ihre heitere Gelassenheit und Selbstsicherheit getäuscht? Oder hatte er ihre Verlorenheit dahinter immer vage geahnt? War es womöglich diese Verlorenheit, die ihn zu ihr hingezogen hatte? Er spürte so etwas wie Verlust, aber der Schmerz war nicht bodenlos. Lioni hatte eine Tür für ihn geöffnet, ein Portal. Er war hindurchgegangen. Es gab nichts zu bereuen. Es gab nichts zu bedauern.

Die Autostrada war wenig befahren. Die acht Zylinder des alten Rovers arbeiteten noch immer zuverlässig, aber Beckmann übertrieb es nicht mit der Geschwindigkeit. Er durchquerte die Hügel des Campidano, erreichte die Ebene von Arborea mit dem fruchtbaren Schwemmland des Tirso. Gelb lag es unter dem Licht der tief stehenden Sonne. Hin und wieder züngelten Flammen auf den strohfarbenen Stoppelfeldern. Ende September war offenes Feuer noch immer streng verboten. Viele Felder lagen dennoch unter einer hauchdünnen Schicht fruchtbarer Asche.

38

Zurück im Tal entdeckte er Micaelas Panda im Carport. Seine Zugehfrau musste im Haus sein. Steif von der langen Tour über die Insel stieg er aus. Die Sonne war vor kurzer Zeit untergegangen, die Farbe des Himmels milde. Es war die blaue Stunde, und er spürte, wie der leichte Wind sich legte. Die Vögel verstummten, kein Tier regte sich. Beckmann stand einen Moment lang still, so wie die Welt um ihn herum, in dem Moment des Hier und Jetzt gefangen. Drei Wachteln watschelten oben am Hang durch die Macchia und brachen die Magie. Beckmann drehte sich um, und sie flogen unbeholfen flatternd und mit den Flügeln klappernd auf. Jetzt konnte man sie noch häufig beobachten. Mit Eröffnung der Vogeljagdsaison wären sie wieder wie vom Erdboden verschwunden.

Micaela kam ihm auf der Terrasse entgegen. Er wunderte sich, dass sie so spät am Abend noch im Haus war.

»Sie schläft.«

»Wer?« Beckmann war irritiert.

»Die Chinesin. Ich habe sie auf der Strada Bianca aufgelesen. Sie hat anscheinend die Nächte draußen verbracht. Stammelte etwas von einem Mann in der Macchia, der das Haus beobachtet hat. Sie fühlt sich verfolgt. Sie ist ziemlich durcheinander, denke ich. Kein Wunder, so wie man ihre Schwester zugerichtet hat.«

Er ging ins Haus und öffnete vorsichtig die Tür zum Gästezimmer einen Spaltbreit. Xias langes schwarzes Haar lag fächerförmig auf dem Kissen ausgebreitet. Ihre nur halb bedeckte

Brust hob und senkte sich regelmäßig. Sie schlief tief. Beckmann freute sich, fragte sich aber auch, was noch in dieser Freude mitschwang. Waren es nur Dankbarkeit und Beschützerinstinkt? Leise schloss er die Tür.

Micaela war ihm ins Haus gefolgt. »Haben Sie Hunger, *dottore*? Ich habe ihr zur Stärkung eine *brodo* gemacht. Es ist noch etwas da.« Mit Genuss aß er ein Panino mit Schinken zu der gehaltvollen Brühe. Er hatte Appetit, es schmeckte ihm vorzüglich. Er nahm es als Zeichen, dass die Ereignisse in Cagliari ihn nicht aus der Bahn geworfen hatten.

Micaela verabschiedete sich und fuhr nach Hause. Beckmann hörte im Dunkeln gedämpft noch etwas Radio auf der Terrasse. Er verfolgte einen Kommentar über die politischen Ereignisse in Deutschland. Die Stimme des Sprechers, aufgenommen in einem schalltoten Raum, klang für ihn befremdlich inmitten der leisen, aber polyphonen Geräusche der nächtlichen Natur.

Er wollte gerade die Sendung ausschalten, als Xia verschlafen in der Tür auftauchte. Verlegen blinzelnd trat sie ins Zwielicht der Terrasse. Beckmann sah sie fürsorglich an, rückte den Korbsessel neben sich ein wenig in ihre Richtung. Zögernd machte sie einen Schritt darauf zu.

»Mann hatte Gewehr.«

»Wo?«

Xia zeigte zum Hang auf der anderen Talseite. Beckmann bedeutete ihr, sie möge sich setzen, und sie berichtete von einem Mann, der sich am Hang zu schaffen gemacht und das Haus beobachtet habe. Sie habe sich bedroht gefühlt und sich versteckt, verkrochen unter den Felsen im Tal.

Beckmann versuchte sie zu beruhigen. Er vermutete, dass der Mann Maurizio Raconi war, ein Sarde, der immer mal wieder ins Tal kam. Er war angeblich über hundert Jahre alt und noch rüstig. Als kleiner Junge hatte er seinen Großvater immer zum Köhlern ins Tal begleitet, und sie hatten wochenlang bei den Holzkohlemeilern gelebt und das Wasser aus der kleinen Quelle getrunken, die jetzt zu Beckmanns Grund gehörte. Maurizio sei harmlos, versicherte er. Der Alte sammele in Erinnerung an ferne Jugendtage das tote Holz aus der Macchia für seinen Kamin.

»Mann hatte große Waffe.«

»Ja. Oft hat er aus Gewohnheit seine alte Lupara dabei. Er ist wirklich vollkommen harmlos.«

Beckmann hatte es nicht erlebt, dass Raconi jemals, auch nicht während der Jagdsaison, geschossen hätte. Manchmal schaute der Alte bei ihm auf der Terrasse vorbei, ohne dass die beiden viel miteinander sprachen. Der Sarde murmelte in einem Italienisch, das Beckmann nicht verstand. Vielleicht war es auch eine der vier verschiedenen sardischen Sprachen. Bei diesen Treffen waren Worte nicht wichtig. Es ging um gegenseitigen Respekt. Nur einmal hatte es einen kurzen Moment der Irritation gegeben, als Beckmann dem Alten einen Grappa anbot, aber selbst nicht trank.

Xia hatte in ihrem Felsenversteck kaum ein Auge zugetan und legte sich wieder ins Bett. Beckmann rief den Maresciallo an. Bevor er über Xia reden konnte, fragte ihn Farini nach Lioni. Notgedrungen erzählte Beckmann vom Ende der Affäre. Der Carabiniere sprach ihm sein Bedauern aus. Beckmann wechselte schnell das Thema.

»Xia ist wieder aufgetaucht.«

»Kann ich sie sprechen?«

»Sie ist verstört. Hat draußen in der Macchia geschlafen.«

»Gut. Geben wir ihr etwas Zeit. Ich habe das Handy zur Auswertung nach Olbia gebracht.«

»Kannst du einen Ausdruck der Daten anfordern?«

»Also, es wird etwas dauern, bis sie ausgelesen sind.«

»Eine gespeicherte chinesische Nummer ist die einzige Verbindung, die Xia zu ihren Eltern hat.«

»Nun. Ich werde sehen, was ich tun kann. Die in Olbia waren erfolgreich. Tenente Mancini hat den Schilfjungen verhaftet, als der sein Motorino zur Reparatur bringen wollte.«

Sie beendeten das Telefonat, und Beckmann ging ins Haus. Die Tür zum zweiten Schlafzimmer war nur angelehnt. Er horchte auf Xias regelmäßigen Atem und widerstand der Versuchung, wieder einen Blick auf die Schlafende zu werfen.

39

Capitano DeMontis rückte die silbernen Bilderrahmen auf seinem Schreibtisch zurecht. Die Entwicklung der Dinge schien ihm doch im Großen und Ganzen erfreulich. Heute Morgen beim Telefonat mit seiner Frau in Rom hatte er schon von seinem Erfolg berichten können: Sie hatten den Hauptverdächtigen in dem komplizierten Fall der toten Chinesin verhaftet.

Er griff nach der Ermittlungsakte mit dem ersten Verhörprotokoll. Das Rot der Mappe war von Sonnenlicht ausgebleicht, das spröde Papier lag brüchig in seiner Hand. Der Junge hatte zugegeben, dass die Chinesin ihn am Strand angegriffen hatte. Der Tenente hatte ihm vor die Brust geklopft, woraufhin der Junge zusammengezuckt war, augenscheinlich wegen ein paar angebrochener Rippen. Den Mord hatte er allerdings vehement bestritten. Der Capitano war der festen Überzeugung, dass sie den Täter gefasst hatten, auch wenn der Junge ihm im Verhör immer wieder wie ein Fisch durch die Finger geglitten war und sich schließlich vollkommen aufs Schweigen verlegt hatte.

DeMontis überlegte, ob er eine Pressekonferenz abhalten sollte. Der Mord hatte großes Aufsehen erregt, und es wäre sicher gut, die Bevölkerung und vor allem die Touristen zu beruhigen. Sie hatten hervorragende Arbeit geleistet. Warum das eigene Licht unter den Scheffel stellen? Er fragte sich, wo möglicherweise Fallstricke verborgen lagen. Der Junge in seinem Gewahrsam war minderjährig, vielleicht sogar verletzt. Und er war chinesischer Staatsbürger. Das alles konnte zu Verwicklungen führen. Als hätte DeMontis es geahnt, klingelte das Telefon, und man stellte den chinesischen Generalkonsul aus Cagliari zu ihm durch. Er hatte den Mann erst kürzlich beim Besuch des chinesischen Ministers auf der Maddalena als umgänglich und äußerst höflich kennengelernt.

»Herr Konsul, schön, von Ihnen zu hören. Was kann ich für Sie tun?«

»Ich wollte Ihnen noch einmal danken für die hervorragende Organisation der Visite unseres Ministers. Er war beeindruckt.«

»Sehr freundlich von Ihnen. Aber wir haben nur unsere Arbeit gemacht.«

»Nein, nein, das war schon sehr kompetent und sehr gewandt, wie Sie alles reibungslos arrangiert haben.«

»Danke. Es freut mich, dass es zur Zufriedenheit des Ministers gewesen ist.«

»Das ist es. Das Projekt Arsenal liegt jetzt in Beijing den höchsten Kreisen zur Beurteilung vor. Hoffen wir auf eine positive Entwicklung. Etwas anderes: Wie Sie wissen, bin ich auch für das Wohl aller unsere Staatsbürger auf der Insel, auch der unbedeutenden kleinen Leute, verantwortlich.«

Der Capitano fluchte innerlich. Wie konnte der Mann so schnell von der Verhaftung des Schilfjungen erfahren haben?

»Soweit ich weiß, ist der von Ihnen inhaftierte chinesische Staatsbürger noch minderjährig. Ich denke, es wäre nur angemessen, wenn wir ihm konsularische Unterstützung anbieten.«

»Natürlich, natürlich, das ist doch selbstverständlich.« Der Capitano konnte sich nicht verkneifen hinzuzufügen:»Wir sind schließlich ein Rechtsstaat.«

»Ich werde persönlich wahrscheinlich nicht die Zeit haben, nach Olbia zu kommen. Ich werde einen Konsularbeamten schicken. Es sei denn, Sie wollen den Jungen vielleicht schon bald wieder freilassen?«

Der Capitano zögerte einen Moment.

»Nein, damit ist beim jetzigen Stand der Ermittlungen nicht zu rechnen.«

Sie beendeten das Telefonat mit unverbindlichen Floskeln.

DeMontis rief sofort Tenente Mancini zu sich. Er wollte schnell klären, ob der Gefangene ordentlich behandelt wurde und ob eventuell eine medizinische Versorgung notwendig war. Der Tenente konnte ihn beruhigen. Aber auch ein weiteres Verhör hatte keine neuen Erkenntnisse erbracht.

»Der Junge ist störrisch. Er schweigt jetzt, sagt überhaupt nichts mehr. Mal sehen, ob wir ihn knacken können.«

»Aber Sie sind sicher, dass er der Täter ist?«

»Er äußert sich nicht zu seinem Aufenthalt während der Tatzeit, er hat kein Alibi, und er hat ein Motiv. Abgesehen davon, dass er wahrscheinlich zu einer kriminellen Organisation gehört, die die Chinesinnen am Strand kontrolliert.«

»Ich hatte daran gedacht, eine Pressekonferenz einzuberufen und die Verhaftung publik zu machen. Einen Aufruf an mögliche Zeugen zu starten.«

»Davon würde ich absehen. Ich glaube nicht, dass uns das weiterhilft. Wir müssen den Jungen zum Reden bringen.«

»Das chinesische Konsulat in Cagliari wird jemanden schicken, wahrscheinlich auch einen Anwalt stellen. Was für ein *casino*. Vielleicht sollten wir den Jungen nach Sassari überstellen.«

»Capitano, ich plädiere mit Nachdruck dafür, das Verfahren hier zu Ende zu bringen. Ich möchte ihn unbedingt überführen.«

»Gut, gut. Dann machen Sie das.«

Der Tenente salutierte, bevor er das Büro verließ.

Capitano DeMontis schob ein paar Akten auf seinem Schreibtisch hin und her. Er konnte sich nicht entschließen, sie aufzuschlagen. Die Sache mit den Chinesen beunruhigte ihn nachhaltig. Wenn Triaden in seiner Stadt Fuß gefasst hatten, kamen schwierige Zeiten auf ihn und seine Männer zu. Er schaute auf die Silberrahmen mit den Fotos seiner Eltern, seiner Frau und seinen beiden Jungen. Sie standen perfekt ausgerichtet da. Er entschloss sich, in die Stadt zu fahren und Mittagspause zu machen. Sollte er in einem Chinarestaurant essen? Es gab mindestens fünf, soweit er wusste, und das am oberen Ende des Corso Umberto I sollte angeblich das beste sein.

Er nahm die Uniformjacke vom Kleiderständer, ging dann doch die paar Meter hinüber zum Flugplatz, inspizierte kurz die dortige Wache und aß im sehr guten Flughafenrestaurant. Da wusste er wenigstens, was er bekam.

40

Beckmann saß allein am Frühstückstisch, als sein Handy klingelte. Unter der unterdrückten Rufnummer meldete sich Brian Winford. Beckmann hatte nicht damit gerechnet, so schnell wieder von dem britischen Kollegen zu hören. Er hatte sich per Mail für das umfangreiche Triaden-Material bedankt und Winford eingeladen, doch mit seiner Frau den Urlaub einmal in Lu Tartaruga zu verbringen, auch einen Link zu einem kurzen Video beigefügt, auf dem sie sich das Anwesen anschauen konnten.

»Na, altes Haus, hast du dir überlegt, auf die Insel zu kommen?«

»Du hast es da wirklich schön in deinem Tal, tolles Video. Ist das mit einer DJI-Drohne gedreht?«

»Keine Ahnung, die Aufnahmen hat ein benachbarter Freund gemacht.«

»DJI ist Weltmarktführer. Die bauen mehr als siebzig Prozent aller Konsumerdrohnen. Also ist die Wahrscheinlichkeit ziemlich groß.«

»Soll heißen?«

»Wie alle chinesischen Firmen steht DJI unter der strengen Fuchtel der Partei und ihres Überwachungswahns.«

Beckmann war nicht klar, worauf Winford hinauswollte.

»Weißt du, wie eine Drohne funktioniert?«

»So ungefähr.«

»Um sie navigieren zu können, muss sie sich mit mehreren Satelliten verbinden, und dabei landen die Aufnahmen aller DJI-Drohnen auf der Welt in einer chinesischen Cloud. Auch dein wunderschönes Tal.«

»Lu Tartaruga ist nur von äußerst begrenzter strategischer Bedeutung, würde ich sagen. Brian, worum geht es?«

»›Das Land nutzen, um die Stadt zu umzingeln‹, nennen sie das. Ich will dir nur klarmachen, wie es steht. Huawei hat sich in Cagliari in ein Forschungszentrum eingekauft. Jetzt wird die Stadt mit deren Hilfe zur ersten Smart City Italiens. Mit allen desaströsen Überwachungsfolgen. Sie nennen diese Strategie auch ›Das Zentrum von der Peripherie angreifen‹.«

»Jaja, hab ich gelesen in deinem Material, nochmals vielen Dank.«

Beckmann wunderte sich über die verbissene Hartnäckigkeit des Kollegen. Ihm fiel eine Geschichte aus einem Buch ein, das er vor Kurzem gelesen hatte.

»Kennst du die Parabel von Jorge Luis Borges über den misstrauischen Herrscher?«

Beckmann erzählte Winford von dem König, der sein Land genau kennen wollte; es war so groß, dass er nicht überall sein und alles kontrollieren konnte. Deshalb beauftragte er die besten Kartographen des Landes, eine Karte des Königreiches zu zeichnen, die so genau wie nur irgend möglich sein sollte. Die Kartographen vermaßen und zeichneten die Ebenen und die Berge, die Flüsse und Seen, die Städte und Dörfer und das ganze Land. Es dauerte lange, aber dann legten sie dem König die absolut präzise Landkarte vor. Die Karte war groß, sehr groß, und unter ihr verschwand das ganze Land.

Brian Winford lachte.

»Der alte Dichter Borges hat da die Virtualität vorhergesehen, willst du mir also erzählen.«

»Na ja, am Ende seiner Tage war Borges blind.«

»Wie alle großen Seher. Hör zu. Ich will dir nur klarmachen, dass deine so schöne und scheinbar abgelegene Insel längst im

Zentrum chinesischer Bemühungen um strategischen Einfluss im Mittelmeerraum steht.«

»Ja, und?«

»Du weißt, dass Piräus bei den Griechen ›der deutsche Hafen‹ heißt, weil es euer Finanzminister war, der Griechenland so bis aufs Blut geknebelt hat, dass sie Staatseigentum privatisieren mussten, auch den Hafen. Da haben die Chinesen für einen Appel und ein Ei zugegriffen. Inzwischen ist Piräus übrigens das Einfallstor für chinesische Chemikalien, mit denen ›Badesalze‹ und andere synthetische Drogen hergestellt werden.«

Beckmann hatte Winford bei ihrem ersten Telefonat gesagt, dass er nicht mehr im Dienst war, und fragte sich jetzt, worauf ihr Gespräch hinauslaufen sollte.

»Die Triaden können in einem totalitären Einparteienstaat nur existieren, wenn die Staatsmacht sie akzeptiert und sie ungestört walten und schalten lässt. Als die Partei in Hongkong anonyme Schläger gegen die Demokratiebewegung in Stellung brachte, benutzte sie Leute von den Flying Dragon. Oh Mann, wenn ich an Hongkong denke, bekomme ich einen dicken Hals. Der größte strategische Fehler in der Geschichte des Commonwealth, den eine Regierung Ihrer Majestät der Königin je begangen hat. Zu glauben, dass die Einrichtung der kapitalistischen Sonderwirtschaftszonen zu einer Anpassung der Systeme führen würde, war total naiv. Deng Xiaoping hat uns gefickt, und Xi wird uns den Todesstoß versetzen, wenn wir nicht endlich aufwachen.«

Das war nicht der Brian Winford, den Beckmann kannte und dessen britisches Understatement, Besonnenheit und feine Ironie er bei etlichen ausgiebigen Touren durch die Pubs Londons schätzen gelernt hatte. Seine neue Position schien den früher so gelassenen und abgeklärten Scotland-Yard-Beamten gehörig unter Druck zu setzen.

»Wenn die Flying Dragon also jetzt bei dir auftauchen, ist die Insel ganz sicher von besonderem strategischen Interesse Chinas. Sie agieren inzwischen geopolitisch mit großer Aggressivität.«

»Ja, und?«

»Vielleicht wollen die Chinesen das Arsenal nicht kaufen, um ein Ferienparadies für ihre Milliardäre zu bauen, sondern um die alte militärische Struktur der Amerikaner zu übernehmen?«

Beckmann war entgeistert.

»Was?«

»Keine Angst, die Leitung ist sicher. Was denkst du?«

»Keine Ahnung. Du meinst das im Ernst?«

»Weißt du, wie Mussolini Sardinien genannt hat?«

»Hm.«

»Seinen nicht zu versenkenden Flugzeugträger im Mittelmeer. Es ist nur eine Idee. Aber doch eine naheliegende. Was denkst du?«

Beckmann wusste nicht, was er antworten sollte. Er dachte an das auffällig wuchtige Gebäude des MI6 am Ufer der Themse, auf das Winford ihn um die Jahrtausendwende aufmerksam gemacht hatte, nachdem der britische Auslandsgeheimdienst gerade dort eingezogen war. Der in Stufen gewaltig aufragende Neubau war ihm damals bedrohlich erschienen wie eine futuristische Festung aus einem Science-Fiction-Film oder einem abgedrehten Fantasy-Game. Was wollte Winford jetzt von ihm?

Der Kollege redete schon weiter: »Die Vermutung ist nicht nur naheliegend, sie ist gar nicht so unwahrscheinlich. Ich sage ja nicht, dass sie unbedingt richtig ist. Wusstest du, dass sie ihre Marine enorm ausbauen und inzwischen über mehr Schiffe verfügen als die Amerikaner?«

»Übertreibst du jetzt nicht ein bisschen?«

»Keineswegs, mein Lieber, keineswegs.«

»Zählt ihr da jedes Küstenmotorboot mit?«

Ging es nicht eher um amerikanische Flugzeugträger und atomgetriebene U-Boote? Aber Beckmann wollte sich auf keinen Fall in eine Diskussion über Rüstungsfragen einlassen.

Winford war hartnäckig: »Hör zu. Unsere Vorsicht – oder wie du vielleicht denkst: unsere Neugierde – ist mehr als berechtigt angesichts des Weltmachtstrebens von Xi. Nicht weniger als die Erneuerung der ›chinesischen Rasse‹ steht auf dem Programm der Partei.«

Beckmann schwieg. Winford räusperte sich.

»Also, dieser Verdacht mit dem Arsenal … Es wäre schon von Vorteil, man könnte ihn sicher ausschließen.«

Beckmann erinnerte sich, dass Winford immer schon ein gewisses Faible für Verschwörungsgeschichten an den Tag gelegt und gelegentlich am Tresen mit Kenntnissen geprahlt hatte, die niemand sonst hatte oder haben sollte. Das hatte für Beckmann bisher stets einen gewissen Reiz gehabt. Aber jetzt entschloss er sich, seine Vermutung direkt auszusprechen. Er wusste, nur sofortige Dekonspiration würde ihm helfen, aus der Situation herauszukommen.

»Brian, willst du mich rekrutieren? Ich habe doch nicht die geringste Ahnung.«

»Stell dein Licht nicht unter den Scheffel.«

»Ich habe keine offizielle Funktion, um hier auch nur irgendetwas rauszufinden.«

»Du könntest dich einfach umhören. Deiner Chinesin auf den Zahn fühlen. Persönliche Ziele und nationales Interesse gehen bei den Chinesen immer Hand in Hand.«

»Mensch, das ist eine einfache Masseurin vom Strand.«

»Denkst du?«

Beckmann war irritiert. »Weißt du etwas über sie?«

»Nur, was du mir bisher erzählt hast. Die Schwester hat sich gegen Schutzgelderpressung gewehrt und wurde ermordet. Sie kamen über Genua. Genua ist ein Ankerpunkt der Seidenstraße, ein krimineller Hotspot. Gateway zum maritimen Silkway. Du verstehst?«

»Sie weiß nicht viel über die Schleuser in Genua. Sie nennt sie Schlangenköpfe. Sie wurde gleich weiter auf die Insel gebracht.«

»Und wer kassiert da das Schutzgeld? Was wissen die Carabinieri? Dein Freund, der Maresciallo? Denk einfach mal über einen möglichen doppelten Boden in der Sache nach, *a hidden agenda*.«

Beckmann war sprachlos.

»Ich will, dass du wachsam bist. Okay?«

Beckmann beendete das Telefonat, ohne irgendetwas zuzusagen.

Das Gespräch beunruhigte ihn weniger wegen der Zweifel an Xias Identität als in Bezug auf die Position seines alten Freundes. Brian Winfords Tonfall und seine Mutmaßungen hatten ihn irritiert. Er wusste, dass sich überall Unbehagen an dem sich ständig vergrößernden globalen Einfluss Chinas breitmachte, und empfand das als gesundes Ende einer gewissen Naivität gegenüber dem Reich der Mitte und seiner Politik. Winfords Vermutungen aber erschienen ihm überzogen. Beckmann hielt sich nicht für leichtgläubig. Genau deshalb wollte er sich auf keinen Fall in irgendwelche strategischen Geheimdienstspielereien hineinziehen lassen.

41

Das Licht in der Zelle war schon vor Stunden erloschen. Schlaflos starrte der Schilfjunge mit offenen Augen an die Decke. Die Frau vom Strand hatte keine Angst vor ihm gehabt. Sie hatte keinen Respekt vor der Bruderschaft gehabt, hatte die Familie und ihn verhöhnt, ihn verhext, hatte ihn von seinem Motorrad geworfen. Sie hatte dreimal den Tod verdient. Er hätte es selbst getan, wenn der *Fu Shan Chu* es ihn hätte machen lassen. Er hätte es gekonnt, da war er sicher, doch er musste es dem *Hung Kwan* überlassen, dem Roten Pfahl. Er war gehorsam, war immer folgsam gewesen. Jetzt war er aufgenommen worden. Er hatte geschworen, alle sechsunddreißig Eide über Treue, Verschwiegenheit und Brüderlichkeit. Er hatte sein Blut gegeben. Er war nun ein anderer, ein *Tze Kan*, ein Soldat der Bruderschaft. Er hatte keinen Zweifel an seinem Tun.

Er erhob sich von seinem Lager und riss das Laken in schmale Streifen. Drei knotete er am Ende zusammen und flocht sie dann wie einen Zopf. Fest verband er die Teile. Immer wieder drückte und strich er das Geflochtene glatt, überprüfte die Haltbarkeit und die Geschmeidigkeit des Seils, das entstand. Der Bote hatte gesagt, er sei jetzt vollwertiges Mitglied der Familie. Sie hatten ihm einen *Pak Tze Sin* geschickt für das Aufnahmeritual. Seine Mutter würde in den Genuss der eisernen Reisschüssel gelangen. Sie hätte bis an ihr Lebensende ein Dach über dem Kopf und immer etwas zu essen. Dafür würde die Bruderschaft sorgen, das würde der *Pak Tze* organisieren. Er selbst war nur eine Nummer, die 419. Dafür stand der Eid, den er geschworen hatte. Die 19 war eine sehr niedrige Zahl. Aber die 4 davor stand für die vier

Seen, die China nach altem Glauben umgaben. Sie repräsentierte die weitreichende, die weltumfassende, die vollkommen uneingeschränkte Macht der Bruderschaft.

Der Gedanke an seine Mutter in der Heimat ließ ihn innehalten. Er erinnerte sich, wie sie Knoblauchknollen zu Zöpfen zusammengeflochten hatte, damals, als er klein war und sie noch auf dem Dorf wohnten. Er erinnerte sich an Quanzhou, die große Stadt mit ihren Hochhäusern, dem Fluss und dem Hafen. Das Meer hatte so anders gerochen als das Wasser hier. Er spürte, wie Tränen in ihm aufstiegen, und drückte Daumen und Zeigefinger in die Augenwinkel.

Er saß auf der Pritsche und flocht weiter. Vor dem vergitterten Fenster wanderte der Mond unaufhaltsam über den dunklen Himmel. Es galt, nicht nachzulassen in seinem Tun, nicht zu zögern. Auch wenn die im Westen sagten, das Leben sei wie ein Strich mit Anfang und Ende, Geburt und Tod, so war das Leben doch in Wirklichkeit ein Kreis, hatte ihn der *Sin Fung* gelehrt. Und weiter flocht er an seinem Seil.

Er erinnerte sich an seinen Vater, einen einfachen Bauern, der stark gewesen war, nicht nur mit seinen Muskeln, sondern auch mit seinem Geist. Als sie nach Quanzhou in die Stadt gezogen waren, hatte er zuerst im Hafen als Schauermann gearbeitet. Aber immer mehr Maschinen ersetzten die Männer an den Kais, da hatte er auf einem Schlepper Arbeit gefunden. Bevor er bei einem Unfall ertrunken war. Niemand zahlte eine Rente oder eine Entschädigung. Und die Mutter hatte den Schilfjungen fortgeschickt, Geld zu verdienen.

Der Vater hatte ihm Schifferknoten beigebracht. Das waren einfache Knoten zum Festmachen der Ladung oder der Boote, etwas für westliche Simpel. Doch er lehrte ihn auch alle möglichen anderen Knoten. Der Schilfjunge konnte einen chinesischen Glücksknoten in Form einer Blume binden, auch einen Diamantknoten oder andere schöne Ornamente. Er konnte aus dem Ende eines Seils einen runden Paracord-Ball binden, »Affenfaust« hatte der Vater das genannt. Er war ein sehr geschickter Mann gewesen. Trotzdem hatten sie gesagt, er sei an dem Unfall selbst schuld gewesen.

Der Schilfjunge knotete eine freilaufende Schlinge, stand auf und ging zum Tisch, auf dem der Zettel lag. Er hatte sich Mühe gegeben beim Schreiben, auch wenn er den Sinn des Textes nicht verstand. Der *Pak Tze Sin* hatte ihm den Satz diktiert. Hätte er nicht einfach schreiben sollen, dass er schuld am Tod der Frau am Strand sei, denn das war ja die Wahrheit? Er hatte das Unglück in Gang gesetzt, als ihn dieser Deutsche beim Backgammonturnier erkannte. Er hatte dem Roten Pfahl erzählt, wie die Frau am Strand ihn angegriffen hatte, nicht aber, dass der Deutsche ihm den Helm abgenommen hatte. Er hatte versagt. Es war nicht mehr wichtig. Der *Fu Shan Chu* hatte ihm verziehen. Die Bruderschaft hatte ihn offiziell aufgenommen. Das war ein unsagbar großes Glück. Er setzte sich und fügte der Kalligraphie einen weiteren Satz hinzu.

Als der diensthabende Brigadiere am Morgen die Zellentür öffnete, bemerkte er zuerst den faulig süßen Geruch von Exkrementen. Dann sah er den dunklen Fleck auf dem Unterleib des Schilfjungen und die Lache unter seinen in der Luft baumelnden nackten Füßen. Das Fenster der Zelle ließ sich nur kippen. Durch den Spalt konnte man die Stäbe des Gitters davor erreichen. Daran hatte der Schilfjunge sicher und fest sein kunstvolles Flechtwerk geknüpft.

42

Der Brigadiere hatte zuerst Tenente Mancini benachrichtigt, dieser hatte sich die Sauerei angeschaut und dann DeMontis angerufen. Die beiden traten zurück, als der Capitano in der engen Zelle eintraf.

»Was ist passiert?«

»Eindeutig Selbstmord.«

»Benachrichtigen Sie den Medico Legale.«

»Der Halswirbel ist intakt. Er ist erstickt. Ich vermute, das Zungenbein ist gebrochen. Längere Agoniephase, da entleeren sich Blase und Darm.«

»Tenente, behalten Sie Ihre Weisheiten bitte für sich. Ich habe gesagt, Sie sollen den Gerichtsmediziner holen. Verdammt! Wir hätten ihn in die U-Haft bringen sollen. Was glauben Sie, was die Chinesen veranstalten, wenn sie das hier mitbekommen.«

Capitano DeMontis war nervös, aber in ihm keimte auch der Gedanke, durch diesen Selbstmord könnte der Fall gelöst sein und zu den Akten gelegt werden.

»Was steht da auf dem Zettel?«

»Ist Chinesisch.«

»Warum haben Sie es noch nicht fotografiert und übersetzen lassen.«

»Zu Befehl, Capitano.«

Tenente Mancini zückte sein Handy, schoss ein Foto und stürmte beschämt aus der Zelle.

»Vergessen Sie nicht den Gerichtsmediziner!«

Wenig später saß Capitano DeMontis wieder hinter seinem Schreibtisch. Tief in Gedanken versunken, zog er ein großes Stofftaschentuch aus seiner Uniformtasche und begann, die versilberten Rahmen der Familienfotos zu polieren. Es klopfte, und der Tenente trat ein.

»Der erste Bericht des Medico Legale von der Leichenschau am Tatort.« Er schwenkte ein Blatt Papier.

»Und was steht drin?«

»Wie ich gesagt habe, Fremdeinwirkung mit großer Gewissheit ausgeschlossen. Tod durch Ersticken. Er war nicht sofort tot, als er sich fallen ließ. Der Abgang von Kot und Urin lässt auf längere Agonie schließen.«

»Hören Sie auf mit dem Schmuddelkram. Was stand auf dem Zettel?«

»Der Text wurde mit einem Filzschreiber geschrieben. Der Übersetzer sagt, es ist eine schöne Kalligraphie.«

»Wie kam er an einen Filzschreiber?«

»Nach dem Besuch des Konsulatsbeamten bat er um Papier und Stift. Der wachhabende Brigadiere hat sie ihm gebracht.«

Der Tenente reichte DeMontis ein weiteres Blatt. Unter den chinesischen Schriftzeichen stand: *Die Schuld kennt keinen Zweifel. Sagt meiner Mutter, dass ich sie liebe.*

»Was soll das heißen: ›Die Schuld kennt keinen Zweifel‹?«

»Man könnte es als Schuldeingeständnis verstehen.«

»Man könnte, man könnte. Das klingt doch komisch. Will uns der Rotzlöffel verarschen? Die Schuld kennt keinen Zweifel?«

Der Capitano, ein belesener Mann, merkte, irgendetwas klingelte da bei ihm. Er zog die Tastatur seines Computers heran und gab den Satz in eine Suchmaske ein. Zuerst erschienen ein paar Treffer zum Rechtsgrundsatz *in dubio pro reo*, dann folgten einige nichtssagende Eintragungen. Er scrollte hastig weiter. Da, das war es. Ein Verweis auf Kafkas *Strafkolonie*. Konnte das Zufall sein? Ein literarischer Hinweis von einem kleinen chinesischen Jungspund, der einer Landsfrau beide Arme abgehackt hatte? Die Textstelle würde er sich heute Abend in Ruhe anschauen. Vielleicht sollte er auch mit dem Übersetzer sprechen. Er sah auf und bemerkte, dass der Tenente auf Anweisungen wartete.

»Ich werde selbst mit dem chinesischen Konsul telefonieren. Mailen Sie dem Konsulat einfach, was wir bisher haben. Gibt es einen Termin für die Obduktion?«

»Dottore Pasqualino wollte sich sofort an die Arbeit machen.«

»Er soll sich gedulden. Vielleicht möchten die Chinesen jemanden dabeihaben.«

DeMontis war sich bewusst, dass er sich auf unsicherem Terrain bewegte. Es galt, diplomatisch geschickt vorzugehen.

Beim Telefonat stellte sich heraus, dass der chinesische Konsul Vertrauen in die Fähigkeiten der sardischen Forensik hatte und eine Teilnahme an der Obduktion nicht erwünscht war. Nun gut. Er hatte sich abgesichert.

Der Capitano spürte, wie wieder der Wunsch in ihm aufkeimte, der Fall möge mit dem Selbstmord des Schilfjungen zu den Akten gelegt werden können, aber etwas in seinem Inneren warnte ihn davor, seine Vorsicht und generelle Skepsis gegenüber dem Lauf der Dinge zu schnell aufzugeben. Irgendwie hing doch alles mit allem zusammen. Er rief noch einmal den Tenente zu sich.

»Mancini, dieser Übersetzer, wie sind Sie so schnell an den Mann gekommen?«

»Er war auf der Gästeliste.«

»Welcher Gästeliste?«

»Für die Fahrt zum Arsenal auf der Maddalena.«

»Ja, gute Arbeit. Wer hat diese Liste zusammengestellt?«

»Das chinesische Konsulat, denke ich?«

DeMontis dachte nach, nahm sich Zeit und zwang sich, nicht an den Fotorahmen auf dem Schreibtisch herumzurücken. »Was haben wir über den Besucher, den das Konsulat in die Zelle geschickt hat?«

»Keine Ahnung. Er wird sich ausgewiesen haben.«

»Soso, ausgewiesen. Ich will alles, was wir über ihn wissen, hier auf meinem Schreibtisch haben. Er muss auf unseren Kameras sein. Ich will ein Foto von ihm. Gut erkennbar. Und zwar schnell. So schnell wie möglich.«

Mit einem scharfen »*Lizentiato, allontanarsi*« schickte er den Tenente aus dem Raum. Vielleicht war er etwas zu harsch gewesen, aber die Sache wuchs sich aus. Er konnte Mancini die Ermittlungen nicht allein überlassen.

43

Sie waren in einer Trattoria am Hafen für einen kurzen Lunch verabredet. Beckmann traf als Erster ein. Der Maresciallo war in Begleitung von Claudia Cardoso und stellte sie einander vor. Die Marescialla setzte ihr bezauberndstes Lächeln auf.

»Ich habe schon von Ihnen gehört«, sagte Beckmann.

»Und ich von Ihnen.«

»Ich hoffe, nur Gutes.«

»Natürlich.« Sie legte Farini die Hand auf den bloßen Unterarm. »Der Maresciallo ist ein Gentleman.«

Die leicht erotische Anspannung entlud sich in Gelächter.

Ein Tisch etwas abseits auf dem Kai war für sie reserviert. Sie tranken nur Wasser, die Carabinieri waren in Uniform und im Dienst. Farini berichtete Beckmann vom Selbstmord des Jungen.

»Wird Olbia jetzt die Ermittlungen einstellen?«

Claudia Cardoso übernahm wie selbstverständlich die Berichterstattung: »Er hat im Verhör nicht gestanden. Es gibt nur ein seltsames Papier mit einigen chinesischen Schriftzeichen. Wir benötigen Ihre Hilfe.«

Farini zog einen Computerausdruck aus der Uniformjacke.

»Die Marescialla weiß, dass die Schwester der Toten bei dir in Lu Tartaruga ist. Ich habe hier wie versprochen eine Kopie der Telefonnummern, die im Handy der Toten gespeichert waren. Die Nummer der Eltern sollte dabei sein.«

»Danke.«

Beckmann war nicht wohl bei dem Gedanken, dass Xias Aufenthaltsort bekannt war, aber Claudia Cardoso zerstreute seine Bedenken.

»Seien Sie beruhigt, wir haben Olbia bisher nicht darüber berichtet. Wir wollen nicht, dass Ihrem Schützling etwas zustößt.«

Beckmann nickte. »Okay.«

»Wie Sie sehen, sind einige der gespeicherten Nummern nicht mit Namen belegt, sondern wiederum nur mit Nummern. Seltsamerweise beginnen sie alle mit einer 4.«

Beckmann studierte den Ausdruck. Es waren nicht viele Nummern, die die Schwestern auf ihrem Handy hinterlegt hatten. Nur die letzten fünf gewählten Verbindungen waren auf dem Billiggerät gespeichert. Drei davon waren nicht mit Namen versehen, sondern mit dreistelligen Zahlen, die tatsächlich alle mit 4 begannen.

»Es ist offensichtlich ein Code. Xia wird ihn kennen, vermuten wir.«

»Keine Ahnung. Sie hat eine höllische Angst vor der Polizei.«

»Befürchtet sie, dass man sie abschiebt?«

»Ich denke, sie fürchtet sehr konkret um ihr Leben.«

»Wir könnten über das Generalkonsulat versuchen, Behelfspapiere für sie zu bekommen, als binäre Schutzberechtigte ohne anerkannten Flüchtlingsstatus.«

»Sie glaubt, die Behörden und die Carabinieri stecken mit den örtlichen Chinesen, den Schwarzen, wie sie sie nennt, unter einer Decke.«

»Unmöglich«, empörte sich Farini.

Claudia Cardoso teilte die moralische Entrüstung des Maresciallo nicht.

»Wer weiß, was sie in Genua beim Verlassen des Schiffs bemerkt hat«, sagte sie. »Vielleicht waren die Kontrolleure bestochen.«

»Jedenfalls wird sie kaum zur Aussage bereit sein.«

Der Maresciallo schaltete sich wieder ein: »Das ist deine Aufgabe. Du musst sie überzeugen. Wir sprechen mit ihr hier bei uns in Porto San Paolo. Wir lassen Olbia außen vor und reichen dann die Erkenntnisse weiter.«

Beckmann fühlte sich unbehaglich, sah aber keine Möglichkeit, sich vor dieser Aufgabe zu drücken.

»Nun gut, ich kann es versuchen.«

»Ich werde mich um Xia kümmern. Ich habe Erfahrung mit *pentiti*.«

»Die Marescialla meint Mafiamitglieder, die als Zeugen mit der Justiz zusammenarbeiten«, erklärte Farini. »Sie war beim Raggruppamento Operativo Speciale.«

»Was heißt *war*? Noch bin ich nicht entlassen.«

Sie stand auf.

»Die Herren entschuldigen mich kurz.«

Claudia Cardoso grinste und ging in die Trattoria. Während die Männer sie noch im *bagno* vermuteten und verhandelten, wer diesmal die Rechnung begleichen dürfte, hatte die Marescialla sie längst bezahlt.

44

DeMontis hatte Glück, er wurde sofort durchgestellt. Sein Gegenüber am anderen Ende der Leitung machte einen seriösen Eindruck.

»Sie sprechen ein vorzügliches Italienisch.«

»Ich bitte Sie, ich bin Sarde, hier geboren. Sinologie habe ich in Mailand studiert. Dort begann auch meine akademische Laufbahn, bevor ich an die Uni in Sassari berufen wurde. Ich war sehr froh, heimkehren zu können.«

»Vorzüglich. Vorzüglich. Ich wollte noch einmal mit Ihnen über den Zettel sprechen, den Ihnen mein Tenente zur Übersetzung übermittelt hat.«

»Gerne, ich habe den Scan auch noch hier auf meinem Rechner.«

»Mir geht die Bedeutung des Spruches nicht aus dem Sinn: ›Die Schuld kennt keinen Zweifel.‹«

»Nun, die Übertragung aus einem völlig anderen Sprachsystem ist nicht ganz einfach. Man könnte auch übersetzen: ›Schuld ist zweifellos.‹ Die Schwierigkeit besteht darin, dass für uns die Schuld ein Abstraktum ist, das nicht selbst handelt oder ein Bewusstsein hat.«

»Aha.« DeMontis verstand nicht, worauf der Übersetzer hinauswollte.

»Man muss auch das bildreiche Philosophieren in Rechnung stellen, das vor allem im alten China üblich war. Die Übersetzung war wirklich nicht einfach. Ich hatte wenig Zeit, darüber nachzudenken, der Tenente wollte sofort ein Ergebnis.«

DeMontis vermied es, die Textstelle bei Kafka zu erwähnen,

die der Professor nicht zu kennen schien. Ein Hinweis darauf hätte die Sache nur noch komplizierter gemacht.

»Der zweite Satz wurde meines Erachtens nachträglich geschrieben. Er ist, ich würde sagen, zittrig verfasst«, sagte der Experte.

»Ist es dieselbe Handschrift? Ich weiß nicht, gibt es bei diesen Schriftzeichen überhaupt so etwas wie Graphologie?«

»Ich würde nicht so weit gehen und behaupten, dass die Chinesen die Graphologie erfunden haben, aber Schrift als persönlicher Ausdruck des Schreibenden war in China bereits vor tausend Jahren bekannt. Graphologe bin ich nicht, aber ich würde schon sagen, beide Sätze stammen von derselben Hand. Nur wurde der zweite in einer anderen psychischen Verfassung geschrieben. Mit zitternder Hand.«

»Der Schreiber ist eines brutalen Mordes verdächtig und hat Selbstmord begangen.«

»Ja, der Tenente hat mich darüber unterrichtet.«

»Denken Sie, es handelt sich bei dem ersten Satz um ein Schuldeingeständnis?«

»Ich wüsste nicht, wie man es angesichts der Umstände anders auslegen könnte. Der erste Satz ist wohlformuliert und gut geschrieben. Fast verwunderlich, in China wird nämlich gerade darüber geklagt, dass die Menschen das Schreiben verlernen. Die einfachsten Schriftzeichen wollen ihnen nicht mehr einfallen. Schuld am Verlust dieses so wertvollen Kulturgutes sind Handy und Computer. Die meisten Chinesen erledigen mittlerweile fünfundneunzig Prozent ihres Schriftverkehrs online. Aber den ersten Satz würde ich als sehr elaborierten Code bezeichnen.«

»Danke, danke. Ich danke Ihnen für Ihre Bemühungen, Professor. Würden Sie Ihre Überlegungen bitte in einem schriftlichen Statement zusammenfassen? Nur ein ganz kurzes

Schreiben. Für die Akten. Es ist ein heikler Fall, mit dem ich es hier zu tun habe.«

Der Professor war gerne dazu bereit.

DeMontis grübelte weiter. Seine Bedenken waren nicht weniger geworden. Elaborierter Code von einem siebzehnjährigen Untergebenen chinesischer Mafiosi?

Tenente Mancini trat ein. Er brachte den Fotoausdruck der Überwachungskamera und eine Kopie der Ausweispapiere des Konsulatsbeamten, der den Schilfjungen besucht hatte. Die schriftliche Bestätigung seines Auftrags mit Briefkopf und Stempel des Konsulats hatte der Chinese an der Wache abgegeben. Auch sie legte der Tenente DeMontis vor. Es schien alles seine Ordnung zu haben, der Capitano konnte seinen Carabinieri keine Vorwürfe machen. Trotzdem vermochte er den Gedanken nicht zu verdrängen, dass hier etwas nicht stimmte. Er beauftragte den Tenente, das Foto des Mannes ans Konsulat zu schicken, und ließ sich später am Nachmittag mit dem Konsul in Cagliari verbinden. Der bestätigte, dass es sich bei dem Mann auf dem Foto um den Zweiten Sekretär handelte, den er nach Olbia entsandt hatte.

»Ist er wieder in Cagliari?«

»Er ist sofort nach dem Besuch bei dem Jungen zurückgefahren. Warum fragen Sie, Capitano?«

»Er hat sich sehr lange mit dem Jungen unterhalten.«

»Der junge Mann war verzweifelt. Zhao Tingyang hat ihm Rechtsbeistand geleistet und angeboten, dass wir ihm einen Anwalt stellen. Aber er wollte das nicht. Zhao Tingyang ist ein sehr verantwortungsvoller Mitarbeiter. Er hat sich sehr viel Mühe gegeben, den jungen Mann dazu zu bewegen, aber vergeblich.«

DeMontis war nicht überzeugt, wusste aber auch nicht, wie er in dieser heiklen Frage weiterkommen sollte.

»Capitano, sind Sie noch dran?«

»Ja. Ich überlege gerade, ob es sich arrangieren ließe, dass ich mit Zhao Tingyang einmal persönlich sprechen könnte?«

»Warum?«

»Vielleicht kann er mehr über den Zustand des Jungen bei dem Treffen sagen?«

»Zweifeln Sie an dem Selbstmord?«

»Nein, dazu besteht nicht der geringste Anlass.«

»Was ist es dann?«

»Denken Sie, dass ein solches Gespräch nicht von Nutzen sein könnte?«

»Zhao Tingyang hat schon vor Wochen auf Veranlassung der Partei eine Aufforderung zur Rückkehr nach China erhalten. Er ist ein sehr verantwortungsvoller Mitarbeiter. Er wird einen höheren Posten übernehmen.«

»Wann wird das sein?«

»Er ist inzwischen schon nicht mehr auf der Insel.«

DeMontis beendete das Telefonat so höflich, wie es ihm nur möglich war. Er sah sich in seinem Verdacht bestätigt und war sicher, dass der Junge beeinflusst und unter Druck gesetzt worden war. Zugleich wusste er, dass er niemals einen Beweis dafür finden würde. Sie würden den Fall zu den Akten legen müssen. Es war vielleicht nicht die schlechteste Lösung. Aber die Verbindung der staatlichen chinesischen Repräsentanten auf der Insel mit Kriminellen in seinem Bezirk ließ ihn sorgenvoll in die Zukunft blicken.

45

Beckmann wartete auf Xia im Vorgarten eines Cafés in Porto San Paolo, ganz in der Nähe der Kaserne der Carabinieri. Er sah sie, als sie hinter dem Kreisverkehr am Zebrastreifen die Straße zum Hafen überquerte. Er winkte, sie bemerkte ihn nicht. Ein BMW SUV beschleunigte noch im Kreisverkehr, das Aufheulen des Motors ließ Xia herumfahren. Bevor der Wagen sie erfasste, sprang sie hoch, sodass Stoßstange und Kühler sie nicht trafen, schlitterte dann über die Kühlerhaube und knallte auf der Beifahrerseite hart auf die Windschutzscheibe. Durch den Aufprall wurde sie in die Luft geschleudert. Einen Moment lang sah es aus, als schwebe sie über dem Wagen, dann fiel sie auf den Asphalt.

Beckmann sprang auf, sein Stuhl fiel um. Der Wagen bremste kreischend und setzte zurück. Beckmann konnte nicht sehen, ob Xia überrollt wurde. Blech knirschte, Glas zersprang, weil der BMW seitwärts parkende Autos rammte. Eine Alarmanlage begann zu heulen. Dann schoss der Wagen im Vorwärtsgang davon. Beckmann lief auf die Straße – das Handy gezückt, drückte er auf den Auslöser. Der BMW hatte sich schon entfernt, aber das Foto sollte ausreichen, um das Nummernschild zu identifizieren.

Ohne die Aufnahme zu kontrollieren, stürzte er zu der Stelle, wo er Xia vermutete. Sie lag zusammengerollt wie eine Katze zwischen zwei parkenden Wagen, deren Kotflügel zerquetscht und deren Scheinwerfer geborsten waren. Es roch nach verbranntem Gummi, Auspuffgasen und pulverisiertem Lack. Xia hatte ungeheuer gute Reflexe und großes Geschick bewiesen, aber auch das Glück gehabt, sich zwischen die Wagen am Straßenrand rollen zu können.

Das Geheul der Alarmanlage erstarb mit einem Röcheln. Beckmann beugte sich zu Xia hinunter. Sie war ansprechbar, versuchte aufzustehen. Er wollte, dass sie liegen blieb, aber dann erhob sie sich mit seiner Hilfe. Schaulustige begannen sie zu umringen. Jemand in der Menge sagte, Krankenwagen und Carabinieri seien benachrichtigt. Auf deren Eintreffen wollte Beckmann nicht warten.

Wenig später saß der Maresciallo auf dem Rand eines Blumenkübels am Kreisverkehr und dirigierte den Einsatz seiner Männer. Zwei Brigadieri nahmen Augenzeugenberichte von den umstehenden Neugierigen auf, andere dokumentierten die Schäden an den parkenden Wagen, vermaßen die Brems- und Beschleunigungsspuren auf der Fahrbahn und trugen alles in eine grobe Skizze des Schauplatzes ein. Farini fühlte sich trotz der professionellen Arbeit seiner Carabinieri wie ein Kapitän ohne Schiff. Er vermochte kaum zu fassen, was gerade mit seiner Zeugin geschehen war. Hatte etwa einer seiner Brigadieri Meldung nach Olbia gemacht? Wie konnten die Chinesen so schnell von Xias Aufenthalt erfahren haben? Müde ging er zur Kaserne zurück.

Auf dem Flur kam ihm Claudia Cardoso entgegen. Sie war in der Waffenkammer gewesen, trug die Glock am Gürtel. Sie schob die Hüfte vor und schaute den Maresciallo herausfordernd an.

»Irgendwelche Einwände?«

Der Maresciallo registrierte eine ihm bisher nicht aufgefallene Härte in ihren Zügen. Der Anschlag auf Xia hatte sie persönlich getroffen.

»In Ordnung.«

»Ich habe die Audiodatei mit Xias Aussage im System hinterlegt und Ihnen aufs Handy geschickt.«

»Prima, danke.«

Farini war beeindruckt von ihrer Professionalität. Er hatte bewundert, wie Claudia Cardoso Xia dazu gebracht hatte, Vertrauen zu fassen und eine Aussage zu machen. Er dachte an die freizügigen Fotos von dieser Frau, die so gar nicht zu der Person zu passen schienen, die jetzt wieder ihre Glock trug. Er lenkte das Gespräch auf seinen fünfzehnjährigen Sohn, dessen Treiben als Influencer er mit großer Sorge sah. Federico hatte aufgehört, Basketball zu spielen, seit er im Internet Werbung für Billigklamotten machte. Dann rückte der Maresciallo mit seiner eigentlichen Frage heraus.

»Was ist mit diesen Bildern von Ihnen …«

»Die lassen Ihnen keine Ruhe, was?«

»Mich wundert, dass eine so intelligente Frau wie Sie so etwas frei zugänglich ins Netz stellt.«

»Glauben Sie wirklich, ich hätte das selbst getan? Das war jemand, der mir übel, sehr übel mitgespielt hat. Und nach einem anonymen Hinweis hat es dann die Boulevardpresse aufgegriffen.«

»Der Mistkerl.«

»Ich weiß, wer es war. Es war eine Frau.«

Einen Moment lang war Farini sprachlos. »Nun ja, Eifersucht ist eine starke Emotion.«

»Maresciallo, belassen wir es dabei. Ich werde schon bald wieder im normalen Dienst sein, dann sind Sie mich los.«

In diesem Moment klingelte Farinis Handy. Er nahm das Gespräch an, sagte nichts, hörte nur zu.

»Das war Beckmann. Was für ein *casino*. Sie sind im Mater Olbia.«

Er rief in die Wachstube, er würde den Alfa nehmen, und sie gingen hinaus zum Wagen. Der Maresciallo war froh, Claudia Cardoso an seiner Seite zu haben.

46

Beckmann hatte Xia so schnell wie möglich in den Range Rover gesetzt und war mit ihr nach Olbia gefahren. Er hatte Gas gegeben, rasant die Kurven genommen. Sie bat ihn, langsam zu fahren, erbrach sich schwallartig aus dem Beifahrerfenster und lehnte sich dann mit geschlossenen Augen zurück. Vorsichtig erhöhte Beckmann wieder die Geschwindigkeit. Am Eingang zur Notaufnahme setzte ein Pfleger Xia in einen Rollstuhl und schob sie ins Gebäude. Beckmann musste warten, benachrichtigte den Maresciallo und lief dann unruhig einmal um das große Areal mit mehreren Parkplätzen, die wie Inseln in die umgebende Natur eingebettet waren.

Nach einer Weile begab er sich zum Haupteingang. Die elegant wirkende Lobby war ihm von seinem eigenen Aufenthalt in der Klinik vertraut. Er sprach einen der jungen Männer am Counter an, der ihn sogar wiederzuerkennen schien.

»Ah, das Melanom. *Tutto bene?*«

Beckmann wunderte sich über das Gedächtnis des Mannes und machte ihm klar, dass es diesmal nicht um ihn ging. Der Rezeptionist konnte sich bereits die ersten Untersuchungsergebnisse aus der Notaufnahme auf den Schirm seines Terminals holen, wollte ihm aber keine Auskunft geben.

»Ich habe die Patientin eingeliefert«, sagte Beckmann.

Wie durch ein Wunder hatte sich Xia nichts gebrochen. Zwei Rippen waren stark geprellt, das linke Handgelenk war verstaucht und ziemlich angeschwollen. Wahrscheinlich eine Bänderdehnung, dazu Abschürfungen am Handballen. Der Aufprall auf die Scheibe hatte einen starken Bluterguss am Hinterkopf verursacht. Die äußeren Verletzungen waren versorgt, aber noch nicht alle notwendigen Untersuchungen gemacht. Vermutlich hatte sie eine schwere Gehirnerschütterung. Es erschien ratsam, Xia zur Beobachtung wenigstens eine oder zwei Nächte in der Klinik zu behalten. Beckmann erklärte sich bereit, für die Kosten aufzukommen. Als er an die Rezeption zurückkehrte, zog der junge Mann hinter dem Counter seine Kreditkarte durch.

Wenig später traf Farini mit Claudia Cardoso im Krankenhaus ein. Sie erfuhren, dass Xia zwar versucht hatte, die Klinik auf eigene Verantwortung zu verlassen, die Ärzte sie aber bis zum Eintreffen der Carabinieri hingehalten und ihr ein Beruhigungsmittel verabreicht hatten. Zu Claudia Cardoso hatte Xia beim Verhör in der Kaserne Vertrauen gefasst. Die Marescialla bot an, die Nacht über bei ihr Wache zu halten.

Beckmann saß mit Farini im Licht der Deckenstrahler auf einer Bank im Flur der Station. Das matte Ockergelb der Wände und die großformatig gerahmten Aufnahmen von den Naturschönheiten der Insel wirkten beruhigend. Er zeigte dem Freund das Foto vom Tatfahrzeug und überspielte es auf dessen Handy.

Claudia Cardoso kam aus dem Krankenzimmer. »Sie schläft.«

Der Maresciallo wog das Handy mit der Audiodatei und dem Foto in der Hand.

»Es hilft nichts, ich muss zum Rapport.«

Er stand auf, nickte den beiden zu und verließ das Krankenhaus.

Die Marescialla schaute Beckmann forschend an.

»Was verbindet Sie mit der Frau?«

Er spürte eine unterschwellige Aggression in ihrem Tonfall, fühlte sich taxiert und bewertet, hatte keine Lust, sich zu rechtfertigen.

»Sie hat mir das Leben gerettet. Und jetzt habe ich ihres gefährdet, weil ich sie überredet habe, auszusagen. So einfach ist das.«

»Wenn Sie das ›einfach‹ nennen, dann weiß ich nicht, was bei Ihnen kompliziert bedeutet.« Cardoso lächelte besänftigend. »Ich will Sie nicht angreifen. Kennen Sie den Obduktionsbefund der Schwester?«

»Nein, aber die Todesursache war ja ziemlich eindeutig.«

»Sie hatte ungeschützten Geschlechtsverkehr, kurz bevor man sie ermordete.«

»Wurde sie vergewaltigt?«

»Da legt sich der Bericht nicht fest. Ich glaube, dort wird die Bezeichnung ›äußerst heftig‹ benutzt, was durchaus auch einvernehmlich geschehen kann.«

Sie maßen einander mit Blicken. Beckmann war nicht klar, worauf die Marescialla hinauswollte.

»Danke, dass Sie mich darüber informieren.«

»Ich will nur, dass Sie verstehen, diese Sache ist keineswegs einfach, nicht für Xia und auch nicht für mich. Hören Sie sich die Aufnahme ihrer Vernehmung an.«

Claudia Cardoso gab Beckmann ihr Handy. Sie saßen nebeneinander in dem milden, wohldosierten Licht auf der Bank. Es war erstaunlich still. Nach einem Moment drückte Beckmann auf Wiedergabe und nahm das Handy ans Ohr.

Claudia Cardoso stand leise auf und ging wieder in das Zimmer, in dem Xia schlief.

47

Der Maresciallo betrat die zentrale Kaserne am Flugplatz. Einen Moment blieb er in der Kühle der Empfangshalle stehen. Er war unsicher, ob es richtig war, Tenente Mancini zu übergehen, aber er bat den Wachhabenden trotzdem um einen Termin beim Capitano. Die Chinesin war Chefsache.

DeMontis war vom Auftauchen des Maresciallo überrascht. Genauso überrascht wie von den Ereignissen in Porto San Paolo. Und wieder war dieser Deutsche darin verwickelt.

»Sie wissen, dass Ihr eigenmächtiges Handeln eine wichtige Zeugin gefährdet hat? Sie hätten zweifellos und unbedingt Tenente Mancini informieren müssen.«

»Die Zeugin hatte große Angst vor der Polizei und hätte wahrscheinlich nicht ausgesagt.«

»Wahrscheinlich, soso. Wahrscheinlich. Die Sache wird noch ein dienstliches Nachspiel haben, dass wir uns da richtig verstehen. Aber jetzt gilt es erst einmal, die nötigen Maßnahmen zu ergreifen.«

Er ließ den Tenente rufen und gab ihm einen kurzen Abriss der Ereignisse.

»Stellen Sie jemanden ab, der das Zimmer dieser zweiten Chinesin im Mater Olbia bewacht.«

»Die Marescialla Cardoso hat das übernommen«, sagte Farini.

»Gut. Gut als erste Reaktion, aber ab jetzt übernehmen wir das. Und, Tenente, schauen Sie, was Sie über den Wagen herausfinden.«

»Wahrscheinlich gestohlen.«

»So! Wahrscheinlich, wahrscheinlich. Aber vielleicht auch nicht wahrscheinlich? Was ist denn los heute? Lassen Sie mich wissen, wenn es doch nicht wahrscheinlich ist! Oder sich vielleicht etwas ganz anderes herausstellt.«

Der Tenente verließ ohne ein weiteres Wort den Raum.

DeMontis hatte die IT-Abteilung angerufen, und ein Techniker kam herauf. Er schloss das Handy des Maresciallo an das Intranet der Carabinieri an und installierte einen kabellosen externen Lautsprecher.

»Danke, Louis. Stellen Sie ihn rüber.«

Der Capitano kam hinter seinem Schreibtisch hervor und setzte sich mit Farini an den kleinen Konferenztisch.

»Dann wollen wir uns mal in aller Ruhe anhören, was Ihre kleine Chinesin ausgesagt hat.«

Sie ließen die Audiodatei laufen. Eine ganze Weile waren keine relevanten Informationen zu hören, nur ein zunehmend lockereres Gespräch zwischen zwei Frauen. Es wurde spürbar, dass die Marescialla langsam das Vertrauen der Chinesin gewonnen hatte.

»Die Cardoso macht das wirklich gut.«

»Sie ist beim ROS, hat *pentiti* verhört.«

»Was Sie nicht sagen, Farini. Haben Sie etwa gedacht, ich lebe hinterm Mond?«

»Nein, natürlich nicht, Capitano.«

Sie konzentrierten sich wieder auf die Aufnahme.

Claudia Cardoso kam auf die Nummern auf dem Handy zu sprechen. Nach kurzem Zögern erklärte Xia, dass *Jiejie*, die mit dem Zahlensystem der Triaden vertraut gewesen war, daraus einen eigenen Code entwickelt habe für die drei Ansprechpartner in der Bruderschaft, zu denen sie Kontakt hatte. Die Nummer

489 stehe normalerweise für das Oberhaupt einer Triade, den »Drachenkopf« oder *Fu Shan Chu* oder *Chu Kun*. Er sei der Meister oder *First Route Marshal* der Bruderschaft. Diese Zahl habe ihre Schwester für den höchsten Repräsentanten in Olbia verwendet. Die dazugehörige Telefonnummer sei die eines Chinarestaurants. Eine andere Nummer, die 426, stehe für den *Hung Kwan*, den »Roten Pfahl« einer Triade, der die Kampfeinheit der Bruderschaft anführt. Xia bezeichnete ihn auch als »Vollstrecker«. Der *Pak Tze Sin,* der »Weiße Papierfächer«, sei zuständig für die Aufnahme in die Geheimgesellschaft, für die Verwaltung und die innere Organisation. Diese Rolle würde meist von einem älteren, angesehenen Mitglied ausgeübt.

DeMontis hielt die Aufnahme an.

»Wenn ich das alles richtig verstehe, dann sind die Zahlenfolgen üblicherweise Rangbezeichnungen. Die Zahlen auf dem Handy aber kennzeichnen konkrete Personen oder Anlaufstellen hier bei uns in Olbia.«

»Eindeutig, das sehe ich auch so.«

»Wenn wir davon ausgehen, dass der Junge, der Selbstmord begangen hat, unschuldig war, kommt als Täter wahrscheinlich am ehesten dieser Rote Pfahl infrage.«

»Hinter der Nummer, die zu der Zahl gehört, verbirgt sich ein Nagelstudio. Geschäftsführer ist ein gewisser Xu Wang. Sollten wir nicht alle drei Nummern überwachen?«

»Farini, ich muss erst mit dem leitenden Oberstaatsanwalt in Sassari sprechen.«

Der IT-Techniker meldete sich zu Wort: »Die Aufnahme ist noch nicht zu Ende.«

»Aber die Cardoso hat doch laut und deutlich gesagt, ich schalte das Gerät aus, als die Chinesin anfing zu weinen.«

»Ja, aber Sie wissen doch, wie es ist, wenn man wichtige

Erkenntnisse gewinnen will, auch wenn sie nicht unmittelbar gerichtsverwertbar sind.«

»Scheiße, Louis, lassen Sie es weiterlaufen.«

Sie hörten, wie Xia der Marescialla unter Tränen erzählte, dass der Rote Pfahl nicht nur Schutzgeld, sondern immer wieder auch sexuelle Leistungen erpresst habe. Er habe zwar versprochen, ihre Pässe herauszugeben, sie aber Monat um Monat hingehalten. Er habe unbedingt auch mit Xia schlafen wollen, weil sie jünger war, weil er sie für schöner hielt, und sei ständig hinter ihr her gewesen, aber *Jiejie* habe ihn wieder und wieder davon abbringen können. Sie habe ihre kleine Schwester bis zum Schluss verteidigt und ihren Widerstand mit dem Leben bezahlt. Xia war sicher, dass es der Rote Pfahl war, der sie ermordet hatte. Sie begann haltlos zu weinen.

»Louis, schalten Sie das ab«, befahl der Capitano.

»Wir werden die Aussage beim Staatsanwalt nicht benutzen können«, sagte der Techniker.

»Verdammt, das weiß ich. Aber für mich klingt ihre Aussage echt.«

»Wir sollten alles daransetzen, die Telefonüberwachung genehmigt zu bekommen.«

»Die werden da fleißig Chinesisch miteinander reden«, warf Farini ein.

»Wir haben einen Professor in Sassari an der Hand, Maresciallo, lassen Sie uns mal machen.«

Aber der Maresciallo war nicht zu bremsen.

»Wir müssen eine DNA-Probe von diesem Xu Wang bekommen.«

»Ja, das wäre sinnvoll, aber das geht nur im Einklang mit den gesetzlichen Vorschriften. Das Band hier soll eine Ausnahme bleiben.«

Tenente Mancini platzte in die Runde. Der Wagen, mit dem die Chinesin angegriffen worden war, sei vor vier Tagen gestohlen gemeldet worden, wahrscheinlich in Arzachena vom Parkplatz eines Nobelrestaurants entwendet. DeMontis rollte mit den Augen, ging aber nicht auf das erneute »wahrscheinlich« ein.

»Danke, Tenente. Wurde er irgendwo gesichtet, der gestohlene Wagen?«

»Bisher liegen keinerlei Hinweise vor.«

»Wir sollten die Fahndung nach dem Fahrzeug intensivieren.«

»Ich werde noch einmal eine Meldung an alle Dienststellen rausgeben.«

DeMontis erhob sich.

»Es gibt viel zu tun. Wir müssen mehrere Ansätze verfolgen. Und Sie, Maresciallo, schauen, dass an Ihren Stränden alles ruhig bleibt.«

Der Capitano löste die Runde auf, ohne noch einmal eventuelle disziplinarische Maßnahmen gegen Farini zu erwähnen. Der Maresciallo verließ das Büro, bevor DeMontis es sich anders überlegen konnte.

48

Als die Wachablösung für Claudia Cardoso in Form von zwei Brigadieri aus Olbia im Krankenhaus eingetroffen war, gab Beckmann der Marescialla ihr Handy mit einer Geste der Verachtung zurück.

»Sie haben Xia getäuscht, sie hereingelegt. Sie haben genau das ins Rollen gebracht, wovor sie so große Angst hatte. Sie werden ihre Aussage gegen diesen Xu Wang nicht benutzen können.«

»*Dottore* Beckmann, Sie brauchen mich nicht zu belehren. Das weiß ich auch.« Sie führte ihn von dem Brigadiere weg, der es sich mit seinem *telefonino* auf der Bank bequem gemacht hatte. Der andere Beamte war in Xias Zimmer verschwunden.

»Aber wir haben nun einen konkreten Hinweis, den DeMontis nicht ignorieren kann. Wir haben ihm ordentlich auf die Sprünge geholfen.«

»Wir? Sie haben Xia angelogen.«

»Sie haben sie überredet, in die Kaserne zu kommen.«

»Was ich zutiefst bedaure.«

»Sie sind ein Kollege, hat der Maresciallo gesagt. Dann muss Ihnen doch klar sein, der Anschlag auf ihr Leben wurde schon vor der Aussage geplant. Sie wäre auch bei Ihnen im Tal nicht mehr sicher gewesen.«

Beckmann konnte sich dieser Argumentation nicht entziehen. Claudia Cardoso legte eine Hand auf seinen Arm.

»Sie ist jetzt hier erst einmal sicher. Fahren Sie nach Hause.«

Beckmann nickte nachdenklich.

Sie lächelte ihn an. »Können Sie mich nach Porto San Paolo mitnehmen? Ich werde hier nicht mehr gebraucht.«

*

Wenig später saßen sie stumm im Wagen. Beckmann konzentrierte sich angestrengt auf die Küstenstraße, die er doch schon so oft gefahren war. Claudia Cardoso legte die Füße auf das Armaturenbrett.

»Sie sollten sich keine Vorwürfe machen.«

»Wie wird es mit ihr weitergehen?«

»Beim Raggruppamento würden wir Xia zum Verhör in ein Safe House bringen. Anschließend käme sie in ein Zeugenschutzprogramm.«

»Und hier?«

»DeMontis hat dafür nicht die nötigen Ressourcen und die Infrastruktur. Er könnte den Fall an Sassari oder Cagliari abgeben. Aber das würde auch nicht viel ändern.«

»Was wird er also tun?«

»Er behält Xia im Krankenhaus, verhört sie, lässt sie rund um die Uhr bewachen.«

»Der Tenente ...«

»Tenente Mancini ist sehr ehrgeizig und durchaus fleißig, er ist jung, blond und außerordentlich hübsch, aber er ist absolut unfähig, glauben Sie mir. *Stupido da morire.*«

»Na dann. Ich dachte, das sei ein Vorurteil von Männern gegenüber blonden Frauen.«

Claudia Cardoso bemerkte seine Verärgerung. »Das Beste für sie wäre, wenn es ihr gelänge, abzuhauen.« Die Marescialla machte eine Pause und sah ihn an. »Könnten Sie Xia wegbringen?«

Beckmann drehte sich konsterniert zu seiner Beifahrerin.

»Was soll das heißen, ›wegbringen‹?«

»Runter von der Insel. Am besten nach Deutschland.«

Er schüttelte irritiert den Kopf.

»Und dann?«

»Asyl oder wenigstens Duldung. Wenn wir geschickt sind, brauchen wir hier ihre Aussage nicht mehr. DeMontis muss Xu Wang nur dazu bringen, eine DNA-Probe abzugeben. Kann der natürlich ablehnen, aber dann macht er sich erst recht verdächtig.«

»Das ist doch kein Spiel! Sie behandeln den Fall wie ein verdammtes Spiel.«

»Hab ich studiert. Spieltheorie, interessantes Fach.« Sie nahm die Füße vom Armaturenbrett. »Hören Sie, Xia ist traumatisiert. Es wäre vielleicht wirklich das Beste für sie.«

In Porto San Paolo hielt Beckmann schweigend vor der Kaserne. Die Marescialla öffnete die Beifahrertür und wandte sich ihm zu.

»Ich möchte ihr helfen, genau wie Sie. Xia wird noch ein paar Tage im Krankenhaus bleiben, aber bis dahin müssen Sie sich entscheiden.«

Sie stieg aus, ohne seine Antwort abzuwarten, und schlug die Tür zu.

Er fuhr weiter und bog ab auf die Strada Bianca. Der Weg ins Tal erschien ihm holpriger und länger als sonst. Da waren plötzlich tiefe Querrillen, Unterspülungen und Schlaglöcher, wo er vorher keine wahrgenommen hatte. Die Blattfedern des alten Rovers ächzten.

Er war froh, dass Micaela nicht im Haus war, holte sich etwas zu essen aus dem Kühlschrank und setzte sich auf die Terrasse. Was würde der Maresciallo zu dem Vorschlag der Cardoso sagen? Es würde nicht funktionieren, ohne ihn einzuweihen. Die Sache könnte Farini die Stellung kosten, und Beckmann könnte sie vielleicht sogar als Schlepper ins Gefängnis bringen. Doch sie hatten zusammen schon andere Dinge bewältigt. Beckmann war allerdings unschlüssig, ob er Claudia Cardoso trauen konnte.

49

Am nächsten Morgen betrat die Cardoso Farinis Büro. Der Maresciallo bewunderte ihren makellosen Teint. Wie hatte sie es geschafft, in diesen wenigen Tagen auf der Insel eine so schöne, ebenmäßige Bräune zu erwerben? Sie trug ihr rotes Barett, als wollte sie die Kaserne verlassen.

»Außerhalb von Olbia gibt es einen Waldbrand.«

»Seltsam. Die Saison ist eigentlich vorbei, und es geht auch kein Wind«, wunderte sich Farini. »Nun, zum Glück haben sie die Canadair noch nicht vom Flugplatz abgezogen, die haben es nicht weit.«

»Vielleicht ist es kein gewöhnlicher sardischer Waldbrand.«

»Was meinen Sie?«

»Die Vigili del Fuoco melden auch ein verkohltes Auto.«

»Und wo ist das?«

»Nordöstlich von Olbia, Richtung Golfo Aranci.«

»Nun, das ist zwar nicht mein Bezirk, aber ich vermute, Sie meinen, wir sollten uns das einmal näher ansehen?«

»Maresciallo, Ihr Scharfsinn ist unübertroffen.«

Farini griff nach seiner Uniformjacke. Unter den neidischen Blicken seiner Brigadieri verließen sie gemeinsam die Kaserne und stiegen in den Alfa.

Schon auf der Brücke über den Hafen sahen sie das Löschflugzeug, eine zweimotorige, leuchtend gelb und rot gestrichene Canadair, in der Bucht Wasser aufnehmen. Am Rand der Berge Richtung Golfo Aranci stieg eine dunkelgraue Rauchwolke auf. Sie durchquerten das Industriegebiet mit seinen Werkshallen,

Verkaufscentern und Baumärkten. Eine Reihe von Feuerwehrmännern hielt Schaulustige vom Brandherd fern. Der Maresciallo ließ einmal kurz die Sirene aufheulen und verschaffte sich so Zugang zu dem Areal mit einer Ansammlung von Feuerlöschfahrzeugen. Sie stiegen aus. Die Luft war stickig, heiß und stinkend. Männer in voller Montur waren im Einsatz gegen das Feuer. Ein Offizier kam ihnen entgegen, den der Maresciallo als den Brandmeister vom Flugplatz erkannte. Lässig grüßend legte er die Hand an die Mütze. Der Feuerwehrmann war über ihr Auftauchen nicht erfreut.

»Farini, was gibt es?«

»Das ist Marescialla Claudia Cardoso.«

Der Name sagte dem Feuerwehrmann etwas, auch er las die Zeitungen. Seine Miene unter dem Schutzhelm hellte sich auf. Der *Capo reparto* grüßte militärisch.

»*Signora*. Also, was führt euch her?«

»Der Wagen. Es geht um den Mord an der Chinesin.«

»Verstehe. Völlig ausgebrannt, keine Leiche drin.«

In diesem Moment gab es einen ohrenbetäubenden Knall. Eine Feuergarbe stieg grell in den Himmel, stieß Rauch und Funken in die heiße Luft. Die Marescialla ließ sich sofort fallen und rollte elegant über den Boden in Deckung. Die Hand am Halfter, schaute sie zu den beiden Männern, die zwar zusammengezuckt waren und sich vorsichtig hinuntergebeugt hatten, nun aber kerzengerade dastanden und zu ihr blickten.

Farini grinste. »ROS.«

Der Brandmeister schaute ihn fragend an.

»Wir sind Soldaten, mein Freund. Die Marescialla kommt vom Raggruppamento Operativo Speciale.«

Claudia Cardoso stand auf und klopfte sich die Asche von

der Uniform. Ihre Reaktion war ihr nicht im Geringsten peinlich.

»Was war das?«

»Der verdammte Eukalyptus«, erwiderte der Feuerwehrmann. »Ich hasse den Eukalyptus. Ich verfluche tausendfach den Menschen, der den ersten dieser Bäume auf die Insel gebracht hat. Auch der ausgebrannte Wagen stand direkt unter einer Eukalyptusgruppe. Kommen Sie.«

Sie folgten dem Chef der Vigili del Fuoco. Zwischen den verkohlten Resten der Vegetation stapften sie durch schwarzen Schlamm aus Asche und Löschwasser. Es war ein apokalyptischer Anblick, es stank bestialisch. Neben dem kaum noch erkennbaren Pfad stand ein ausgebranntes Fahrzeug. Rohes, verglühtes Blech auf nackten Felgen, das Sicherheitsglas der Scheiben in feine Teile geborsten, der Innenraum eine schwarze Höhle.

Der Maresciallo zeigte auf das Wrack.

»Das ist ein BMW.«

»Das war wohl mal ein BMW, da könnten Sie recht haben.«

Claudia Cardoso näherte sich dem Wagen.

»Ist noch heiß. Passen Sie auf.«

Sie umrundete das Fahrzeug, begutachtete die geborstene Fronthaube, beugte sich zu einer der vorderen Radkammern hinunter und entdeckte eine Stelle, an der noch letzte Lackreste erkennbar waren.

»Er war blau.«

»Suchen Sie einen blauen Wagen? Dann ist es wohl der hier. Aber er wird Ihnen nichts mehr erzählen können. Ist nicht zufällig verbrannt, sondern der Brandherd. Tankdeckel auf, Putzlappen rein, einen Kanister über die Karosserie und dann nichts wie weg. Diese Schweine. Das ist in dieser Gegend saugefährlich. Ganz in der Nähe wohnen Leute.«

Der Feuerwehrchef stapfte davon.

Hinter dem Wrack ragten mannshoch zwei verkohlte Baumstümpfe auf, schwarz, die Enden zerfasert und zersplittert. Die Cardoso deutete fragend auf die Stümpfe, und Farini nickte. »Eukalyptus. Wenn das Feuer heiß genug ist, gehen sie hoch wie eine Bombe. Das Harz bildet explosive Gase.«

»Was denken Sie?«

»Worüber?«

»Über den Ort. Wussten die um die Wirkung? Haben sie den Ort bewusst gewählt und den Eukalyptus als Brandbeschleuniger benutzt?«

»Also, ich vermute, eher nicht, sie waren sicher in Eile.«

»Die Chinesen kennen die Gegend hier gut, sie haben auf dem Areal da hinten ihre Hallen und Niederlassungen.«

Farini zuckte die Achseln.

»Der Brandmeister hat recht, der Wagen hier kann nichts mehr erzählen. Die wollten auf jeden Fall sichergehen, dass er völlig ausbrennt.«

Die Worte gingen fast im Dröhnen der Motoren des niedrig über sie hinwegfliegenden Löschflugzeugs unter. Restwasser aus dem Rumpf tropfte zu Boden. Sie gingen zurück zur Straße und stiegen mit Wasserflecken auf ihren Uniformen in den Alfa. Ein großer Tropfen rann aus Cardosos Haaransatz, lief langsam über ihre Stirn die Wange hinunter. Sie leckte ihn mit der Zunge auf.

»Salzig.«

»Natürlich, sie holen das Wasser aus der Bucht.«

Sie beugte sich zu ihm hinüber. Ihre Augen strahlten. Und wieder legte sie sanft ihre warme Hand auf seinen Oberschenkel, aber Farini ging nicht darauf ein. Ihm schoss durch den Kopf, dass Tenente Mancini und vor allem Capitano DeMontis nicht erfreut sein würden, von ihm zu hören, dass er außerhalb seines Bezirks tätig geworden war – noch dazu in einem Fall, den der Tenente bearbeitete. Ruhig schnippte er mit zwei Fingern eine Ascheflocke von den Sternen auf Claudia Cardosos Schulterstück.

»Berichtest du dem Tenente von unseren ›Ermittlungen‹?«

Sie brauchte einen Moment, um zu begreifen, dass mit dem vertraulichen »Du« nichts weiter einhergehen würde.

»Soll ich?«

»Nun, ich denke, es wäre besser, er erfährt es von dir. Auch wenn die Spurensicherung keine Chance haben wird.«

Farini griff zum Zündschlüssel und startete.

Claudia Cardoso lehnte sich in ihren Sitz zurück.

»Maresciallo Farini, du bist ein Feigling.«

Farini lachte.

Sie fuhren zurück durch das Gewirr der Versorgungsstraßen des Industriegebiets, vorbei an den Betongerippen unvollendeter Lagerhallen und Haufen entsorgter Lastwagenreifen auf von Unkraut überwucherten Brachen. Sie passierten die Halle des Dong-Huang-Möbelcenters, ehe sie über den großen Kreisel auf die Zufahrtsstraße nach Olbia gelangten. Die Cardoso legte die Füße auf das Armaturenbrett.

»Nicht im Alfa.«

Sie zog die langen Beine zurück.

»Hast du mit Beckmann gesprochen?«

»Habe ich. Gestern Abend.«

»Und, wie hat er sich entschieden?«

»Wir haben Backgammon gespielt.«

»Ich bin sicher, du hast gewonnen.«

»Er wird besser, er lernt mit der Zeit.«

50

Beckmann hatte die Kofferraumabdeckung des Rovers aus der Abstellkammer hervorgeholt, vom Staub der Jahre gesäubert und wieder eingesetzt, sodass man durch Heck- und Seitenfenster den hinteren Bereich des Wagens nicht einsehen konnte. Xia fand auf der geräumigen Ladefläche leicht Platz.

Er passierte die lange, von Palmen gesäumte Zufahrtsstraße zum Fährhafen. Die Sonne war im Westen schon vor einer Weile hinter dem Monte Limbara versunken. Das Rot des Abendhimmels verblasste langsam, und die Dämmerung senkte sich über die Bucht von Olbia. Durch die unüberschaubare Menge von abgestellten Containern und geparkten Achsladern wirkte der Hafen wie ein riesiger Blechfriedhof. Auf dem Gelände vor den Fähranlegern sprang die Straßenbeleuchtung an. Die Dächer der wartenden Personenwagen glänzten im Licht der Bogenlampen. Wie gigantische Hochhäuser überragten die grellbunten Aufbauten zweier Fähren der Moby Lines die Stazione Marittima.

Die Mole war mit einem soliden Stahlzaun abgetrennt. Am Pförtnerhäuschen saßen zwei Beamte der Guardia di Finanza und kontrollierten lässig Beckmanns Ticket und Personalausweis. Er reihte sich in die auf die Einschiffung wartenden Pkw ein. Ein Fahrzeug der Carabinieri parkte etwas abseits. Die Beamten beobachteten gleichgültig die Vorgänge auf dem Kai. Angestellte der Schifffahrtslinie in weißen Uniformen kamen ans Fahrerfenster, kontrollierten noch einmal Ticket und Ausweis und klebten einen nummerierten Zettel auf die Windschutzscheibe des Rovers. Beckmann schloss das Seitenfenster und erklärte Xia, die ruhig und scheinbar gefasst im Kofferraum lag, das Prozedere. Die Carabinieri erwähnte er nicht.

Die Mole neben den haushoch aufragenden Bordwänden füllte sich zügig. Die Wartezeit dehnte sich. Die Dieselmotoren der Fähren bliesen Rauch in den fahlen Abendhimmel und ließen den Kai leicht zittern, als sei er nicht auf festem Grund gebaut. Autos standen inzwischen in sechs oder sieben Reihen nebeneinander.

Beckmann dachte daran, dass er zuletzt vor vier Jahren mit dem Range Rover nach Deutschland gefahren war. Der Wagen hatte ein deutsches Nummernschild und seit mindestens zwei Jahren keinen TÜV. Solange er mit dem Fahrzeug nur auf der Insel unterwegs war, hatte er dem keine besondere Aufmerksamkeit beigemessen, da es in Italien keine Pflicht zur technischen Überprüfung gab. Nun hoffte er inständig, dass dieser Umstand ihm auf der Reise keine Probleme bereiten und sein alter Wagen die doch erhebliche Entfernung nach Berlin sicher zurücklegen würde.

Endlich begann das Boarding. Die große Heckklappe der Moby-Lines-Fähre war heruntergeklappt, das Autodeck dahinter gähnte wie das dunkle Loch einer Höhle. Reihe um Reihe verschluckte das Schiff die auf der Mole wartenden Wagen. Beckmann fuhr auf die Heckklappe, und die stählernen Querrillen rüttelten den Rover durch. Er gab Xia das verabredete Signal. Sie kletterte aus dem Kofferraum und über die Sitzbank auf den Beifahrersitz, streckte ihre steifen Glieder. Im Schiffsrumpf ging es eine weitere Rampe hinauf, dann wurde es eng, sehr eng. Das an Seilen hängende Zwischendeck war schon voller Pkw. Beckmann fuhr langsam darunter. Die eiserne Decke senkte sich, der Zwischenraum war plötzlich nur noch knapp mannshoch. Kabel und Versorgungsleitungen verliefen direkt über ihnen.

Er folgte den Anweisungen der Matrosen, fuhr tiefer hinein in den Bauch des Schiffes und bemerkte, dass Xia unruhig wurde. Sie gähnte krampfartig. Beide Hände krallten sich um ihre Oberschenkel, ihr Atem ging stoßweise. Sie wurde blass, Schweiß trat auf ihre Stirn.

Beckmann versuchte sie zu beruhigen und legte die Hand auf ihre Schulter.

»Alles okay? Hier wird nicht mehr kontrolliert.«

Sie antwortete nicht. Er bemerkte die Verkrampfung ihrer Muskeln, als Xia zu hyperventilieren begann. Ihre Lippen verzerrten sich, die Hände auf den Oberschenkeln waren zu pfotenartigen Krallen geworden. Panisch atmete sie mit weit offenem Mund. Sie zitterte und wiegte sich im Rhythmus ihres Atems im Sitz hin und her. Ihre Panik breitete sich wie Nebel im Wagen aus. Beckmann schaute sich um, ob jemand sie beobachtete, und versuchte, Xia in den Arm zu nehmen.

»Durch die Nase atmen, ganz ruhig durch die Nase.« Er suchte auf der Rückbank nach einer Plastiktüte, hielt sie ihr hin. »Fest andrücken und langsam atmen, schön langsam. Ganz ruhig. Es ist alles in Ordnung. Okay?«

Xia hielt die Tüte fest vor Mund und Nase und bemühte sich, ruhig zu atmen. Beckmann musterte weiter die Umgebung, doch alle waren mit sich selbst beschäftigt, versorgten ihr Gepäck oder kümmerten sich um ihre Kinder. Niemand beachtete sie.

Allmählich beruhigte sich Xias Atem. Stockend schilderte sie ihm die klaustrophobische Erfahrung ihrer Überfahrt im Schiffscontainer nach Europa. Mit vierzehn weiteren Flüchtlingen war sie lange Zeit eingesperrt gewesen. Es gab nur eine chemische Toilette, die allerdings bald überlief. Das Trinkwasser reichte nicht immer.

»Am Anfang alle reden, viel reden. Reden, reden. Dann immer still. Du willst schauen, sehen, aber nur dunkel. Eng. Kein Tag, kein Nacht. Kein Licht, kein Schlaf, nur dunkel, nur Atem, Atem von anderen. Die Welt weg. Du kannst nicht sehen. Die Welt weg. Die Zeit tot, du tot.«

»Wie lange wart ihr unterwegs?«

»Weiß nicht. Fast eine Monat.«

»Und ihr wart die ganze Zeit im Container?«

»Paarmal an Deck, Luft, Wasser, etwas essen, Container waschen mit Schlauch, alles nass. Aber dann, das Dunkel. Immer dunkel. Große Schwester hat mich gehalten.«

Xia wischte ihre Tränen weg. Sie erzählte, wie *Jiejie* sie getröstet hatte, sie beschützt hatte vor der Zudringlichkeit der anderen. Er konnte sich die Höllenqualen vorstellen, die die beiden erlitten hatten.

Das Parkdeck hatte sich inzwischen gefüllt. Die letzten Passagiere drängten sich durch die Lücken zwischen den eng stehenden Wagen. Ihm war klar, wenn sie nicht auffallen wollten, konnten sie nicht länger hier unten bleiben.

»Alles okay? Können wir?«

Xia nickte.

Sein Handy klingelte. Es war der Maresciallo. Beckmann vermochte seine Beunruhigung nur schwer zu verbergen.

»Scheiße! Verdammte Scheiße, diese Idioten!«

Die Carabinieri in Olbia hatten es vermasselt. Sie hatten Xu Wang zur Speichelprobe geholt, aber der Rote Pfahl konnte fliehen. Flughäfen würden überwacht, aber es sei nicht ausgeschlossen, dass der Chinese noch auf eine der abendlichen Fähren gelangt war, warnte ihn der Maresciallo.

Beckmann fragte, ob sich Tenente Mancini mit der Umsetzung des Haftbefehls vielleicht bewusst Zeit gelassen habe. Oder mit der Beantragung des Papiers beim Staatsanwalt bewusst gezögert habe. Farini wollte weder das eine noch das andere zweifelsfrei ausschließen, konnte es aber auch nicht bestätigen. Er habe nur einen untergeordneten Rang, betonte er, und nur an der Herausgabe einer inselweiten Fahndung gemerkt, dass etwas schiefgelaufen sein musste. Und er habe sich sofort bei ihm gemeldet.

Beckmann entschuldigte sich und dankte dem Maresciallo. Xia schaute ihn fragend an.

»Was ist passiert?«

»Alles in Ordnung.« Er wollte sie nicht beunruhigen, nachdem sie sich gerade erst wieder gefangen hatte. »Wir gehen jetzt nach oben. Ich hole die Karte für unsere Kabine an der Infodesk. Es wird wahrscheinlich etwas dauern, meist gibt es da eine Schlange. Du bleibst draußen an der Reling, schaust zu, wie wir ablegen. Dann gehen wir zusammen in die Kabine.«

Beckmann hörte, wie der mächtige Diesel der Fähre hochfuhr. Das Zittern und Dröhnen des Decks nahm zu.

»Es geht los. Bist du bereit?«

Xia nickte, beugte sich nach hinten, nahm ihren Rucksack von der Rückbank des Rovers und öffnete die Beifahrertür.

Sie stiegen hintereinander die Treppe des engen Niedergangs hoch. Xia stellte sich am Heck an die Reling und schaute hinunter zum Kai, als stünde dort *Jiejie*, die große Schwester, um sie zu verabschieden. *Jiejie*, die sie alles gelehrt, die ihr immer geholfen hatte, die für sie gekämpft hatte und die auf dieser fremden Insel für sie gestorben war. Sie winkte hinunter zum Kai. Auf die Minute pünktlich legte die Fähre ab.

51

Beckmann hatte eine Vierbettkabine gebucht. Die beiden oberen Stockbetten waren hochgeklappt. Es war trotzdem eng. Sie versuchten, Körperkontakt zu vermeiden.

»Schwitzen.«

Er zeigte auf die Tür zu der kleinen Dusche. Xia entkleidete sich mit dem Rücken zu ihm. Bevor sie über die hohe Stufe in die Duschkabine stieg, drehte sie sich bewusst um. Ihre Scham war nicht rasiert. Im kalten Oberlicht der Kabine glänzte das Dreieck blauschwarz. Ihre kleinen Brüste schimmerten. Sie schaute ihn fragend an. Beckmann nickte anerkennend. Er betrachtete Xia ruhig, wollte sie nicht kränken. Dann deutete er auf die Dusche. Sie stieg in die Kabine, die Plastiktür knallte zu.

Ihm war klar, er musste sein Begehren zügeln, wenn er Xia helfen wollte. Sie hatte ihn nicht nur vor dem Krebs bewahrt, sondern ihn auch von einer anderen Last befreit. Ohne die Begegnung mit ihr hätte es auch die Beziehung zu Lioni nicht gegeben. Vielleicht hatte Xia eben testen wollen, ob er sie, wenn sie nach Berlin kamen, ausnutzen und Kompensation für seine Hilfe verlangen würde. Er hoffte, dass sie ihm inzwischen grundlegend vertraute.

Er hatte ihr eingeschärft, die Kabine nicht zu verlassen; der Gedanke, Xu Wang könnte an Bord gelangt sein, ließ ihm keine Ruhe. Er rief ihr unter der Dusche zu, er werde etwas zu essen besorgen und wiederkommen. Sie solle unbedingt in der Kabine bleiben.

Die Gesichter der Passagiere scannend, bewegte Beckmann sich durch die Gänge auf den verschiedenen Decks. Verwirrend weitläufig war das Labyrinth der schmalen Flure. Die Schlange vor der Infodesk hatte sich aufgelöst, nur noch einzelne Nachzügler fragten nach Kabinen oder baten um Auskünfte. Aus einem der Aufenthaltsräume drang schon das Geklingel der Spielautomaten. Beckmann konnte nichts Verdächtiges entdecken, war sich aber im Klaren, dass er angesichts der Vielzahl der Gänge und Decks des Schiffes kaum einen Überblick bekommen würde. Die Restaurants waren noch geschlossen, Tische wurden eingedeckt und Büfetts von den Stewards bestückt. Im vorderen Schiffsbereich war der große Saal mit seinen halbkreisförmig um Bühne und Tanzfläche angeordneten Sitzecken noch leer. Die Musikgruppe baute gelangweilt ihre Anlage auf und stand, um lässige Haltung bemüht, herum.

Vor der Bar ging der Rollladen hoch, und es gab zollfreie Getränke. Beckmann war nur an einem Crodino interessiert. Im Stehen trank er seinen Aperitif aus aromatischen Kräutern. Der Keyboarder der Musikgruppe kam zum Tresen und holte ein paar Mineralwasserflaschen. Langsam strömten Gäste in den Saal, schauten sich um, gingen wieder oder ließen sich in den Sitzgruppen nieder. Es dauerte meist einen Moment, bis sie begriffen, dass sie ihre Getränke an der Bar selbst holen mussten. Beckmann machte sich auf, um in einem der Speisesäle etwas zu essen zu besorgen.

Als er im Selbstbedienungsrestaurant darum bat, dass man ihm etwas einpacken möge, wurde ihm erklärt, dass es nicht gestattet sei, in den Kabinen zu essen. Er verzehrte seine Portion an einem der Plastiktische und holte vom Tresen einen Stapel Papierservietten, in die er etwas für Xia einschlug. Die ganze Zeit über behielt er seine Umgebung, den sich mit Familien und Paaren füllenden Raum im Blick, entdeckte aber keinen einzigen Chinesen.

52

Sie langweilte sich schon, sobald sie ihr Haar getrocknet hatte. Kaum passierte die Fähre den engen Sund von Olbia mit seinen Muschelfarmen und stieß an Golfo Aranci und der Isola di Figarolo vorbei ins offene Meer, hatte Xia in einem der gerade eröffneten Geschäfte auf dem Hauptdeck Nagellack und andere Schminkutensilien sowie eine Flasche Champagner gekauft. Beckmann hatte ihr vor Beginn der Reise ein bisschen Geld gegeben. Auf dem Rückweg verirrte sie sich heillos im Gewirr der Gänge. Ohne Angst sprach sie lächelnd einen der Stewards an.

»Zweizweidrei?«

Sie hatte sich einen jungen, naiv wirkenden Typ ausgesucht, der sie tatsächlich bis zu ihrer Kabinentür begleitete. Sie winkte auf Wiedersehen und schenkte ihm noch ein strahlendes Lächeln.

Xia setzte sich auf das Bett und machte ihre Fingernägel. Ihre Hände waren ihre Instrumente, sie pflegte sie aufwendig. Als Masseurin hatte sie ihre Nägel stets kurz und spatenförmig geschnitten. Auch der großen Schwester hatte sie immer die Fingernägel gemacht. Jetzt feilte sie sie sorgfältig in eine eher elliptische, elegante Form, schob die Nagelhaut zurück und lackierte sie seit sehr langer Zeit zum ersten Mal wieder rot. Dabei trank sie Champagner aus der Flasche. Sie fühlte sich entspannt.

Als es an der Tür klopfte, öffnete sie arglos, weil sie dachte, Beckmann sei mit dem Essen zurück. Mit schrillem Aufschrei wich sie vor dem Chinesen zurück.

Xu Wang drängte in die Kabine. Die hohe Schwelle brachte ihn kurz aus dem Gleichgewicht. Er trat zurück, um die Tür zu schließen, und griff nach Xias Hals. Xia hatte die Feile noch in der Hand und stieß sie ihm beherzt ins linke Ohr. Sie traf präzise den Gehörgang. Überrascht schrie er auf, stürzte in dem engen Raum aber weiter auf sie zu. Xia beugte sich nach unten und entwand sich seinem Griff. Es gelang ihr, ihm auszuweichen und nach der Sektflasche auf dem kleinen Klapptisch vor dem Bullauge zu greifen. Sie stand jetzt hinter ihm und schlug mit aller Kraft zu, bevor der Chinese sie wieder packen konnte. Mit einem leisen Wimmern ging er zwischen den beiden Kojen zu Boden. Ein weiterer Schlag mit der schweren Flasche trieb ihm die Feile tiefer ins Ohr, in sein Gehirn, bis auch der perlmuttfarben schimmernde Plastikgriff vollkommen darin verschwand. Sein Körper bäumte sich am Boden auf, zuckte und zappelte wie bei einem epileptischen Anfall. Xia schlug noch einmal mit der Flasche zu, und Xu Wangs Körper erschlaffte.

Sie sank auf eine der Kojen und stellte beide Füße auf den Brustkorb des Toten, als wollte sie verhindern, dass er sich noch einmal gegen sie erhob. Champagner war aus der Flasche gespritzt. Xia trank einen letzten Schluck, dann ließ sie sie fallen. Sie kämpfte dagegen an, aber am Ende kamen ihr doch die Tränen. Wimmernd kauerte sie sich zusammen.

Der Tote starrte sie an. Er blutete aus der Nase. Auch die offen stehenden Augen füllten sich mit Blut. Xia beugte sich hinunter und schloss seine Lider. Mit einem Papiertaschentuch wischte sie immer wieder das Blut von ihren Fingerspitzen.

53

Als Beckmann zurück in die Kabine kam, saßen weiße Schmetterlinge auf Xias Füßen. Acht Zehennägel glänzten rot lackiert zwischen Papiertaschentüchern. Er sah von dem Toten zu der auf dem Bett hockenden Frau und erschrak über ihre scheinbare Kaltblütigkeit.

»Wer ist das?«

»Roter Pfahl.«

»Ist er tot?«

Sie nickte.

Er untersuchte den Mann. Im vom Schlag mit der Champagnerflasche zerquetschten Ohr entdeckte er den Stummel einer Feile. Noch immer rann Blut aus dem Gehörgang und bildete eine an den Rändern langsam verkrustende Spur an T-Shirt und Hemdkragen.

Beckmann richtete sich auf. »Wir müssen ihn loswerden. Am besten warten wir, bis wir auf hoher See sind und die Leute schlafen.«

Xia hatte die letzten zwei Nägel lackiert, zupfte die weißen Schmetterlinge zwischen ihren Zehen heraus, stieg in die Duschkabine und kam mit einem feuchten Handtuch zurück. Sorgfältig reinigte sie das Gesicht des Toten von Blut.

Beckmann sah ihr zu. Er hatte das Gefühl, sie ging ohne Zögern, aber respektvoll mit dem Leichnam um. Nachdem sie seine Haut gereinigt hatte, öffnete Xia ihren Rucksack und holte einen Schal und eine Baseballcap mit einem goldenen Drachen hervor. Beckmann kam ihr zu Hilfe und hob den Kopf des Toten an, der sich seltsam schwer anfühlte. Xia schlang Roter Pfahl das Tuch um den Hals, setzte ihm die Kappe auf und betrachtete ihr Werk.

Beckmann nickte zustimmend.

»So könnte es gehen.«

Schweigend saßen sie nebeneinander. Wie tote Kohlweißlinge lagen die Papiertücher auf dem Boden. Xia sammelte sie ein, setzte sich stumm wieder neben Beckmann und griff nach seiner Hand. Er schaute sie an.

»Wir müssen warten. Es ist noch zu früh.«

Sie nickte.

Beckmann hielt ihre Hand, lehnte sich zurück und schloss die Augen. Konnten sie den Leichnam einfach auf hoher See verschwinden lassen? Xia hatte aus Notwehr gehandelt. Aber was bedeutete das für ihn? Würde er den Behörden alles erklären können, wenn man sie überraschte? Was würde dann aus Xia werden?

Lange nach Mitternacht legten sie sich die schlaffen Arme des Toten über die Schultern, stützten ihn, so gut es ging, und zwängten sich durch die enge Tür. Der lange Flur lag still im Neonlicht. Die Füße der Leiche schabten über den Teppichboden.

»Wenn jemand kommt, rede Chinesisch mit Xu Wang. Wir tun so, als sei er betrunken. Ich versuche ihn dann allein zu halten. Okay?«

Aber der Flur war leer, sie begegneten niemandem und schafften es hinaus bis an die Reling. Feuchte Luft und heftiger Wind schlugen ihnen entgegen. Die Stahlplatten des Decks waren nass von Tau, und sie mussten aufpassen, dass sie nicht ausrutschten. Tief unter ihnen schlugen rhythmisch die Wogen an den Rumpf der Fähre. Gischt glänzte im fahlen Mondlicht. Die Nacht hielt den Horizont verschluckt.

Sie hatten den Leichnam gerade auf das Gestänge gelehnt, als am anderen Ende des Außenganges ein Mann auftauchte und rauchend auf sie zugeschlendert kam. Xia begann auf Chinesisch zu schimpfen und hielt dem Toten den Kopf, als wollte sie ihn beim Erbrechen stützen. Der Mann näherte sich mit misstrauischem Blick. Als er sie passiert hatte, wischte er das Sprühwasser von einer der Bänke, setzte sich und zündete sich an der Kippe eine neue Zigarette an. Mit einer routinierten Geste schnippte er die Kippe über die Reling. Der Wind erfasste sie und wirbelte die Glut die zehn Meter hinunter in die Gischt des dunkel wogenden Wassers. Beckmann war sicher, der Mann würde sie weiter beobachten. Sie mussten hier weg.

»Gut gemacht, Alter. *Well done, chap. Well done. Very good*«, sagte er und klopfte dem Toten aufmunternd auf den Rücken. Er legte sich dessen Arm wieder über die Schulter, packte ihn mit der Rechten und umfasste mit der Linken seine Hüfte. An der hohen Schwelle hatte er Probleme, aber er bugsierte den Leichnam wieder in den Gang und zog die schwere Tür zu. Sie wechselten von Backbord nach Steuerbord, dort war das Deck menschenleer.

Sie hatten es jetzt eilig, sahen sich eingehend nach potenziellen Zeugen um. Doch sie waren allein, und auch von der Brücke konnten sie nicht gesehen werden. Beckmann schob den Toten über die Brüstung. Er wollte ihn gerade anheben, da griff Xia blitzschnell nach der Baseballkappe. Sie drehte sie in der Hand, vergewisserte sich, dass kein Blut am Schweißband war, und setzte sie auf. Beckmann stieß den Toten über die Reling, und der Körper fiel ins Nichts der Nacht. Sein Aufschlag im Wasser ging im gleichmäßigen Rauschen der Wellen unter. Kraftvoll zerteilte die Fähre das Wasser des Tyrrhenischen Meeres.

Sie lagen in den Kojen unter ihren dünnen Laken und taten, als würden sie schlafen. Jetzt, nachdem sie den Leichnam schon mehrere Seemeilen hinter sich gelassen hatten, nachdem Xia den Fußboden mit der Einmalzahnbürste aus der Nasszelle erfolgreich gesäubert hatte, hätte die Anspannung vorbei sein können. Doch ihrer beider Erregung ließ nur langsam nach. Ihre Gedanken kreisten. Gleichzeitig drehten sie sich auf ihren Pritschen auf die andere Seite. Xia murmelte leise vor sich hin.

»Was ist?«

»Haifische in Meer?«

»Delfine und Wale. Nur kleine Haie. Warum fragst du?«

»Was ist mit Toten im Wasser?«

»Die Luft entweicht aus den Lungen, und dann sinken sie langsam zu Boden.«

Stille. Nur das leise Dröhnen der Schiffsdiesel war zu hören.

»Dort verwesen sie. Kleine Krebse und Krabben beginnen sie aufzufressen.«

»Haifische nein?«

»Ich glaube, Haie sind keine Aasfresser, aber ich bin nicht sicher.«

»Sie unten bleiben?«

Beckmann wusste, durch Verwesung entstanden Leichengase im Körper. Hatten sie keine Möglichkeit zu entweichen, sorgten sie für Auftrieb und konnten den Toten wieder an die Oberfläche tragen. Er zögerte.

»Keine Angst. Er wird unten bleiben.«

»Dieses Meer großer Friedhof.«

»Warum sagst du das?«

»Viele Strandmenschen Freunde, Familie dort unten.«

Dann lagen sie wieder im fahlen Dämmer der Notbeleuchtung und lauschten auf den Atem des jeweils anderen.

Beckmann hatte die Risiken seines Vorhabens, Xia nach Deutschland zu bringen, unterschätzt und fragte sich, was ihm noch bevorstand. Beim Verlassen der Fähre gab es normalerweise keine Kontrolle, wenn er sich richtig an frühere Fahrten erinnerte. Der Maresciallo hatte vermutet, dass Xu Wang versuchen würde, auf eine Fähre zu gelangen, um seiner Festnahme zu entkommen, und Beckmann deshalb gewarnt. Hatte er auch dem Tenente von seinem Verdacht berichtet? Hatten die Carabinieri in Olbia ihre Kollegen in Genua zu einer besonderen Überprüfung aufgefordert? Konnte überhaupt irgendjemand auf die Idee kommen, der Vollstrecker der Triaden sei auf diesem Schiff, und deshalb eine besondere Überprüfung der Passagiere anordnen? Würde er mit Xia unbehelligt von Bord kommen?

Sobald die Fähre im Hafen anlegte, würden sich die Passagiere an den Niedergängen zu den Autodecks stauen. In dem Gewimmel und Gedränge könnten sie sicher den Rover erreichen. Xia dann einfach auf dem Beifahrersitz Platz nehmen zu lassen, schien Beckmann ausgeschlossen. Er war zwischen Berlin und Genua noch nie kontrolliert worden; alle Grenzen, die sie überqueren mussten, waren Teil des Schengenraums. Das Verlassen der Fähre war das gefährliche Nadelöhr.

Das Grübeln würde ihn nicht weiterbringen. Es gab nichts zu bereuen.

54

Beide Seitenfenster waren heruntergekurbelt, als der Rover von der Laderampe rollte. Eine Brise aromatischer Hafenluft schlug ihnen entgegen – der Wind trug den Geruch von Fisch, Tang und Meersalz, aber auch von Dieselabgasen, Öl und Benzin. Beckmann mochte diesen speziellen Duft und blinzelte in die gerade aufgegangene Sonne. Rot neigte sich Genua im Morgenlicht dem Meer zu. Lag über dem Hafen noch ein leichter Dunstschleier, leuchteten die Dächer der Stadt, hoch aufsteigend an den Berg geschmiegt, in den ersten Sonnenstrahlen. Die Matrosen der Fähre winkten die Autos vom Schiff. Schneller, schneller. Von einer Kontrolle war bisher nichts zu sehen. Er fuhr zwischen den Spurmarkierungen langsam über die Mole auf das riesige Hafengelände.

An einem der benachbarten Kais begann gerade das Einschiffen auf die gelbe Tagesfähre der Tirrenia Lines; der Warteplatz war mit rot-weiß gestreiften Ölfässern von Beckmanns Fahrspur abgetrennt. Er fragte sich, ob sie mit Sand gefüllt waren. Hinter ihm in der Schlange betätigte ein Audi mit österreichischem Kennzeichen die Lichthupe, weil er sehr langsam fuhr. Weit voraus entdeckte Beckmann einen Mannschaftswagen der Carabinieri, die anscheinend doch eine Kontrollstelle aufgebaut hatten. Ohne zu zögern fuhr Beckmann an eins der Fässer heran. Laut knirschte Blech auf Blech, als er das Fass mit dem Rover beiseiteschob und auf die Gegenfahrbahn zur Einschiffung einbog. Der Österreicher hinter ihm zeigte ihm einen Vogel, während er an ihm vorbeischoss.

Beckmann hoffte, dass der Mann sich nicht an sein heikles

Manöver erinnern würde, wenn er an die Sperre der Carabinieri geriet. Aber er beruhigte sich – der Fahrer hatte es wahrscheinlich viel zu eilig, um der Polizei irgendwelche Angaben zu machen.

Sie steckten jetzt zwischen wartenden Autos, die auf die Fähre wollten, schlängelten sich durch, suchten sich entlang bunter Wegweiser einen Pfad zu den Anlegern der verschiedenen Schifffahrtslinien. Beckmann geriet auf einen Zubringer der noblen Grimaldi Lines, an den er sich erinnerte, und schaffte es schließlich ohne Kontrolle hinaus aus dem weitläufigen Hafenbereich. Kaum war er jedoch im Straßennetz der Stadt, verlor er die Orientierung. Er konnte die Auffahrt zur A7 nach Mailand, die er schon mehrmals benutzt hatte, nicht finden. Überall gab es Sperrungen wegen Bauarbeiten und Umleitungen. Ständig stand er im Stau. Die Italiener fuhren aggressiv, drängelten, näherten sich bis auf Tuchfühlung.

Beckmann wurde zunehmend nervös. Es war einige Zeit her, dass er mit dem Wagen auf die Insel gereist war. Das große Polcevera-Viadukt, eine der zentralen Zufahrten zum Hafen, gab es mittlerweile nicht mehr. Bei dem Einsturz der nach ihrem Erbauer auch Ponte Morandi genannten Brücke waren über vierzig Menschen getötet worden. Ein zweihundertfünfzig Meter langes Teilstück der Fahrbahn war eingebrochen, Autos oder Lastwagen einfach in die Tiefe gestürzt. Beckmann hatte die komplizierten juristischen Bemühungen um die Verurteilung der für die Tragödie Verantwortlichen am Rande verfolgt. Die Schuldigen waren immer noch nicht gefunden. Sobald er sich an dieses Ereignis erinnerte und den Grund für das unglaubliche Verkehrschaos begriff, gelang es ihm, sich zu beruhigen. Er rief nach hinten, und Xia stieß die Rückbank auf, kroch aus dem Kofferraum und klappte die Bank wieder zurück.

Auf Nebenstraßen versuchte er sich Richtung Norden vorzuarbeiten und orientierte sich dabei immer am Flussbett des Polcevera, doch in den verwinkelten Straßenzügen und Einbahnstraßen gelangte er mehrmals in Sackgassen. Es dauerte beinahe eine Stunde, bis sie endlich die Auffahrt zur Mautstelle erreichten. Auf der großen Freifläche neben den Kontrollhäuschen stand ein Streifenwagen der Polizia Municipale. Die Polizisten lehnten am Wagen und rauchten. Xia zuckte zusammen, duckte sich, wollte sich wieder verstecken. Beckmann legte ihr beruhigend die Hand aufs Knie. Er hielt an der Mautstelle, zog ein Ticket aus der Maschine, die Schranke öffnete sich, und er rollte endlich auf die vierspurige Autostrada.

Sie fuhren durch eine lange Reihe dunkler Tunnel, stießen vor durch die Berge des Apennin. Dann waren sie plötzlich auf der anderen Seite des Gebirges. In engen Kurven folgte die Autostrada tief im Tal dem Lauf des Scrivia. Sein breites, steiniges Flussbett führte nach der Dürre des Sommers nur wenig Wasser. Beckmann sah, dass Xia aus dem Fenster auf die kleinen Bergdörfer mit ihren malerischen Kirchtürmen schaute. Dann traten die Berghänge immer mehr zurück, der Weg nach Norden lag vor ihnen.

Sie erreichten den Po und überquerten das breite Flussbett. Kiesel und Steine leuchteten in der spätsommerlichen Sonne zwischen den Deichen. Inmitten des Stroms kleine grüne Inseln aus Gras und Schwemmholz. Das wenige Wasser, das der Fluss führte – es war von einem opaken Blaugrün –, mäanderte träge in vielen Rinnsalen dahin. Das Land war flach, ohne eine einzige Erhebung, die Autostrada eine Gerade bis zum Horizont. In Deutschland würden auf einer so langen geraden Strecke Zwangskurven eingebaut, um zu vermeiden, dass die Fahrer eingeschläfert oder gar hypnotisiert wurden. *White line fever* nannten die Amerikaner das Phänomen, erklärte Beckmann der teilnahmslos in ihrem Sitz kauernden Xia.

Zum ersten Mal, seit sie auf die Fähre gefahren waren, war er innerlich vollkommen ruhig. Die Strecke war ihm vertraut. Die Landung im Hafen, das Nadelöhr Genua mit der Gefahr der Entdeckung lagen hinter ihnen. Er war sicher, er tat das Richtige. Xias erfolglosen Versuch, in dem veralteten Autoradio irgendeinen italienischen Sender einzustellen, hatte er irgendwann beendet, ohne dabei mürrisch zu wirken. Er hielt den Drehzahlmesser konstant in einem niedrigen Bereich, der Rover brummte noch immer zuverlässig. Die Italiener in ihren schnellen Kleinwagen sausten nur so an ihnen vorbei. Er fuhr in einem gewissen Rhythmus, im Einklang mit den Truckern und ihren schweren Lastwagen. Bald würde er tanken müssen.

Er wartete auf eine Autogrill-Raststätte. Auf früheren Fahrten, als Anja und er noch das Haus auf der Insel einrichteten, hatte Beckmann die Niederlassungen dieser Kette schätzen gelernt. Er fühlte sich in einem Autogrill immer besser als in der schönsten deutschen Autobahnraststätte. Verheißungsvoll tauchte hoch aufragend das typische, leuchtend rote Hinweisschild der Kette aus der Ebene auf. Er nahm die Ausfahrt und rollte an eine Zapfsäule, stieg aus, streckte die steifen Beine. Auch Xia sprang aus dem Wagen. Während Beckmann dem Tankwart signalisierte, er möge volltanken, und die Motorhaube öffnete, um Öl und Wasser überprüfen zu lassen, ging Xia hinüber zur Raststätte.

Er sah ihr nach. Sie überquerte den offenen Raum mit unbewusster, ungebrochener Anmut. Ihre Schritte waren sicher und fest, und doch sah es aus, als schwebe sie über dem Asphalt. Sie wirkte auf eine vollkommene Art entspannt, sah nicht zu ihm zurück, und doch wusste sie, dass er zu ihr hinblickte. Kurz vor dem Eingang drehte sie sich halb um und signalisierte ihm mit einem eleganten Wink, dass sie jetzt hineingehen würde.

Beckmann ließ auch den Luftdruck überprüfen, auf der Strada Bianca hatten die Reifen viel mitgemacht. Er zahlte bar – auf der Insel hatte er sich vor dem Aufbruch mit Scheinen eingedeckt – und fuhr den Wagen in eine der Parklücken vor dem Autogrill.

An der Bar bestellte er Kaffee und ein Tramezzino, und während er trank, schaute er sich suchend nach Xia um, konnte sie aber nicht entdecken. Auch als er mit Mineralwasser, Nüssen und Schokolade nach draußen trat, war sie nirgends zu sehen. Er verstaute den Proviant im Rover und ging dann einmal um das Gebäude herum. Die Parkplätze und kleinen Picknickinseln waren belebt. Neben Italienern waren auch Deutsche und andere Nordeuropäer unterwegs, die aus dem Süden zurückreisten.

Etwas entfernt, vor dem Parkplatz der Fernlaster, standen ein paar Motorradfahrer mit schweren Maschinen. Beckmann wurde auf die Gruppe aufmerksam, als einer von ihnen seinen Motor aufheulen ließ und mit dem durchdrehenden Hinterrad einen Bagel aus qualmendem Gummi auf den Asphalt legte. Beckmann erkannte die typischen Kutten. Die Männer trugen statt Motorradhelmen nur knappe Braincaps, einer hatte einen Stahlhelm auf. Inmitten der Meute entdeckte Beckmann die rote Baseballkappe von Xia. Sie trug eine Sonnenbrille mit verspiegelten Gläsern und schüttete sich aus vor Lachen. Als er sah, wie sie sich hinter einem der Männer auf dessen Harley Davidson schwang, stockte ihm der Atem. Der Fahrer startete die schwere Maschine und fuhr los, donnerte dicht an ihm vorüber. Beckmann sah, dass Xia sich, die Wange an der Kutte, eng an den Rücken des Fahrers geschmiegt hatte. Sie bemerkte ihn nicht. Er stand wie erstarrt zwischen den parkenden Wagen und schaute dem sich entfernenden Motorrad nach. Die Maschine ging an der Tankstelle in eine Kurve und rauschte hinter der Raststätte herum wieder auf die Gruppe zu.

Als Xia abstieg, umringten sie die Rocker. Einer schubste sie in die Arme seines Gegenübers, der sie weiterstieß. Sie stolperte. Beckmann ging ohne Hast und ohne zu zögern auf die Männer zu. Beim nächsten Stoß drehte sich Xia grazil zur Seite, sodass der Mann, der sie weiterstoßen wollte, aus dem Gleichgewicht geriet und fluchend ins Leere taumelte. Seine Kumpel lachten. Xia löste sich aus der Gruppe und kam auf Beckmann zu. Lässig und selbstsicher ließ sie sich dabei alle Zeit der Welt. Die Rocker schauten ihr konsterniert nach, machten aber keine Anstalten, sie zurückzuhalten.

Beckmann blieb vor den Lastwagen stehen. Xia trat auf ihn zu und präsentierte stolz lächelnd ihre neue Sonnenbrille.

»Zwölf Euro nur.«

Unter den Blicken der Rocker gingen sie gemeinsam zum Rover und stiegen ein. Die Gruppe startete mit Getöse die Maschinen und zog an ihnen vorüber.

Beckmann war erleichtert, sagte kein Wort und lenkte den Wagen wieder auf die Autobahn gen Norden. Xia war offensichtlich noch länger innerlich erregt und schaute immer wieder zu ihm hinüber, als erwarte sie eine Rüge oder einen Kommentar. Er ließ sich seinen Schreck nicht anmerken und schwieg weiter. Die All-Terrain-Stollenreifen des Rovers brummten auf dem Beton der Autostrada. Im heillosen Gewirr der Mautstellen und Abzweigungen rund um Mailand fand er sofort seinen Weg. Sie passierten Chiasso ohne Komplikationen, die Zöllner winkten den Wagen durch, wie Beckmann es erwartet hatte. Er stieg aus, um eine Mautkarte für die Schweiz zu kaufen, und sie überwanden auch diese Grenze. Die Zeit verging nur langsam, aber der Wagen fraß die Kilometer, und Beckmann hielt seine Geschwindigkeit. Für den Grenzübertritt von der Schweiz nach Deutschland wählte er einen kleinen Übergang, dem sie sich auf Nebenstraßen näherten. Problemlos erreichten sie bundesrepublikanischen Boden.

55

Es war Nacht, als sie endlich in Berlin ankamen und über die Avus auf den Funkturm zurollten. Der Himmel war bedeckt. Die Lichter der Stadt glühten im Dunkel. Eintausenddreihundert Kilometer Fahrt lagen hinter ihnen.

Auf den Treppen zu seiner Altbauwohnung fühlte sich Beckmann steif und verspannt. Xia bot an, ihn zu massieren. Sie hatte das auch in den letzten Tagen auf der Insel mehrmals getan, aber er hatte jedes Mal abgelehnt, bemüht, sie damit nicht zu verletzen. Jetzt war er müde, fühlte sich zerschlagen, und ihr Vorschlag erschien ihm zu verlockend, um wieder zu verzichten.

Die Sicherungen waren herausgesprungen, die Wohnung lag komplett im Dunkeln. Nur das gelbliche Licht der Straßenlaternen drang in den zweiten Stock. An der Garderobe hing ein zusammengeschobener Regenschirm – die Speichen klafften auseinander, und zwischen ihnen schlapperte traurig die graue Bespannung. Beckmann öffnete die Fenster, drückte die Sicherungen wieder ein und machte nur wenige Lampen an.

Er entkleidete sich und streckte sich auf der Steppdecke aus, die er vom Ehebett gezogen hatte. Xias Hände hatten zu Beginn etwas Zögerliches, Tastendes, als suche sie nach einer besonderen Form der Verbindung. Er gab sich ihr vorbehaltlos hin. Schon bald arbeitete sie mit professioneller Achtsamkeit, mit all ihrem Wissen und ihrer Erfahrung, mit Konzentration und Leidenschaft. Seine Verkrampfung wich, alle Verspanntheit löste sich. Gelassen folgte er dem Tanz ihrer Hände auf seiner Haut, dem Reigen ihrer Handballen, der Knöchel ihrer Faust oder ihrer Unterarme auf seinem Rücken, seiner Brust. Sein Puls sank.

Sein Geist driftete. Die Gedanken kamen zur Ruhe. Die Zeit blieb stehen.

Aus dieser Leere stiegen die Erinnerungen an Lioni auf wie schroffe Felsen aus klarem, ruhigem Wasser. Ihm war im Grunde immer bewusst gewesen, dass die Beziehung zu ihr nur eine Episode in seinem Leben sein würde. Auch wenn ihn das plötzliche Ende überrascht hatte, trauerte er ihr weder nach noch bereute er sie. Eine tiefe Dankbarkeit erfasste und durchströmte ihn. Nach der Massage fühlte er sich auf seltsame Weise wach und müde zugleich. Er legte sich zum ersten Mal nach langer Zeit in Berlin wieder ins Ehebett und schlief sofort ein. Xia übernachtete in Doris' altem Kinderzimmer. Es dauerte eine Weile, bis auch sie Schlaf fand.

Es war längst helllichter Tag, als sie erwachten. Sie gingen zu einem späten Frühstück in ein nahe gelegenes Café. Anschließend führte Beckmann ein paar Telefonate, um herauszufinden, was sie tun mussten, um für Xia Asyl zu beantragen und ordentliche Papiere zu bekommen. Die Aussichten waren nicht vielversprechend.

Am Nachmittag meldete sich überraschend Brian Winford am Telefon und verkündete überschwänglich, er sei zufällig für ein paar Tage in Berlin. Nach einem kurzen Gespräch verabredeten sie sich für den Abend.

Winford empfing Beckmann im Weinkeller des *Hotel Ellington*.

»Wo ist deine Chinesin?«

Beckmann stutzte und fragte sich, woher der Schotte von seiner Reise mit Xia wusste.

»Sie ist nicht *meine* Chinesin, und sie hatte keine Lust mitzukommen.«

Das war nicht einmal gelogen. Winford überwand seine Enttäuschung schnell und zog ihn in eine feste Umarmung.

»Komm her, alter Junge. Weißt du, der Laden hier heißt nicht nur *Ellington*, der Duke hat hier auch gespielt, in den goldenen Zwanzigern. Armstrong und Ella Fitzgerald haben in der legendären *Badewanne* gesungen. Und dann der *Dschungel*! Erzähl mir nicht, du warst nie im *Dschungel* als junger Mensch?«

Wie immer sprudelte es nur so aus dem Mann heraus. Wenn sie sich in London trafen, trug er immer exzentrische karierte Jacketts. Jetzt hatte er sich in einen dunklen Dreiteiler und ein blütenweißes Hemd ohne Krawatte geworfen. Die Weste spannte deutlich. Er hatte Gewicht zugelegt, sein Gesicht wirkte weich und aufgeschwemmt. Die ruhige Spannkraft, die Beckmann seinerzeit in London an dem Kollegen von Scotland Yard so fasziniert hatte, war einer nervösen Sprunghaftigkeit gewichen. Trotzdem strahlte er noch immer große Kompetenz aus.

Beckmann war tatsächlich ein paarmal im *Dschungel* gewesen, hatte aber nie die Auftritte von David Bowie, Nick Cave oder anderer Prominenz mitbekommen. Und er kannte natürlich auch das später errichtete *Hotel Ellington* in der Nürnberger Straße mit seiner schimmernden Fassade und der messinggerahmten Ladenzeile. Der lang gestreckte Stahlskelettbau mit seinen Treppenhaustürmen und Erkern stand unter Denkmalschutz, und Beckmann gefiel, wie die Architekten des Hotels die Stilelemente der Neuen Sachlichkeit mit modernen Formen verbunden hatten. Als das Haus wiedereröffnet worden war, hatte ihn Anja einige Male zum sonntäglichen Brunch mit Jazzmusik hergeschleppt. Er wunderte sich, dass Brian Winford diesen merkwürdigen Treffpunkt im Keller des Hotels ausgewählt hatte. Lag es daran, dass die Briten schon immer von den goldenen Zwanzigerjahren, von Isherwood und *Cabaret* fasziniert waren?

Die gediegene, aber sehr spezielle Weinstube war in alten Tresorräumen mit massiven Panzertüren eingerichtet. Die Rückseiten der mehr als einen halben Meter tiefen Türen waren verglast, sodass die Sicherheitsriegel sichtbar wurden. Rings um die Wände waren Regale eingebaut, in denen große Mengen flüssiges Gold in Form von teuren Weinflaschen lagerten.

»Die Türen wiegen Tonnen, sag ich dir. Und schau dir diese freiliegenden Bolzen an. Das sind Bolzen, Mann, ungeheure Kolben.«

Beckmann irritierte, wie sich der Freund dabei in den Schritt griff. War Winford im *Ellington* aufgrund seiner Lage mitten im Schöneberger Schwulenkiez abgestiegen? Bei ihren früheren Ausflügen in das Londoner Nachtleben waren sie nie in Schwulenbars gewesen.

»In dem Gebäude war früher mal die Oberfinanzdirektion untergebracht. Von hier aus regierte der Finanzsenator die Stadt. Da, wo jetzt der Wein in den Regalen liegt, lagerte beispielsweise das Begrüßungsgeld, das die Ostler nach der Wende bekamen.«

»Begrüßungsgeld!« Winford schmeckte dem Wort nach. »Was für ein genialer kapitalistischer Köder. Helmut Kohl, toller Mann, ein großer Mann.«

Beckmann wurde langsam ungeduldig.

»Was soll diese seltsame Heimatkunde hier im Keller, Brian?«

»Musstest du als junger Polizist auf das viele Geld aufpassen?«

Beckmann schüttelte den Kopf. »Kalt hier.«

»Sie müssen die Räume runterkühlen, wegen der Weine. Hier lagern Werte, sag ich dir. Ich hab für uns einen wunderbaren Château Lafite ausgesucht.«

Er schenkte Beckmann in einen großen Schwenker ein. Offensichtlich hatte er schon einen beträchtlichen Teil der Flasche allein vernichtet.

»Danke. Ich trinke nicht mehr, Brian.«

Winford war geschockt und geriet immer mehr aus dem Konzept.

»Was? Aber ein Château Lafite-Rothschild! Das ist ein Premier Cru Classé! 2013! Wunderbarer Jahrgang. Für unsere Freundschaft ist mir nichts zu teuer.«

»Ich bin trocken, seit ich aus dem Dienst bin.«

»Das kann nicht wahr sein. Gerhard! Das ist kein Alkohol, das ist Medizin für den Geist.«

Aber Beckmann blieb standhaft. Brian Winford überging sein Erstaunen schnell mit weiterem Small Talk. Der funkelnde rote Wein im Kristallschwenker wirkte wie Treibstoff, der ihn zu seiner alten Ausstrahlung von Kompetenz und Expertise zurückfinden ließ. Dann kam er zur Sache.

»Hör zu, wir sind nicht nur wegen des Weines hier unten. Ich wollte mit dir ungestört sein.«

»Wir finden sicher in der *Duke Bar* ein absolut ruhiges Plätzchen.«

»Nein. Wir gehen auf mein Zimmer.«

Winford duldete keinen Widerspruch, leerte sein Glas und nahm eine weitere Flasche aus dem Regal. Auf dem Weg durch die Lobby hielt er den Château Lafite hoch, damit die Mitarbeiter an der Rezeption die Flasche registrieren konnten.

Das Zimmer war eine geräumige Suite. Die Front der tiefen Fenster ging auf die Nürnberger Straße hinaus, und Beckmanns Blick schweifte bis zur Gedächtniskirche. Der hohle Zahn ihres Turms glänzte im Licht der untergehenden Sonne, deren letzte Strahlen bis ins Zimmer reichten. Die Wände waren holzgetäfelt und verbreiteten ein gewisses englisches Flair. Winford nahm ein Kellnerbesteck vom Sideboard und öffnete routiniert die Flasche. Er roch am Korken, sog genießerisch die Luft ein.

»Du bist sicher, dass du nicht einmal probieren willst?«

»Bin ich.«

»Mineralwasser ist dort im Kühlschrank. Oder willst du Kaffee? Oder Tee?«

»Wasser ist absolut okay.«

Sie saßen sich auf zwei weißen Ledercouches gegenüber. Winford nippte am Wein, wirkte jetzt aber vollkommen nüchtern. Beckmann fragte sich, ob es ihm wohl auch so ergangen wäre, wenn er im Dienst geblieben wäre? Ob auch er die Beförderungstreppe weiter und weiter hinaufgefallen wäre und zwangsläufig seine alten Trinkgewohnheiten wieder aufgenommen hätte?

Winford stellte das Glas ab.

»Deine Chinesin ... Du weißt sicher, dass du nur schwer Papiere für sie bekommen wirst? Wir würden ihr welche geben, wenn sie nach London käme.«

»Und warum?«

»Du kannst sie begleiten, wenn du willst.«

»Was versprecht ihr euch davon? Sie weiß nichts über die chinesischen Pläne auf der Insel.«

»Kennst du die Strategie der hunderttausend Sandkörner? Die Chinesen haben für alle ihre geopolitischen Vorgehensweisen und Strategiepläne einen Namen, musst du wissen. *Very metaphoric.*«

Beckmann hatte in dem Dossier gelesen, dass ausnahmslos alle Auslandschinesen in sogenannter »Einheitsfrontarbeit« geschult wurden, um verdeckt darauf Einfluss zu nehmen, wie China in anderen Ländern gesehen wurde. Oder auch um ganz direkt Spionage zu betreiben. Ob Student oder Tourist, niemand war offenbar vor den Anforderungen der Staatssicherheit gefeit.

»Weißt du, unseren großartigen britischen Eliteschulen geht es inzwischen schlecht. Ökonomisch, meine ich, es sind ohne jeden Zweifel immer noch die besten Ausbildungsinstitute der Welt. Keine Frage.«

Da war sie wieder, die Ironie, die Beckmann an Winford schätzen gelernt hatte.

»Aber Oxford, Cambridge und all die anderen Colleges sind angewiesen auf ausländische Studenten. Auf die Gebühren, die sie zahlen. Und wer stellt inzwischen die meisten davon? Die Chinesen. Ein Großteil von ihnen ist – natürlich ganz unauffällig – im Sinne der Partei tätig. Wassertropfen bilden Flüsse und Meere, Sandkörner eine Wüste, sagt ihnen die Partei. Wir müssen diesen Modus Operandi spiegeln.«

»Ich verstehe nicht, was das heißen soll, Brian.«

»Wir brauchen Zugang zu den zahlreichen aus China Geflohenen, den illegal Ausgereisten, die dem System kritisch gegenüberstehen.«

»Du willst also Xia anwerben?«

»Ich fand einfach interessant, was du über sie erzählt hast. Ich dachte, wir könnten wieder mal zusammen was aushecken. Ihr beide zusammen in London, was denkst du?«

»Ich denke, du bist auf dem falschen Dampfer, Brian.«

Einen Moment lang war Winford still. Er stellte das Weinglas ab.

»Falscher Dampfer, ja? Ihr auf der anderen Seite des Kanals habt einfach den Schuss nicht gehört.«

»Welchen Schuss?«

»Nur ein Beispiel. Wir haben euch informiert über die Praxis der Konfuzius-Institute. Detailliertes, sehr fundiertes Material. Und ihr denkt immer noch, die seien so etwas wie eure Goethe-Institute. Das sind ohne Frage Zentren der politischen

Beeinflussung und Spionagenester! Nicht nur eure Hochschulen kooperieren mit denen, ihr betreibt sogar in Gymnasien Konfuzius-Klassenzimmer.«

»Hast du was dagegen, dass Europäer statt Englisch Chinesisch lernen, oder was ist los, Brian?«

»Wo ist sie, deine Chinesin?«

»Es tut mir leid, aber ich habe den Kontakt zu Xia verloren.«

»Was soll das heißen?«

»Sie ist abgehauen.«

»Wie, abgehauen?«

»Gestern. Sie ist aus der Wohnung verschwunden. Ich konnte nichts tun.«

»Sie kann nicht einfach verschwinden.«

»Ich habe sie gesucht. Vergeblich.«

»Du machst mir was vor. Vorhin hast du gesagt, sie wollte nicht mitkommen. Willst du sie decken?«

»Nein, absolut nicht.«

Winford sank sichtlich in sich zusammen. Er nahm einen großen Schluck aus seinem Rotweinglas, dachte nach, nahm noch einen Schluck.

Beckmann empfand keine Reue über seine spontane Lüge. Er hatte Xia nicht hierhergebracht, um sie nun dem britischen Geheimdienst zu überlassen.

Winford zeigte auf den Château Lafite.

»Junge, du lässt mich wirklich auf der ganzen Linie im Stich. *Damn.* Auf der ganzen verdammten Linie. Wie soll ich zu Hause diese enormen Kosten rechtfertigen?«

56

Das letzte Licht des Abends war erloschen, als Beckmann auf die Nürnberger Straße trat. Der Himmel war grau und stumpf, die Luft erstaunlich lau. Die gläserne Fassade des *Ellington* spiegelte die Scheinwerfer der wenigen Autos, die vorüberglitten. Es waren kaum Fußgänger unterwegs. Die Stadt erschien ihm unwirklich.

Er hatte es geschafft, nicht einen Tropfen zu trinken, und doch fühlte er sich wie benebelt. Er hoffte, dass Winford ihm geglaubt hatte und, wie anscheinend geplant, am nächsten Tag zurück nach London reisen würde, nahm sich aber trotzdem vor, darauf zu achten, ob seine Wohnung überwacht wurde. Er wollte kein Taxi rufen und machte sich zu Fuß auf den Weg, um einen klaren Kopf zu bekommen. Er ging einen kleinen Umweg, auch wenn es um diese Zeit leicht festzustellen war, dass ihm niemand folgte. Woher hatte Winford überhaupt gewusst, dass er in Berlin war? Der Schotte hielt sich jedenfalls nicht privat in der Stadt auf, wie er durch die Erwähnung der Spesenrechnung verraten hatte. Gab es bei den Briten irgendeinen operativen Vorgang, in dem er eine Rolle spielte? Oder hatte er da auf eigene Verantwortung etwas in Gang gesetzt? Beckmann würde aufpassen müssen. Aber als er sich seinem Wohnhaus näherte, war nichts Verdächtiges zu bemerken.

In der Wohnung konnte er nicht anders, als vorsichtig zu klopfen und die Tür zum Zimmer seiner Tochter zu öffnen. Xia lag auf dem Bett und blätterte in einem großformatigen Comic. Doris hatte in einer bestimmten Phase ihrer Adoleszenz für Mangas und andere gezeichnete Geschichten geschwärmt.

Xia schaute auf. »Etwas passiert?«

»Nein, nein, alles in Ordnung. Morgen machen wir eine Stadtbesichtigung.«

»Okay.«

»Gute Nacht.«

Er zog die Tür hinter sich zu. Seine Hand ruhte auf der Klinke, und er spürte die vertraute glatte Schwere des Messings. Wie oft hatte er diese Tür geschlossen, nachdem er Doris vorgelesen hatte? Wie viele unzählige Male? Es hatte eine Zeit gegeben, da musste die Tür immer einen Spaltbreit offen stehen, damit seine kleine Tochter einschlafen konnte. Wie oft hatte sie ihm später die Tür vor der Nase zugeschlagen? Wie weit lag all dies hinter ihm. Jetzt las dort die junge Frau, die ihm das Leben gerettet hatte, in einem Comic seiner Tochter. Eine Chinesin, die der britische Geheimdienst aus ihm nicht nachvollziehbaren Gründen anwerben wollte. Und ihn gleich mit.

Er hatte es geschafft, sie nach Berlin zu schleusen, wusste aber nicht, wie es weitergehen würde. Beckmann hätte nur zu gerne ein Bier getrunken, um zur Ruhe zu kommen. Er hob die Hand vom kühlen Metall der Klinke und ging hinüber ins Wohnzimmer, rückte die Dinge im Raum zurecht, verschob die Stehlampe um ein paar Zentimeter, legte eine alte Zeitschrift auf einen noch älteren Stapel, wischte mit den Fingern über das Sideboard. Könnte Xia hier wohnen, oder musste sie in ein Auffanglager, falls sie Asyl beantragen würde? Könnte er nach Sardinien zurück, wenn es gelänge, eine Aufenthaltsgenehmigung für sie zu bekommen? Er ging hinüber in sein altes Arbeitszimmer. Der Schein der Straßenlaterne zauberte durch die Blätter der Kastanie Schattenspiele auf die Decke. Eine Weile lag er mit offenen Augen da, bis es ihm gelang, auf der Couch einzuschlafen.

57

Am nächsten Morgen rief er ein Taxi, um Xia etwas von der Stadt zu zeigen. Als sie in den Wagen stiegen, schaute er sich suchend um, bemerkte aber keinerlei Anzeichen einer Überwachung. Die Fahrt ging ins Zentrum, zuerst zum Bundestag. Vom Brandenburger Tor war Xia enttäuscht, sie fand es klein. Sie liefen hinüber zum Potsdamer Platz. Das Stelenfeld für die Opfer des Nationalsozialismus erstreckte sich Stein an Stein, Stele an Stele vor ihnen. Es war wohl diese Gleichförmigkeit, die Xia an die Terrakotta-Armee des Kaisers Qin Shi Huangdi erinnerte, die größte historische Grabstätte der Welt.

»Mehr Menschen haben gebaut als an Großer Mauer.«

Er wollte weiter zum Mauerrest am Potsdamer Platz, aber Xia zog es in den Park. Sie wechselten die Straßenseite und gingen ein Stück in den Tiergarten. Hüpfend verließ Xia den Sandweg, bewegte sich mit raumgreifender Zuversicht über die verdorrte Rasenfläche auf mehrere große Steine zu. Sie lief von einem zum anderen, ließ die Hand über die geschliffenen Flächen der Monolithen gleiten.

»Hier gut.«

Sie setzten sich ins Gras.

Beckmann kannte die Geschichte des Kunstwerks. Die Steine stammten aus aller Welt und sollten die fünf Erdteile symbolisieren. Einen der Brocken, einen riesigen Sandstein aus Venezuela, forderten seit vielen Jahren Indigene zurück, weil er ihnen als heilig galt. So war aus einem geplanten Symbol für den Weltfrieden eines für die koloniale Haltung des Westens gegenüber der übrigen Welt geworden. Aber Beckmann wollte Xias aufgeräumte Stimmung an diesem Ort nicht stören und fragte sie, ob ihre Übungen, die er eines Morgens in Lu Tartaruga gesehen hatte, einer Falun-Gong-Methodik folgten.

Xia schlug die Beine übereinander und drehte sich zu ihm. Ihr rechter Fuß lag auf ihrem linken Oberschenkel, ihr linkes Knie klemmte sie hinter den rechten Oberarm, mit der linken Hand stützte sie sich ab. Entspannt erläuterte sie ihm die Grundlagen des alten chinesischen Qigong und das daraus entstandene Falun Gong.

»Dharma-Rad-Praktik ist Kombination Meditation und Körperübungen. Körper und Geist eins. Atem wichtig. Drei Tugenden wichtig. Wahrsein, barmherzigen, nachsehen. Kommt von Buddha und Dao. Li Hongzhi großer Meister. Qi fließt durch alles.«

Mit der freien Hand umkreiste sie verschiedene Partien von Beckmanns Körper.

»Wenn Qi nicht fließt, tot.«

Beckmann ließ sich nach hinten ins Gras sinken.

»Ist Falun Gong auch eine Kampfkunst wie Aikido oder wie bei den Shaolin?«

Xia lachte, löste ihre Sitzhaltung und winkte ab.

»Nein, nein.«

Beckmann war sich da nach dem, was er im Schilf und unter den drei Steineichen gesehen hatte, nicht so sicher. Für einen kurzen Augenblick glaubte er, wenigstens etwas vom Leben dieser jungen Frau verstehen zu können. Xia bekam eine gewisse – wenn auch noch schattenhafte – Kontur für ihn, ihr Dasein zwischen alten chinesischen Ritualen und Werten, dem entfesselten China von heute und ihren schweren Erfahrungen im Westen. Das schattenhafte Bild verschwand schnell, aber es nährte seine Hoffnung, ihr mit der Zeit näherkommen zu können und vielleicht eines Tages das sie umgebende Mysterium zu lüften.

Sie verließen den Park und gingen zum Potsdamer Platz. Im Gewimmel der Touristen verlor Beckmann Xia kurz aus den Augen. Vor dem historischen Mauersegment machte eine große Gruppe Chinesen Selfies; unter ihren verschiedenen Hüten und Kopfbedeckungen suchte er vergeblich nach Xias roter Baseballkappe. Der Fremdenführer schwenkte seine Fahne, mahnte zum Aufbruch, und die Gruppe bestieg hastig ihren großen klimatisierten Reisebus. Beckmanns Beunruhigung wuchs. Da entdeckte er Xia zwischen Landsleuten, die in einen weiteren wartenden Bus kletterten. Sie stieg die drei Stufen hoch, setzte sich an eins der vorderen Fenster. Beckmann drängte sich durch die Devotionalienhändler mit ihren nachgemachten DDR-Orden und falschen Uniformteilen. Die Türen des Busses schlossen sich mit giftigem Zischen. Xia schien etwas zu dem Busfahrer zu sagen, und der ließ den Motor an.

Hilflos stand Beckmann unter dem hoch liegenden Fenster und hob fragend beide Hände. Xia winkte ihm zu, ohne ihn anzuschauen. Ihr Blick ging über ihn hinweg in eine nicht erkennbare Ferne. Es war wie ein Gruß, aber auch wie eine sanfte Geste der Abwehr: *Folge mir nicht.*

Ein älterer Chinese setzte sich neben sie und schaute stur geradeaus. Der Bus reihte sich in den Verkehrsfluss Richtung Neue Nationalgalerie ein. Unbeweglich verharrte Beckmann im Trubel des Potsdamer Platzes. Alles um ihn herum war in Bewegung, Radfahrer, Autoverkehr, lautlose Scooter und Elektroroller. Da waren die Rufe der Souvenirverkäufer, die Stimmen der Fremdenführer, Touristen mit ihren lächerlichen Selfiesticks. Eine neue Welle chinesischer Touristen bezog Aufstellung vor dem Mauerrest.

Die Welt drehte sich weiter, war aber nicht mehr dieselbe. Einen Moment lang war Beckmann unsicher auf den Beinen. Xia war aus seiner Welt gefallen. Würde sie wiederkommen, so wie sie in Lu Tartaruga oder am Autogrill zurückgekommen war? War es eine spontane Entscheidung gewesen, zu ihren Landsleuten in den Bus zu steigen, oder ein lang gehegter Plan? Oder hatte jemand sie zum Einsteigen gedrängt, sie sogar dazu gezwungen? Vielleicht dieser ältere chinesische Mann, der sich bei der Abfahrt direkt neben sie gesetzt hatte? Beckmann hatte darauf geachtet, ob ihnen jemand gefolgt war, und nichts Auffälliges bemerkt.

Er erwachte aus seiner Erstarrung und sprintete über die Straße, wo in der Auffahrt zum *Ritz Carlton* eine Reihe von Taxis auf Kundschaft warteten. Aus Gewohnheit stieg er hinten ein und beugte sich aus dem Fond zum Fahrer.

»Folgen Sie dem Bus da.«

Der junge, arabisch aussehende Mann hatte den Neuwagengeruch seines blitzenden Daimlers mit dem Duft eines Wunderbaums am Rückspiegel gekreuzt. Er startete den Wagen, fuhr aber nicht los, sondern grinste nur.

»Was wird das, *4 Blocks*?«

Beckmann holte einen Fünfzigeuroschein aus der Brieftasche und warf ihn auf den Beifahrersitz.

»Fahren Sie vorne an der Ebert rechts.«

Der Fahrer fädelte sich in den stockenden Verkehr ein. Der Reisebus fuhr an der großen Kreuzung geradeaus in die Stresemannstraße, hinter ihm sprang die Ampel auf Rot.

Tief in seinem Innern fürchtete Beckmann, er würde Xia nicht wiedersehen, aber er wollte es nicht glauben. Warum hatte sie sich abgesetzt? Aus Angst vor Abschiebung, weil er offizielle Wege gehen wollte, um für sie Papiere zu bekommen? Wollte sie ihm zeigen, dass sie einander nichts mehr schuldeten? Sie hatte ihn gerettet, er hatte sie gerettet. Waren sie einfach quitt? Lag es an seinen drängenden Fragen zu Falun Gong, die sie möglicherweise als zu aufdringlich empfunden hatte? Oder gab es da tatsächlich so etwas wie eine *hidden agenda,* von der Brian Winford gesprochen hatte? War Beckmann, ohne es zu wissen, Teil operativer Ereignisse geworden? Hätte er Xia in die Obhut des Secret Intelligence Service übergeben sollen, wie Winford es verlangt hatte?

Als die Ampel endlich auf Grün geschaltet und das Taxi den Platz überquert hatte, war der Bus außer Sichtweite. Der Fahrer fragte, wie es weitergehen sollte.

»Links! Fahren Sie links.«

Sie bogen ab in die Niederkirchnerstraße. Hier parkten mehrere Reisebusse in der Nähe des Gropius-Baus und des ehemaligen Preußischen Landtags, der jetzt das Berliner Abgeordnetenhaus beherbergte. Aber der Bus mit den Chinesen war nicht darunter. In einiger Entfernung, an der Topographie des Terrors, entdeckte Beckmann noch einen Reisebus.

»Weiter geradeaus«, wies er den Fahrer an.

Sie passierten den Checkpoint Charlie und gelangten auf die Oranienstraße. Beckmann ließ das Taxi zweimal den Moritzplatz umrunden und entschied sich dann für die Heinrich-Heine-Straße, aber sie hatten den Bus definitiv verloren. Als sie sich der Jannowitzbrücke näherten, sah er an dem zerklüfteten modernistischen Bau zu seiner Rechten ein großes Reklameschild: *Ming Dynastie.* Er ließ den Fahrer halten und stieg aus. Das Chinarestaurant lag direkt an der Spree. Auch hier am Märkischen Ufer stieß er auf zwei Busse, doch der, den er suchte, war nicht darunter.

Auf der Uferterrasse des Restaurants standen ein paar Chinesen und rauchten. Beckmann betrat die großzügigen Räume. Die Touristen aus den beiden Reisebussen vor der Tür saßen um große runde Tische, ansonsten war das Restaurant leer. Beckmann ging zurück zur Jannowitzbrücke. War es der Zufall, der ihn hierhergeführt hatte? Gegenüber auf der Brückenstraße erhob sich monströs wie ein in die Jahre gekommenes futuristisches Gebilde die chinesische Botschaft. Sieben Stockwerke hoch, nahm das v-förmige Gebäude beinahe einen ganzen Straßenblock ein. Beckmann wusste, das Haus hatte vor der Wende den FDGB beherbergt, den Freien Deutschen Gewerkschaftsbund der DDR. Man hatte vergeblich versucht, den gewaltigen Plattenbau in ein Kongresszentrum umzuwandeln, dann hatten die Chinesen ihn übernommen. Die beiden klassischen steinernen Löwenwächter am Eingang erinnerten ihn mit ihren eingedrückten Schnauzen eher an Hunde; sie sahen aus wie übergroße lockige Pekinesen. Daneben zwei glatte, moderne bunte Pandabären, die wie entfernte Verwandte der überall in der Stadt präsenten Plastikausgaben des Berliner Wappentieres wirkten. Dann gab es noch eine helle Sandsteinstele mit chinesischen Schriftzeichen, ansonsten war der riesige eingezäunte Vorplatz vollkommen leer.

Dieser Bau würde ihm nichts verraten. Was hatte er erwartet, was erhofft, als er sich durch die Gegend hatte chauffieren lassen? Sollte er hier Einlass begehren? Um was zu sagen oder zu fragen? Es gab ja nicht einmal eine Klingel. Ein deutscher Streifenpolizist trat aus seinem Wachhäuschen und beobachtete ihn misstrauisch. Beckmann wandte sich ab. Er fühlte sich seltsam leer und aufgewühlt, und ohne nachzudenken steuerte er auf das Spreeufer zu.

Er kam zum alten Hafen mit seinen historischen Schiffen. Aus dem Spreekanal tuckerte ein Kajütboot auf die Schleusenanlage zu. Er schaute der im Heck sitzenden Familie nach und dachte wieder einmal, es wäre vielleicht an der Zeit, sich auf Sardinien ein Boot zuzulegen, nichts Großes, nur um ein bisschen rausfahren zu können. Er ermahnte sich, nicht ins Grübeln zu geraten. Sollte er sich nicht vielmehr um seinen Rover kümmern? Es war fraglich, ob das gute alte Stück noch einmal durch den TÜV kommen würde. Er entschied, den Wagen gleich am nächsten Tag für eine Generalüberholung in die Werkstatt zu bringen.

58

Folge mir nicht. Beckmann dachte an das letzte Handzeichen, das Xia ihm aus dem Bus gemacht hatte. Aber er hielt sich nicht daran. Sie ging ihm nicht aus dem Kopf. In den nächsten Tagen ließ er sich die Kantstraße entlangtreiben, schaute in asiatische Restaurants und Chinamöbel-Läden. Er hatte nicht einmal ein Foto von ihr, und so fragte er nach einer jungen Frau mit einer rotseidenen Baseballcap, auf die ein goldener Drache gestickt war. Aber niemand hatte sie gesehen.

Er telefonierte mit dem einzigen seiner früheren Kollegen, dem er vertraute. Joachim Bongers, genannt Jo, war ein korrekter Beamter, er würde sich Befehlen widersetzen, die seinen Grundsätzen widersprachen, aber nie ein solches Risiko eingehen wie sein verstorbener Partner Schäfer. Doch Bongers hatte stets zu den wenigen gehört, die Beckmann als ihren Vorgesetzten für seine klare Haltung aufrichtig schätzten, ja verehrten. Er war sofort bereit, sich mit seinem ehemaligen Chef zu treffen, auch wenn ihm das unscheinbare Café, das Beckmann als Treffpunkt vorgeschlagen hatte, etwas seltsam vorkam. Bongers hatte jedoch nur sehr wenig Informationen über die chinesischen Triaden in Berlin. Die Abteilung Organisierte Kriminalität hatte sie unter Beckmanns Leitung nicht als offiziell in Berlin tätige Gruppierung geführt, und daran hatte sich nichts geändert. Bongers konnte Beckmann daher nicht weiterhelfen. Und der wollte sich keine Geschichten über seine alte Abteilung anhören, weshalb er das Treffen auch schnell beendete.

Beckmann erinnerte sich an den Polizeireporter der *BAZ* und rief ihn an. Er hatte Berghöfel und seine ruhige, kompetente Art bei seinem letzten Fall schätzen gelernt; er kannte niemanden, der mit der Stadt besser vertraut war. Nachdem er dem Reporter angedeutet hatte, worum es ging, schlug Berghöfel das Dong Xuan Center in Lichtenberg als Treffpunkt vor. Auf das schrille, riesige Gewerbegebiet mit vietnamesischen Einkaufshallen und Einzelhändlern hätte Beckmann auch selbst kommen können. Er wartete in Halle 3 vor der Suppenküche, die Berghöfel ihm beschrieben hatte. Zuvor hatte er das Center durch das imposante goldene Tor betreten und das Industriegebiet durchstreift, sich durch das Gewühl der Kunden und Touristen gedrückt und in den Massagesalons und Nagelstudios nach Xia Ausschau gehalten. Er hörte sich um. Viele, die er ansprach, fragten nach einem Foto. Die Erwähnung der roten Baseballkappe mit dem goldenen gestickten Drachen stieß bei den Befragten auf ein gewisses Interesse, aber niemand hatte eine Frau mit einer solchen Kappe gesehen. Oder wollte darüber sprechen.

In einem Laden mit geschätzten tausend verschiedenen Baseballcaps reagierte der vietnamesische Verkäufer auf Beckmanns Frage mit einem strahlenden Lächeln. Behände verschwand er zwischen den engen Reihen der Regale. Als er wieder auftauchte, hielt er triumphierend ein knallrotes Cap in der Rechten. Es hatte genau das Rot von Xias Kappe, stellte Beckmann freudig fest. Aber es war aus Baumwolle und trug vorn ein goldenes Schild mit einem schwarzen, sich wild auf die Hinterbeine erhebenden Pferd.

»Gute Mütze.«

»Das ist ein Pferd und kein Drache.«

Der Mann wollte ihm unbedingt seine Ware verkaufen.

»Gute Mütze. Ferrari. Gute Firma. Sehr gute Mütze.«

Beckmann winkte ab.

Er sah den Polizeireporter schon von Weitem. Berghöfel schwenkte eine Plastiktüte und deutete lachend auf seine frisch geschnittenen Haare, als er aus der Menge auftauchte.

»Ich finde das Center toll. Hier kriegen wir die beste Pho-Suppe außerhalb Hanois.«

Dann öffnete er seine Tüte und ließ Beckmann einen Blick auf seine gerade erworbenen Unterhosen werfen.

»Calvin Klein. Beste Markenware, kaufe ich immer hier direkt beim Importeur.«

Sie fanden einen Platz nahe dem Eingang, und Berghöfel begeisterte sich noch einmal über die Suppe: »Das ist kein Essen, das ist Medizin.«

Beckmann wollte keine Nudeln und bestellte krosse Ente mit gedämpftem Gemüse.

»Gute Wahl, die Ente ist absolut frisch. Ich war mal in der Küche, da watschelten die zwischen den Beinen der Köche herum und fraßen die Gemüseabfälle, die die Küchenhilfen einfach fallen ließen.«

Beckmann verzog das Gesicht. Berghöfel lachte. Er war bester Laune, der Ausflug gefiel ihm offensichtlich. Beckmann schaute sich um. Die harten Bänke an den rohen Biertischen füllten sich mit asiatischen Gästen. Man beachtete sie nicht. Löffel und Gabeln auf dem Tisch waren verbogen, sahen aber sauber aus.

»Das Center war in meiner aktiven Zeit mehrmals in Verbindung mit illegaler Einwanderung und Drogenhandel Ziel unserer Ermittlungen. Es gilt wohl noch immer als eine Art Logistikzentrum für die vietnamesische Schleusermafia.«

»Ich weiß. Die Lokale sind alle illegal. Das ist ein Gewerbegebiet hier, eigentlich sind nur ein paar wenige Kantinen für Angestellte genehmigt. Aber wir werden sehr gut essen.«

Berghöfel trank sein Singha-Bier aus der Flasche.

»Sie mit Ihrem Italienfaible denken wahrscheinlich, die Italiener hätte die Spaghetti und damit die Nudeln erfunden. Aber es waren die Chinesen. Und sie kamen erst über die Seidenstraße ans Mittelmeer.«

Ihre Bestellung wurde gebracht, und Berghöfel schlürfte genüsslich.

Beckmann hatten die übervollen Hallen und die Menschenmengen nervös gemacht, und er wollte schnell sein Thema ansteuern. So kam er noch einmal auf seine aktive Zeit und die gemeinsamen Aktionen mit dem Zoll zurück. Damals bestand der Verdacht auf Menschenschmuggel von minderjährigen Vietnamesen. Ihre Fahndung war nicht erfolgreich gewesen, sie hatten die aus Jugendhilfswerken entflohenen Kinder nicht gefunden. Vermutlich sei das Center heute immer noch ein Hotspot für Schleuser und Geschleuste, deshalb wolle er hören, was Berghöfel und seine Kontaktpersonen wussten.

Der Reporter grinste. »Der Friseur ist Vietnamese, der Mann mit den Unterhosen Chinese. Es gibt nicht viele Chinesen hier. Sie sind meist nur im Textilbereich und in der Elektronik unterwegs. Die chinesischen Massagen machen meist auch Vietnamesinnen. Wer will schon eine vietnamesische Massage?«

Berghöfel lachte und schlürfte ein paar Nudeln. »Die Hallen werden von der vietnamesischen Mafia kontrolliert, von chinesischen Gangs oder Triaden ist nichts bekannt. Haben Sie nicht mal mit Ihrem Nachfolger im Amt gesprochen?«

»Ich hatte weder Anlass noch Bedürfnis.«

»Es gab vor Kurzem eine Razzia. Eine Bande hat wohl falsche Vaterschaftsanerkennungen organisiert, um Aufenthaltsgenehmigungen zu erschleichen. Die hatten fast hundert deutsche Männer angeworben. Die Leute kamen vor allem aus dem Trinkermilieu und haben dann für kleines Geld notariell die Vaterschaften von schwangeren Vietnamesinnen anerkannt. Drei Männer sitzen in Untersuchungshaft. Über deren ethnische Zugehörigkeit ist nichts bekannt. Wer lässt sich schon gerne *racial profiling* vorwerfen.«

Beckmann ließ Berghöfel seine Enttäuschung nicht spüren. Er beglich ihre Rechnung und verabschiedete sich bald.

Niedergeschlagen fuhr er mit dem Taxi zurück in die Innenstadt und ließ sich wieder durch die Kantstraße treiben. Linste in die Schaufenster von Massagesalons und Nagelstudios, schaute in die asiatischen Restaurants, immer auf der Suche nach der rotseidenen Baseballkappe mit dem goldenen Drachen. Er wusste, dass das große, über Eck bis in eine Nebenstraße reichende Restaurant *Golden Pot* eine zentrale Rolle in der asiatischen Community spielte und der Besitzer Onkel Bo genannt wurde. Sie hatten dem Mann nie irgendetwas nachweisen können, aber Beckmann war sicher, er war so etwas wie der Pate der Straße. Als er nach ihm fragte, wurde das Personal sofort misstrauisch. Beckmann insistierte, erreichte aber nur, dass der Geschäftsführer kam, ein sehr junger, glatter Typ, der ihn gestenreich abwimmelte. Von einer jungen Frau mit roter Baseballkappe wusste auch er natürlich nichts.

Es dauerte noch einige Zeit, bis Beckmann sich darüber klar wurde, dass es ein Abschied für immer war.

59

Später saß er an seinem alten Schreibtisch im Arbeitszimmer und streifte durch die Unendlichkeit des Internets. Draußen vor dem Fenster lag die Stadt im Dunkel der Nacht, glühte im künstlichen Licht der Lampen und Scheinwerfer. Er spürte die Unruhe, die Hast, die Ruhelosigkeit in ihren Adern. Die Räder ihres Getriebes kamen nie wirklich zum Stillstand. Bestimmte Orte erwachten erst jetzt, kurz nach Mitternacht, zum Leben. Irgendwo da draußen trieb wahrscheinlich auch Xia durch die Straßen.

Nur eine Stehlampe brannte im Zimmer. Beckmann saß im kalten Licht des Bildschirms vor der Tastatur. Er hatte die Hoffnung auf irgendwelche Anhaltspunkte für seine Suche eigentlich aufgegeben, aber er wollte Xia zumindest ein wenig besser verstehen und forschte nach Literatur über China. Die Menge der Bücher reichte von Kriminalromanen über Ratgeberliteratur bis zu philosophischen Systemvergleichen. Er druckte ein paar Titel aus, um sie in der Buchhandlung seines Vertrauens zu bestellen.

Zu seiner Überraschung entdeckte er am nächsten Morgen im Laden eine ganze Abteilung mit Büchern über China. In der Leseecke blätterte er eine Zeitschrift durch und stieß am Ende eines Artikels über Falun Gong und die Verfolgung der Bewegung durch die chinesische kommunistische Partei auf einen Berliner Treffpunkt der Gruppe. Es war wie ein Funke, der ein schon erloschenes Feuer noch einmal entfachte. Die neue Hoffnung erfasst ihn ganz unmittelbar.

Unter der Telefonnummer des Falun-Gong-Büros meldete

sich niemand. Also nahm er ein Taxi und ließ sich zu der Adresse in Moabit bringen. Vom Bürgersteig aus war nichts zu erkennen, es gab kein Schild, das auf die Existenz des Büros hinwies. Beckmann stieß die schwere Tür zu einer engen Tordurchfahrt auf. Im Durchgang zum Hof entdeckte er dann doch ein kleines Schild, doch weder auf sein Klingeln noch auf sein Klopfen hin folgte eine Reaktion. Er schaute in den Hinterhof, in dem ein winziger Garten sorgfältig nach japanischem oder chinesischem Vorbild angelegt war.

Ein Mann saß unter einem geöffneten Fenster auf einem Küchenstuhl und las in einem Buch. Es sah aus, als sei er aus der dunklen Höhle des offenen Fensters in dieses Bild von einem Garten gestiegen. Er war etwa in Xias Alter, vielleicht Ende zwanzig, und von einer beinahe ungesund wirkenden, asketischen Dürre. Nicht nur wegen des zerlesenen Buches wirkte er intelligent. Die schon dünner werdenden blonden Haare trug er zu einem kargen Pferdeschwanz gebündelt. Als Beckmann ihn ansprach, fielen ihm die Intensität seiner graugrünen Augen und die Spannung in seiner Körperhaltung auf. Der junge Mann reagierte abwehrend auf seine Fragen.

»Wir sind keine Sekte. Wir haben keine Kirche, keine Religion, keinen Gott. Sie übernehmen den Sprachgebrauch der chinesischen Kommunisten, die mit der Bezeichnung ›Sekte‹ unsere Verfolgung rechtfertigen. Wenn es um China geht, reden alle immer nur von den Uiguren, niemand interessiert sich mehr für die Verfolgung von Falun Gong.«

»Aber Sie reden doch von ›wir‹. Wer ist denn dieses ›Wir‹?«

»Wir Praktizierenden. Weiter nichts. Wir Praktizierenden.«

In seinen Augen glühte das Feuer der Erleuchtung.

Beckmann zögerte einem Moment, dem jungen Mann von seiner Suche zu erzählen.

»Ich kannte eine Praktizierende, sie ist verschwunden.«

»Hier in Berlin?«

»Ja, eine junge Frau. Ihr Name ist Xia.«

»So heißen viele, wirklich jede Menge Chinesen. Außerdem ist es der NATO-Code für ein atomgetriebenes chinesisches U-Boot.«

»Was? ›Xia‹?«

»Wenn Sie glauben, mich aushorchen zu können, sind Sie schiefgewickelt.«

Beckmann überlegte, wie er das Misstrauen des jungen Mannes überwinden könnte.

»Ich habe sie, also Xia, auf Sardinien kennengelernt. Sie hat mir das Leben gerettet.«

Er hatte sich entschlossen, diesem Praktizierenden eine Geschichte zu erzählen. Nicht die ganze Geschichte natürlich, aber doch einen guten Teil davon. Sofort hatte er die ganze Aufmerksamkeit des Mannes.

»Sie glauben, der Bus fuhr zum Restaurant *Ming Dynastie*, aber Sie haben sie dort nicht angetroffen?«

»Genau.«

»Jedenfalls nicht in den Gasträumen, richtig? Sie wissen schon, dass die Kommunistische Partei Chinas überall in Europa sogenannte Übersee-Polizeistationen unterhält?«

»Polizeistationen? Das wäre sicher illegal.«

»Die Leute, die dort tätig sind, tragen keine Uniformen. Schon mal von Agenten gehört?«

»Natürlich weiß ich, was Agenten sind.«

»Auch, was sie tun? Angeblich sollen sie Chinesen und Chinesinnen nur in Verwaltungsangelegenheiten unterstützen. Aber sie bringen Leute zurück nach China, die dort auf keinen Fall hinwollen, verstehen Sie.«

Der junge Falun-Gong-Anhänger kannte angeblich das Chinarestaurant, das die Berliner Übersee-Polizeistation beherbergte. Die Mitglieder seines Vereins hätten schon unliebsame Erfahrungen mit den Leuten dort gemacht. Es sei nicht das Restaurant *Ming Dynastie*.

»Ich glaube nicht, dass Ihrer Xia etwas zugestoßen ist. Vielleicht ist sie einfach vor Ihnen geflohen?«

Der Mann erhob sich, fasste dabei über die Schulter nach der Lehne hinter sich und schwang den Stuhl mit einer einzigen zügigen Bewegung durchs offene Fenster in die Parterrewohnung. Mit Leichtigkeit sprang er auf den Fenstersturz und verschwand, nicht ohne Beckmann noch einen mitleidigen Blick zugeworfen zu haben.

Eine plötzlich und heftig in ihm aufkeimende Erkenntnis überraschte Beckmann. Schnell verließ er den Garten. Ihm war endgültig und unhinterfragbar klar geworden, auf welch aussichtsloser Suche er sich befand. Er würde die wahren Umstände von Xias Untertauchen nie erfahren; sie würde für immer ein Enigma für ihn bleiben.

60

Als Beckmann an einem der kommenden Abende den komplett überholten, mit TÜV und Oldtimer-Nummernschild ausgestatteten Range Rover in der Werkstatt entgegennahm, hätte er den Wagen beinahe nicht wiedererkannt. Er strich mit der Hand über den glänzenden Lack in British Green und freute sich über die neuen grauen Ledersitze. Diese hatten ein Problem dargestellt. Es waren keine Originalteile, und der TÜV hatte deshalb zuerst die Oldtimer-Plakette verweigert, doch zum Glück waren die alten Sitze noch nicht entsorgt worden und konnten für eine erneute Vorführung – natürlich nur vorübergehend – wieder eingebaut werden. Bei der Fahrt durch die Stadt grummelte der Achtzylinder wunderbar leise vor sich hin. Das Gefühl, in einem völlig neuen Wagen unterwegs zu sein, überlagerte Beckmanns gedämpfte Stimmung und erzeugte in ihm den Impuls zu einem weiteren Neuanfang. Er lief in seiner großen Altbauwohnung herum, überlegte hin und her, ob er sie nicht endlich verkaufen und vom Erlös ein kleines praktisches Neubauapartment erwerben sollte, fand dann aber, dass er das nicht entscheiden sollte, ohne mit Doris darüber zu sprechen.

Ihn hielt nichts in Berlin. Schon am nächsten Morgen genoss er die Fahrt auf der Autobahn nach Hamburg. Er fuhr nicht besonders schnell, der Mechaniker hatte ihm geraten, den aufgemöbelten Motor einzufahren, als sei er fabrikneu. Er strich über das leicht raue, duftende Leder der Sitze. Alles war an seinem angestammten Platz und doch frisch, unverbraucht, wie neu. Lioni und Xia, die Erlebnisse der letzten Wochen, all das lag zurück. Er fühlte sich in der Lage, die Geschehnisse bald hinter sich zu lassen, ohne Trauer, ohne Zorn.

Bei Dienstreisen nach Hamburg war er immer im Hotel einer Kette untergebracht worden, einem Backsteinkoloss, aber er mochte die zentrale Lage direkt am Alsterfleet und die unprätentiös moderne, funktionale Ausstattung. Schnell fand er seinen Weg durch die Stadt in das nahe am Hotel gelegene Parkhaus. Von seinem Zimmer aus rief er seine Tochter an, die überrascht war zu hören, dass er in der Stadt war.

Als Doris den Rover sah, war sie skeptisch. Das Metallicgrün glänzte jungfräulich ohne Kratzer, Schrammen und Dellen von der Strada Bianca.

»Hätte es ein umweltfreundlicher Neuwagen nicht auch getan?«

»Er hat ein Oldtimer-Nummernschild, aber der Motor ist wie neu. Ich zahle sogar weniger Steuern.«

»Dann kannst du mich ja zum Italiener einladen. Ins *Cuneo* oder zu *Franco's*?«

»Ich würde lieber mal was anderes essen, wenn es dir recht ist.«

Sie gingen zu Fuß zu einem Japaner in ihrem Viertel. Beckmann trank zum Sushi grünen Tee und Doris heißen Sake.

Er war froh und gelöst, spielte mit seinen Essstäbchen.

»Was hältst du davon, wenn ich die alte Wohnung in Berlin verkaufe?«

»Bist du verrückt!«

»Ich frag ja nur. Ich hätte nicht gedacht, dass du an diesem möglichen Erbe hängst.«

»Es ist nicht wegen der Erinnerung, aber es wäre eine völlig unnötige Wertvernichtung. Du kannst sie vermieten und eine kleinere kaufen.«

»Das würde doch alles nur Arbeit machen.«

»Das Bürokratische kann ich übernehmen. Ich fürchte sonst um deine Anbindung an Deutschland, lieber Papa.«

Ihr Engagement in der Sache tat Beckmann gut.

»Freut mich, dass dir diese Anbindung wichtig ist.«

»Was hast du denn gedacht?«

Ihn neckend lehnte Doris sich zu ihrem Vater hinüber, und diese auch körperliche Annäherung vertrieb in Beckmann die letzte Andeutung von Sorge über die Beziehung zu seiner Tochter.

Auf dem Weg zurück auf die Insel nahm er zwei Tage später die Fähre von Livorno aus. Seine Entscheidung für eine andere Route als auf dem Hinweg und für eine Tagesfähre war im ersten Moment unbewusst gefallen. Wollte er wirklich nur die Überfahrt im Tageslicht genießen, oder scheute er die Erinnerung an das nächtliche Geschehen auf dem Weg zum Festland? Im Liegestuhl auf dem Deck lag er in der Spätsommersonne, kniff die Augen zusammen. Das Glitzern auf dem Wasser des Tyrrhenischen Meeres erinnerte ihn an die Ereignisse der Hinreise, aber er empfand keinerlei Reue. Was hatte er gewonnen, was verloren? Er versuchte Bilanz zu ziehen, doch es war noch zu früh und zu nah.

Ihn beunruhigte der Gedanke an die Körper der zahllosen hilflos Ertrunkenen, die unter dem trügerischen Glitzern des Mare Nostrum auf ewig verschwunden waren. Der Friedhof der Strandmenschen, wie Xia es genannt hatte. Seine Überfahrt endete ohne besondere Vorkommnisse.

61

Auf der Strada Bianca ins Tal bemerkte Beckmann die neue, härtere Federung des Rovers. Er fuhr langsam. Über einem Tümpel standen goldgrün Libellen, tanzten ihren ruckenden Tanz. Vom gegenüberliegenden Hang erklang das Geläut der Schafe. Micaela empfing ihn fürsorglich, hatte Haus und Studio herausgeputzt. Sie umflatterte ihn wie ein Vogel, bis er sie fragte, was denn los sei.

»Ich habe die Lioni getroffen.«

Beckmann konnte seine Überraschung nicht verbergen, hatte er doch nicht damit gerechnet, je wieder von Franca Lioni zu hören.

»In Cagliari?«

»Nein, nein, oben in der Gallura. Die Familie meines Mannes hat dort ein Grundstück in den Bergen. Es gab ein Picknick. Wir hatten ein Lamm auf dem Feuer. Ein Neffe, der jüngste Sohn des Bruders meines Mannes, hat so gierig gegessen, dass er eine Wespe verschluckt hat. Sie hat ihn in den Rachen gestochen. Er drohte zu ersticken.« Sie erzählte, wie sie in Aggius die *dottoressa* Francesca Lioni wiedergetroffen habe, die sie seinerzeit im Krankenhaus in Olbia behandelt hatte und nun in der dortigen Station der Guardia Medica Dienst tat. Im Notarztwagen nach Tempio drohte der Junge zu sterben, da habe sie ihm ein Loch in den Hals geschnitten. Während der Wagen durch die engen Serpentinen raste, habe sie ihm furchtlos das Messer an die Kehle gesetzt. »Sie hat ihn gerettet. Und so bescheiden. Sie wollte nicht, dass wir darüber reden. Aber sie hat ihm doch das Leben gerettet. Er wurde schon blau im Gesicht.«

Beckmann hatte sich gefangen, spürte aber doch so etwas wie Sehnsucht in sich aufkeimen. »Sie ist eine großartige Ärztin. Äußerst kompetent.«

»Sie ist eine Heilige.«

Micaela hörte nicht auf, die *dottoressa* zu loben und ihr zu danken. Er fragte sich, ob sie etwas von seiner Beziehung zu Lioni ahnte.

Am nächsten Morgen lagen leichte Nebelschwaden auf den Hängen des Tals. Die Sonne löste die milchigen Schleier schnell auf. Beckmann fuhr nach Norden, ins Inland der Gallura. Als er Tempio Pausania erreichte, tippte er die Adresse, die Micaela ihm gegeben hatte, in sein Handy ein, und Siri lotste ihn über die Serpentinen der Strecke nach Aggius. Die Gegend war waldreich und für die Jahreszeit grün. Er hatte gelesen, dass es hier viele Quellen gebe.

Der kleine Ort Aggius schmiegte sich vor drei hohen Granitspitzen in den Hang. Beckmann wurde in immer engere, verwinkeltere Straßen geführt. Die Gasse, in der er schließlich landete, war eine schmale Einbahnstraße, gesäumt von kleinen, aneinanderklebenden, geduckten Häusern. Er fuhr Schritttempo, entdeckte das Schild der Guardia Medica, konnte dort aber nicht parken. Nachdem er im Gewirr der Gassen einen Stellplatz für den Rover gefunden hatte, ging er zu Fuß zurück.

Er drückte auf den Klingelknopf neben der Milchglastür mit dem eingeätzten Äskulapstab. Eben noch hatte er sich gefreut, problemlos die Straße und die Hausnummer gefunden, das Ziel seiner Fahrt erreicht zu haben. Sobald das Geräusch der Klingel erschallte, erfasste ihn jedoch unmittelbar und heftig der Zweifel. Was tat er hier? Wenn Lioni Dienst hatte und die Tür öffnete, was wollte er zur Begrüßung sagen? Er hatte sich unterwegs

Gedanken gemacht, aber wie den Faden neu knüpfen? Wie diesen ersten Moment der Wiederbegegnung bestreiten? Wie die Kommunikation beginnen, das Gespräch eröffnen? Er hörte jemanden eine Treppe heruntersteigen, dann stand sie in der Tür und schaute ihn an.

»Hallo, Franca.«

Das war alles, was er herausbrachte.

Sie war überrascht, ihn zu sehen, vielleicht auch über die Anrede, aber Beckmann spürte, sie stand ihm nicht gänzlich ablehnend gegenüber.

»Du hattest versprochen ...«

Sie brach ab und schaute links und rechts die Gasse entlang, ob die Nachbarn sie gesehen hatten.

»Nein. Ich habe nichts versprochen. Es geht nicht ... ein Abschied, ohne dass wir einander sprechen.«

Sie schaute ihn wieder an, hellwach, agil, tatkräftig. Er suchte nach Spuren ihrer Krankheit, fand aber keinerlei Anzeichen. Lioni erschien ihm schön und begehrenswert wie zuvor. Über den Jeans trug sie nur ein dünnes, leicht ausgeschnittenes weißes T-Shirt, keinen Kittel. Er konnte nicht verhindern, an ihren Körper unter der Kleidung zu denken. An ihre samtene Haut. Ihm fiel die große Herrenarmbanduhr an ihrem bloßen Arm auf. Am Hals wieder die Halskette mit dem grünen Tibetstein. Lioni bemerkte seinen Blick. Sie umfasste den Anhänger, trat zurück und winkte ihn herein.

Links und rechts des schmalen Flurs stand jeweils eine Tür offen. Es gab ein kleines Wartezimmer, und er konnte einen kurzen Blick in einen Behandlungsraum mit einem weißen Schreibtisch, einer Behandlungsliege, medizinischen Geräten auf einem Rollgestell und mehreren verschlossenen weißen Metallschränken werfen. Hinter dem Treppenaufgang eine kleine

Pantry und eine Toilette für die Patienten. Alles war blitzsauber und machte auf Beckmann einen vertrauenerweckenden Eindruck. Lioni dirigierte ihn durch die Hintertür in einen kleinen Garten. Mitten in dem von einer bröckelnden Mauer umgebenen engen Geviert stand eine alte Palme, ihre wenigen staubigen Blätter hingen schlapp herab. Lioni deutete auf den einfachen Tisch mit vier Stühlen unter dem traurigen Baum.

»Setz dich.«

Ohne abzuwarten, ob er ihrer Anweisung Folge leisten würde, verschwand sie wieder im Haus. Entlang der Mauern wucherte Efeu, und es gab einige Beete. Die Blumen und Kräuter sowie die drei Tomatensträucher waren im Gegensatz zur Palme gepflegt und sahen gut gewässert aus.

Er setzte sich. Der Garten hatte etwas zutiefst Anheimelndes. Beckmann hatte hinter der unscheinbaren, leicht verschmuddelten Fassade nicht so ein Idyll vermutet. Er stand wieder auf, pflückte eine Tomate, rieb sie an seinem Ärmel und biss vorsichtig in die aromatisch duftende Frucht. Er beugte sich vor, denn unter seinen Zähnen spritzte Saft aus der reifen Röte der Haut. Der Geschmack war überwältigend, explodierte in der Mundhöhle, herb und süß zugleich. Kein Vergleich zu den wässrigen Tomaten, die es auch auf der Insel im Supermarkt gab.

Lioni kam im weißen Kittel mit Stehkragen zurück. Sie trug ihn offen, wie Beckmann es aus der Klinik kannte. Sie stellte eine Flasche Mineralwasser und zwei Gläser auf den Tisch, schenkte ein.

»Ich nehme an, Frau Nieddu hat dir die Adresse gegeben.« Sie verschränkte die Arme vor der Brust.

»Sie hat von deiner Heldentat erzählt.«

»Ich hatte die Familie gebeten, über das Ereignis nicht zu tratschen.« Lioni schüttelte den Kopf.

Beckmann verstand ihren Missmut nicht und schilderte, wie sehr Micaela von ihren medizinischen Fähigkeiten geschwärmt hatte.

Lioni unterbrach ihn: »Sie brachten den Patienten mit einem Privatwagen her. Ich habe einen anaphylaktischen Schock diagnostiziert, Cortison gespritzt. Aber der Wespenstich saß sehr tief im Rachen, und der junge Mann drohte an der Schwellung zu ersticken. Der Notarztwagen aus Tempio war inzwischen da. Der Kollege war jung, unerfahren, er erschien mir der Lage nicht gewachsen. Aber ich hätte eigentlich die Station nicht verlassen dürfen. Es war ein Fehler. Ich hätte unbedingt hierbleiben müssen, in Bereitschaft.«

»Ist in deiner Abwesenheit etwas passiert?«

»Zum Glück nicht. Aber wenn die Guardia Medica davon erfahren würde, bekäme ich Probleme. Darum hatte ich die Nieddus ausdrücklich um Verschwiegenheit gebeten. Ich bin deshalb in der Klinik auch nicht mit in die Notaufnahme gegangen.«

Beckmann fiel ein, dass Lioni wegen ihrer bipolaren Störung möglicherweise bereits Schwierigkeiten hatte, eine Anstellung zu finden. Würde sie sonst auf einer so abgelegenen Station wie dieser arbeiten? Vielleicht hatte sie Micaela und ihre Familie aber auch zum Schweigen vergattert, weil sie nicht wollte, dass er von ihrem Aufenthalt in Aggius erfuhr.

»Es ist wichtig für mich zu arbeiten, gebraucht zu werden, verstehst du?«

Beckmann nickte. Ehe er etwas erwidern konnte, schnarrte es laut unter dem dichten Efeu an der Rückwand der Station. Offenbar hing dort eine altmodische Klingel, deren Klöppel durch die Blätter gedämpft wurde. Lioni schaute auf die Uhr und ging ins Haus. Sie kam mit einem Weidenkorb zurück und stellte ihn auf den Tisch.

»In der Nähe gibt es ein tolles Agriturismo. Sie haben eine wunderbare Küche und versorgen mich.«

Sie packte einige Lebensmittel aus. Eine Flasche Wein stellte sie ungeöffnet unter den Tisch.

»Du brauchst auf mich keine Rücksicht zu nehmen.«

»Mein Mittel verträgt sich nicht mit Alkohol.«

Beckmann versuchte vorsichtig, auf ihre Erkrankung zu sprechen zu kommen, aber sie wich aus.

»Ich bin mit dem Medikament sehr gut eingestellt. Alles in Ordnung.«

Es irritierte ihn, dass sie als Ärztin über eine Therapie an sich selbst sprach. Er versuchte sich zu erinnern, wie Lioni von ihrem toten Sohn erzählt hatte, als wäre er noch am Leben. Hatte er sie damals vielleicht nur falsch verstanden? Er meinte deutlicher als früher die Verlorenheit hinter ihrer Professionalität zu spüren. Würde es noch einmal möglich sein, einander nahezukommen? Beckmann zweifelte daran. Er empfand seine Beziehung zu Anja, seiner toten Ehefrau, als nie endend, als nicht durch ihren Tod beendet. Wie würde das Andenken an Lioni aussehen?

Sie holte ihn aus seinen Gedanken: »Du kannst zum Essen bleiben. Dann musst du gehen. Okay?«

Pragmatisch verteilte sie eine Portion Lasagne auf zwei Teller.

»Sie machen die mit dem Brät aus der Salsiccia statt mit Hackfleisch.«

Es schmeckte außergewöhnlich gut, aber Beckmann vermochte das Essen dennoch nicht zu genießen. Über seine Versuche, auf ihre gemeinsame Zeit zu sprechen zu kommen, ging Lioni hinweg und erzählte ungerührt von dem nahen Agriturismo, das schon eher ein Resort war, mit einem Pool zwischen Felsen, mehreren kleinen Bungalows auf dreißig Hektar Weideland und malerischer Macchia.

Später standen sie im Flur vor der Tür. Auf dem Milchglas wand sich immer noch die Schlange um den Stab des Äskulap. Lioni nahm seinen Kopf in beide Hände, zog ihn zu sich heran und küsste ihn kurz auf den Mund. Dann schob sie ihn von sich.

»Ade.«

Sie öffnete die Tür einen Spalt. Einen Augenblick lang zögerte er, wollte das Endgültige dieses Abschieds hinausziehen. Die Intimität ihrer Geste hatte ihn überrascht, ihm fehlten Worte für diesen Moment. Sie lächelte und nickte ihm zu. Er schloss kurz die Augen und schlüpfte hinaus auf die Gasse. Im Gewirr der verwinkelten und unebenen kleinen Straßen fühlte er sich bei der Suche nach dem Rover zuerst etwas wackelig auf den Beinen. In dem idyllischen Geviert von zwölf mal zwölf Schritten hatte die Zeit vorübergehend aufgehört voranzuschreiten. Jetzt begann sie wieder normal zu vergehen.

Er fand den Rover. Seine Unsicherheit wich langsam einer beinahe heiteren Gelassenheit. Das Handy klingelte in seiner Jacke. Hastig griff er danach. Der Ton klang zu laut in der nachmittäglichen Stille der menschenleeren Gassen. Der Maresciallo hatte von Beckmanns Rückkehr auf die Insel gehört und kündigte für den Abend seinen Besuch an.

Auf der Fahrt zurück an die Küste ließ Beckmann den geliebten Rover ein wenig von der Leine. Er hatte es eilig. Auf den Maresciallo war Verlass.

62

Als Beckmann dann mit Farini bei Crodino und Grappa unter den Steineichen saß, erfuhr er, dass in der Kaserne in Porto San Paolo wieder Ruhe und Routine eingekehrt waren. Claudia Cardoso war in Rom zur Anhörung ihrer Angelegenheit vor dem Zentralkommando. Ihre Zwangsversetzung hatte etwas länger gedauert, als sie selbst vermutet hatte.

»Hast du schon italienische Zeitungen gelesen?«

»Nein.«

»Sie hat Anzeige gegen eine bekannte Größe der römischen Gesellschaft erstattet. Eine Contessa di Monte Talosso. Man vermutet, die Cardoso hatte eine Affäre mit ihrem Ehemann. Der Gatte hat die inkriminierten Fotos geschossen, sie sind der Ehefrau in die Hände gefallen und dann ... na, dann nahm diese Internetsache ihren Lauf.«

»Bedauerst du, dass sie weg ist?«

»Nun, sie brachte unzweifelhaft etwas Abwechslung ins Leben der Kaserne.«

»Sie war verflucht attraktiv.«

»Nicht nur das. Sie ist auch eine verflucht gute Soldatin.«

»Denkst du, man wird sie bestrafen, degradieren, vielleicht sogar aus dem Dienst entlassen?«

»Nicht, wenn es nach mir ginge. Ich habe eine Wette laufen mit den Jungs in der Kaserne, dass man sie in der Sondereinheit behalten wird.«

Beckmann erzählte von den Turbulenzen bei der Überfahrt mit der Fähre, davon, wie er Xia in Berlin verloren hatte und dass er nichts mehr für sie tun konnte.

»Ich frage mich oft, wie es ihr gehen mag.«

»Sie war in China ein Schattenkind. Sie wird in Deutschland ein Schattenkind sein. Sie hat sich in China durchgeschlagen, warum nicht in Deutschland?«

»Sie hat mir das Leben gerettet ...«

»Also. Möglicherweise.«

»Ich weiß nicht, sie hat etwas in mir aufgeweckt. Ich hätte ihr gerne weitergeholfen.«

»Nun, du hast doch eine Tochter. Sei zufrieden.«

Leichter Wind kam auf. Es wurde langsam frisch, aber sie wollten noch nicht ins Haus gehen, wo Beckmann zum ersten Mal in diesem späten Sommer den Kamin angezündet hatte. Sie philosophierten darüber, wie es mit Xia weitergegangen sein könnte und warum sie wohl in diesen Reisebus eingestiegen war.

»Also, hast du einmal daran gedacht, dass sie dir vielleicht – nur als eine Möglichkeit – eine Geschichte erzählt, eine Legende aufgetischt hat mit diesem Leben als Schattenkind?«

Einen Moment lang war Beckmann irritiert. Er hatte seine Begegnung mit Brian Winford im *Hotel Ellington* dem Maresciallo gegenüber nicht erwähnt. Aber die Überlegungen des Carabiniere gingen wohl in eine andere Richtung als die des Schotten.

»Denkst du, das würde heißen, sie hätte uns auch in Bezug auf den Mörder belogen?«

»Also, ich glaube, das können wir ausschließen.«

»Ich habe sie nicht verhört, sondern ihr geglaubt.«

Beckmann sann einen Moment lang seinen Erlebnissen nach.

»Angesichts ihrer Reaktion beim Boarding auf der Fähre halte ich ihre Flucht im Container für absolut glaubwürdig.«

»Es war nur ein Gedanke.«

»Haben eure Ermittlungen in Olbia etwas ergeben?«

»Du weißt, es sind nicht meine Ermittlungen. Tenente Mancini … na ja.« Der Maresciallo seufzte. »Es gab keine großen Erkenntnisse mehr nach dem Selbstmord des Schiffjungen und der Flucht des Vollstreckers. Aber die Dinge gehen ihren Gang. Es gibt das Gerücht, Rom könnte sich einschalten, das Raggruppamento Operativo Speciale.«

»Was? Dann könnten wir uns vielleicht doch noch mal mit der Cardoso zum Lunch im Hafen treffen.«

»Das wäre schön.«

Beckmann lehnte sich zurück. Der Maresciallo griff zur Grappaflasche und schenkte sich großzügig ein.

»Nur noch einen auf den Weg. Ich verstehe schon, dass du immer mehr und mehr wissen willst. Die Menschen wollen alle immer mehr wissen und mehr und dann noch mehr.«

»Das nennt man Fortschritt.«

»Wir haben verlernt, mit der Ungewissheit zu leben. Aber bedenke: Was wir nicht wissen, ist unendlich. Und dabei wird es bei allem Fortschritt auch bleiben.«

Wie meistens bei ihren nächtlichen Runden überließ Beckmann leichten Herzens dem Maresciallo das letzte Wort.

*Die Schauplätze dieses Romans sind konkret geographisch ver-
ortet und existieren real, auf der Insel Sardinien ebenso wie
in Berlin. Die Ereignisse knüpfen zwar an aktuelles politisches Geschehen an diesen Orten an, aber ebenso wie die Kons-
truktion der Handlung und vor allem die handelnden Personen sind sie ausschließlich Geschöpfe der Phantasie des Autors.*